[美]斯迪姆·席普·凡迪恩 著
S.S.VAN.DINE
徐建萍 译

魔鬼的诱惑

The Canary Murder Case

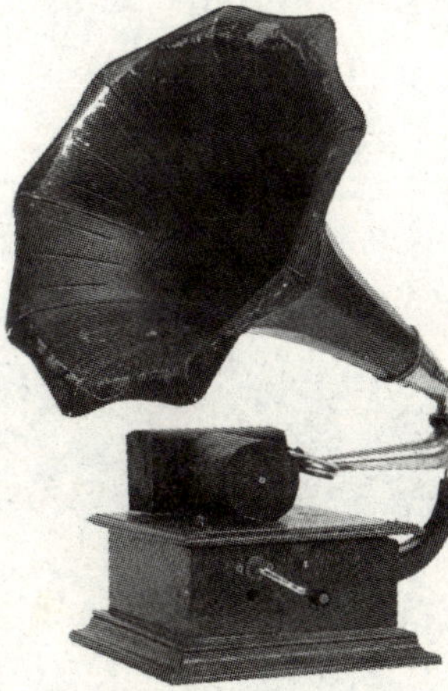

新世界出版社
NEW WORLD PRESS

Contents 目录

目录 Contents

楔 子

纽约市警察局大楼位于中央街，在三楼的刑事组办公室里，摆放着一个巨大的档案柜。柜子里有许多绿色的卡片，都是刑事案资料索引卡。其中一张卡片上清楚地写道：

玛格丽特·欧黛儿。西七十一街一百八十四号。九月十日。谋杀：晚上十一点左右被人勒死。同时屋内被洗劫一空，珠宝失窃。尸体由女仆埃丽米·杰弗逊发现。

虽然只是几句简单冷漠的记述，但其中所记载的，却是这个国家犯罪史上最令人震惊不已的刑事犯罪案件之一。在这起案件中，充满了许多矛盾的、令人困惑的疑点，凶手的犯罪手法也相当独特，甚至可以称得上是智慧型的犯罪，不要说是普通的警员，就是在检警双方中有着丰富的办案经验和缜密思维的检察官和刑警们也都感到束手无策。每一次调查的结果都只有一种：玛格丽特·欧黛儿遭遇谋杀的可能性很小。然而，被勒死并横放在客厅沙发上的女孩的尸体，却很好地证明了上述结论的可笑与荒谬。

在经历了一次又一次的挫折之后，整个案件最终走向明朗化，许多疑点和潜藏在黑暗当中的人性的龌龊之处都显露了出来，还有那些被绝望与悲痛折磨到令人无法想象的地步的人心。其实对于读者而言，这个故事本身就像是一出饱含激情的通俗剧，令人充满着无限浪漫的遐想，就像是由巴尔扎克的小说《人间喜剧》改编而成的戏剧中所描述的贝伦·纽辛珍和艾瑟·凡格赛的伟大爱情，以及郁郁寡欢的托皮尔的死亡悲剧一样。

玛格丽特·欧黛儿出身于百老汇，是一个性感尤物，一个耀眼的明星。她俨然是这个虚幻的、物欲横流的艳俗时代的代表人物。可以说，在死前的两年时间里，她一直都在这座城市的夜生活当中扮演着最耀眼的、最受欢迎的公众人物的角色。以她现在的受欢迎程度，如果是在我们祖辈生活的那个年代，她也许会被冠以“城中瑰宝”的称号。然而，如今有太多人渴望进入到这个圈子当中去实现自己的梦想。这个鱼龙混杂的圈子里，到处充斥着黑道势力和暴力团伙，以至于这个圈子已经不能够容许任何一个竞争对手脱颖而出。但是，这个剧团的众多宣传人员，无论资历深浅，都十分喜爱玛格丽特·欧黛儿，因此，她的名声也逐渐地在这个属于她的小小世界里传开了。

至于她的坏名声，大多来自那些有关她和一两位欧洲王储私下有染的八卦新闻。她凭借着舞台剧《布里多尼女仆》一炮走红，此后的两年时间里，一直待在国外。这出既叫好又叫座的舞台剧，将她从一个默默无名的小演员一下子捧上了一线明星的宝座。也许有人会以为，她的宣传人员正好可以利用这个机会，趁她不在国内的这段时间，拿她的那些八卦绯闻来大肆宣传一番。

在她的成名道路上，她的天生丽质也或多或少起到了一些作用。她属于棱角分明、美艳动人的那一类型。记得有天晚上，我到安乐斯俱乐部消遣，看到她在那儿跳舞——这家俱乐部的业主正是臭名昭著的莱德·雷根，而这个地方也是寻求夜生活的人们的最佳去处。抛开她那娇艳动人的容貌不说，当时最吸引我的是她那独特的魅力。她中等个子，身材纤细，凹凸有致，拥有狮子般高贵的气质，并且我还感觉到她有一点冷漠，或者可以说是高傲。也许这种感觉来自于对她与欧洲王储有染的传闻的联想。

她的红唇，有如那种专伺权贵富豪的交际花的嘴唇般丰厚嫣红。她的眼睛，就像是罗塞蒂画笔下圣洁的少女那般虔诚。她的容貌，融合了感官诱惑与灵性，这样奇异的组合给人的感觉，就如同各个年代的画家对《永远的玛格达兰》这幅名画所提出的观点一样使人眩晕。这张美丽的脸庞，神秘而又充满诱惑，挑逗着人们心中贪婪的欲望，轻而易举地就能俘获男人的心，进而控制他们的一切情绪，心甘情愿地做她的奴仆。

玛格丽特·欧黛儿有一个外号是“金丝雀”，这是从她参演的一出芭蕾舞喜剧中得来的。那是一场精心编排的、讽刺社会的独特的戏剧，剧中所有参与演出的女孩都要将自己装扮成小鸟，各式各样，而金丝雀的角色正好落在了玛格丽特身上。当她穿着黄白相间的绸缎，披着一头金黄闪亮的头发，再加上她那白里透红的肌肤出现在观众面前的时候，所有人的眼睛都为之一亮，立刻被她无与伦比的魅力征服了。很快，各大报刊对她这次演出报以好评，观众更是赞不绝口。经过短短两个星期的时间，这出芭蕾舞剧就从“鸟芭蕾舞剧”更名为“金丝雀芭蕾舞剧”，欧黛儿小姐也跟着水涨船高，迅速成为了芭蕾舞剧的女主角。与此同时，还有人专门为她重新改编了一段独舞的华尔兹曲目，并为她量身打造了一首新歌。

在“金丝雀芭蕾舞剧”结束当季演出的同时，她辞去了法利斯剧团的工作。接下来，她就投入到百老汇的夜生活当中，在这个舞台上尽情挥洒自己的才华。在此期间，那个人们耳熟能详并广为流传的“金丝雀”的绰号一直跟随着她。因此，当她惨死在自己居住的公寓里的时候，这宗刑事案很快就家喻户晓了，而人们在谈论这件事情时，也习惯于称它为“金丝雀杀人事件”。

对我来说，能够参与到金丝雀杀人事件的调查当中——或者确切地说，是在一旁看热闹——成为了我一生最难忘的经历之一。金丝雀杀人事件发生时，约翰·马克汉作为纽约地检处的检察官，是在一月份才刚刚走马上任的。在他四年的任期当中，他成功地侦破了无数案件，因此名声大震，然而，他对于外界加在他身上的赞许却十分厌恶。究其原因，我想大概是对他这样一个重视荣誉的男人来说，他本能地排斥独享全部功劳。事实上，在他参与的大部分著名的刑事案件当中，他所扮演的角色通常都只是一个从旁协助者。真正破案的功臣，是他的一位非常要好的朋友，只不过他的这位朋友一直不愿意将事实公开。

其实，这个人是一位非常年轻的贵族，他从来没有公开过自己的真实姓名，所以在这里我姑且称他为菲洛·万斯。

万斯在许多方面都有着令人惊讶的天赋和才能。他是一位技艺精湛的业余画家，在美学、心理学方面造诣颇深，在某种程度上，他甚至称得上是一位艺术典藏家。虽然他是一个地地道道的美国人，但是在他成长的大部分时间里，都是在欧洲接受教育，因此，他说起话来就好像一位英国绅士。万斯拥有一笔庞大而丰厚的家产，但并没有因此成为游手好闲的公子哥儿，他是一个头脑冷静的精明人，在大部分时间里，都能够履行家族赋予他的社会责任与义务。不过，他生性愤世嫉俗、冷眼观世，以致那些没有与他深交的人，以为他只是一个媚上欺下的势利小人。但以我对万斯的了解，一眼就可以看出他隐藏在冷酷外表下的真实的一面。我知道，他的愤世嫉俗与冷漠态度，都是因为他与生俱来的敏感、孤独的天性在作怪，他绝对不是一个故作清高、目空一切的人。

在参与侦办金丝雀杀人事件时，万斯还不到三十五岁，清瘦的脸颊棱角分明，是个令人印象深刻的美男子。不过，很少看到他的笑容，他那严肃而冷峻的表情使他看起来仿佛一尊冰冷的雕像，在他与他的朋友之间树起了一面墙。其实，他并不是冷血动物，只是他的完美主义倾向驱使他将不当的情感及时平息在波澜不惊的外表下，永远宁静、理性而美好，即使面对兴趣极浓的事物也表现出惊人的克制，他也因此而遭到误解和批评。不管怎样，在人们的印象中，万斯始终是以冷漠的态度看待世俗的一切事物。有时候，我也不禁觉得他对待人生的态度，就像是一个缺乏热情的观众，总是在一旁冷眼旁观，不屑一顾。但是，实际上，他一直求知若渴，生活中的任何细枝末节都难逃他的法眼。

虽然他并不是职业刑事案件调查人员，但是，他的聪明才智和旺盛的精力，以及刨根儿问底儿的探索精神，使他对马克汉所负责的刑事案件的调查工作充满了兴趣。

我手上保存有一份完整的记录，包括万斯以法院顾问的身份参与的所有刑事案件的侦破情况。本来我无权将这份记录私自公开，但是现在，马克汉因选举失败而退出了政坛，万斯也在去年远赴他国定居，我随即获得了二人的同意，得以将这份记录完全公开。

我以前曾经在艾文·班森枪击案中提到，由于案情十分特别，万斯投入了当时的调查，并在证据不足的情况下，最终破获了那起悬疑案件。现在要讲的这个故事，是关于他如何侦破玛格丽特·欧黛儿谋杀案的详细过程。这起案件发生在同年的初秋时节，当时在社会上造成的轰动效应，远比之前的任何一个刑事案件都要大。

万斯出于对离奇案情强烈的好奇心，接下了这项新的调查任务。当时，马克汉正饱受反政府报纸的攻讦，已经为此困扰了好几个星期，它们对他进行言语上的狂轰滥炸，指责他无力对警方交到他手上的黑道犯罪势力定罪量刑。此前，由于政府出台了禁酒令，结果导致了另外一种极具危险但却完全不受欢迎的新兴夜生活形态迅速在纽约蹿起。许多自称为俱乐部的财力雄厚的酒馆，沿着百老汇大道以及它附近的街道一家家地开了起来。紧接着，在这个地区发生了许多起令人触目惊心的犯罪案件，当然，这些案件不外乎是为情或者为财。可以说，这些不良场所成为了犯罪的温床，滋生了许多大大小小的犯罪事件。

纽约上城的一间家庭旅馆里就曾发生过一起珠宝抢劫谋杀案，后来经警方调查得知，这起案件就是在当地的一家俱乐部的谋划下进行的。随后，两名追查此案的刑事组警员遭遇枪击，背部中弹身亡，罪犯更嚣张地将尸体公然弃置在这家俱乐部的附近。由于连续发生了两起恶性犯罪事件，马克汉不得不暂时将办公室的其他事务搁置下来，亲自调查处理这两起案件，试图控制一下这不断升温的、令人无法忍受的犯罪状况。

悬迷的足迹

九月九日，星期日

就在马克汉作出决定要暂时搁置办公室其他事务的当天，万斯和我同马克汉一起来到史蒂文森俱乐部，进了角落的一间包厢。我们是这家俱乐部的会员，经常来这里消遣，马克汉还把这里当成是他办公室以外的一个办案总部。

那天晚上，我们聊天的时候，马克汉说道：“简直糟透了，整个城市竟然有一半的人认为我的团队缺乏办事能力，就因为我暂时不能拿出足以将那些坏人绳之以法的有力证据来。”

万斯听完，怡然自得地微笑着，抬起头，用嘲弄的眼光看着他。他懒洋洋地说：“警方对司法程序中的破案关键问题根本就不熟悉，不能找出让一般大众信服的有力证据，而想要使法庭信服似乎更是难上加难。这种想法实际上很愚蠢。一名律师，真正需要的并不是什么证据，而是博学的专业知识和辩论技巧。而平常见到的警察头脑太过简单，以至于总是受制于法律条规，拘泥于形式上的要求。”

“情况还没有那么糟糕。”尽管承受着过去几个星期以来的巨大压力，马克汉惯有的沉稳个性似乎也受到了影响，但他依然能够和颜悦色地进行反驳，“如果没有那些证据和法律法规，许多无辜的人将被置于极不公平的判决深渊之中。而我们现行的法律能够使罪犯应享有权利也得到相应的保护。”

万斯听不惯这种教条的说辞，微微打了个哈欠。

“马克汉，你真适合去教书。你在回应批评的时候，总是能够恰当地措辞，这项本领真是运用得出神入化呀！不过，我可不会这样轻易被你说服。你还记得在威斯康星发生的一名男子遭遇绑架的案子吧，最终法院宣布从法律上认定这名男子已经死亡。即使后来他活生生地出现在老邻居面前的时候，他被认定已经死亡的事实仍然没有因此在法律上得到任何改变。他确实还活着，这是一个眼睁睁的事实，可法院却并不认可，认为这与原案没有任何关系。于是，就出现了这样怪异的现象，比如，有人在这个州还是个疯子，到了另外一个州却突然变成了正常人，这种情况在我们这个美丽的国度里大为流行。这其中诡异、微妙的差别，你可别指望一个不熟悉司法程序的门外汉能够参透。法律的门外汉总是会被一般的常识性问题所蒙蔽，他会说，一个疯子即使过了河，到了对岸依旧还是一个疯子。因此，可以这样说，这些门外汉会十分肯定地认为，如果一个人是有生命的，那么他依然活着。”

“有必要这样长篇大论吗？”马克汉反问道，显然，万斯的话令他动怒了。

“不好意思，好像说到了你的痛处。”万斯和气地回答，“警察虽然不是律师，但是他们已经令你置身于水深火热之中了。为什么你不把所有的刑警都送到法学院去上上课呢？”

“你还真爱多管闲事！”马克汉反驳道。

“竟然藐视我的建议？要知道，这样做可是大有好处的。在实际办案的过程中，一个缺乏法学素养的人，当他得知一件事可能的真相时，他就会将所有薄弱的反面证据都忽略掉，而死盯着那些可能的真相不放。最后，在法院里，你能听到的只是一堆毫无用处的证词，这样，最终裁决也并不是根据事实得来的，而是根据那套复杂的规则和章程盲目作出的。其结果就是明明有罪的坏人被无罪释放，大摇大摆地逍遥法外。许多法官在现实生活中也只能无奈地跟被告这么说：‘其实我知道，而且陪审团也知道，你的确犯了罪，但鉴于法律的规定，在没有可以认定的证据的前提下，我只能宣判你无罪。去吧，再去犯罪吧！’”

马克汉抱怨道：“如果我真的建议警察局的同仁们都去学习法律课程，不知道大家会怎么想。”

“看来，只能允许我借用莎士比亚作品中那位屠夫的话：‘让我们杀掉所有的律师吧！’”

“不幸的是，这恰恰是我们现在必须要面对的现实，那些乌托邦似的理论在现实中并不适用。”

“那么，面对警方聪明的推断和你所强调的法律程序的正义，你准备如何在这二者之间寻求一种平衡呢？”万斯漫不经心地问。

“首先，”马克汉回答道，“我决定，以后所有的重大的俱乐部犯罪案件都由我亲自调查。就在昨天，我召开了一次办公室内部会议，从现在起，我的办公室将分头展开一系列的实际行动。我将尽最大的努力找出我需要的定罪证据。”

万斯慢慢地从烟盒里抽出一根烟，在椅子的扶手上轻轻地敲了一下。

“哦！所以你想要为那些无辜被定罪的人们平反，而让真正犯了罪却被无罪释放的罪犯得到应有的惩治？”

万斯的话激怒了马克汉，他绷着一张脸，冷冷地看着万斯，不悦地说：“我不会装作听不懂你说的话。我知道，你这又是在拿间接证据论和你那些所谓的心理学与美学理论作比较。”

“正是如此。”万斯一副满不在乎的表情回应道，“马克汉，你知道那些被你奉为准则的所谓的间接证据论肯定会大受欢迎。在它面前，一切平凡的推理力量都显得无足轻重了。我现在最担心的是，那些即将掉进你的法网里的无辜受害者。最终，你会使那些仅仅只是单纯进出酒馆消费的人们陷入无尽的恐惧与危险之中。”

马克汉没有立刻回应，静静地坐在那里抽了一会儿雪茄。尽管有时候这两个男人的谈话似乎是在互相挖苦、嘲讽，但至少他们心里没有憎恶对方的意思，他们和而不同。

终于，马克汉再次开口说话了。

“为什么你会如此强烈地反对间接证据论？我承认，有些时候它会误导办案，但是，大多数时候，它却也是证明有罪的强有力的推论。相信我吧，万斯，它已经被我们伟大的司法机构证明是目前最强有力的推理手段。话说回来，就犯罪的本质而言，要想得到直接证据几乎是不可能的。如果法院在判案过程中都得靠它才能够定罪量刑，那么依旧会使大多数的罪犯逍遥法外。”

“按照你的论断，难道此前的大多数罪犯一直都在逍遥法外？”

马克汉丝毫没有理会万斯的打岔。

“我给你举个例子说明一下：有十多个大人，当他们看见一只小动物从雪地上跑过时，都作证说这个动物是一只鸡；同样的，有个小孩也看到了这个动物，但他却说它是一只鸭子。于是，他们一起到现场勘察这只动物留下的脚印，得出的结论是这些蹼状的脚印确实是鸭子留下的。那么，即使这样，我们是不是还无法证实这个动物究竟是鸡还是鸭呢？”

“当然，你的鸭子论是正确的。”万斯随口应道。

“感谢你对我的观点的认同。”马克汉继续道，“我再作进一步的推论：有十多个大人，当他们看到一个人从雪地上走过，都异口同声地说这个人是一个女人；然而，有个小孩却坚持认为那个人是一个男人。那么，你现在还可以说雪地上留有的男人的脚印这项间接证据，不能够证明他是男人，而不是女人吗？”

“事情不全是这样，”万斯缓缓地将脚伸到他的面前，说道，“除非你能够拿出证据来证明人的脑袋根本比不上鸭子的脑袋。”

“这和脑袋有什么关系？”马克汉不耐烦地说，“脑袋怎么会影响到脚印呢？”

“如果是鸭子的脑袋，那当然不会有什么影响，但是人的脑袋，无疑会经常性地对这些脚印有所影响。”

“我现在是在人类学的课堂，正在上达尔文的物竞天择论或者是形而上学论的课程吗？”

万斯强调道：“我所说的与那些抽象的东西一点关系也没有，仅仅是在陈述一个根据自己观察所得的简单事实罢了。”

“好，那么根据你非凡的推理，你觉得那些作为间接证据的男性脚印，是否足以证明那个人是男还是女？”

“这说不准，我认为两种都有可能，但也可能都不是。”万斯的回答让人有些迷惑，“按照常理推断，从这项间接证据来看，我觉得这个穿越雪地的脚印有可能是一个穿着自己鞋子的男人留下的，也有可能是一个女人穿着男人的鞋子留下的，甚至也可能是一个身材高大的小孩留下的。总的来说，据我目前掌握的情况，只能作出这样的判断：直立猿人的某个后代脚上穿着一双男人的鞋子在穿越雪地时留下了这些足印，性别、年龄不详。至于前面所说的鸭子的足迹，倒是可以接受你的那种说法。”

“幸好你没说是鸭子自己穿上胶鞋留下的印迹。”

万斯在一番短暂的沉默之后，接着说：“你知道吗，你就像是一位现代梭伦（注：雅典的立法大家），而你的问题就在于企图将复杂的人性简化成一套公式。然而人性的复杂是我们无法想象的，这是事实。人的狡猾机敏和工于心计长久以来都是最恐怖的。同时，人又具有卑劣和诡诈的天性，即使是在一种正常的生存竞争中也表露无遗。一个人说一百句话，可能其中有九十九句都是谎话，只有一句是真话。虽然鸭子只是一种低等生物，没有像人类一样受到上天的特别关爱并被赋予一些优势，但它们却具有坦率、绝对诚实的品质。”

马克汉问：“那么，对于这位在雪地上留下男性足迹的人的性别或是年龄，你又如何作出正确的判断呢？”

万斯抬头吐了一个烟圈。

“我首先会对这些人提供的所有证据都予以否定，包括十二位视力不佳的大人和一位眼力极好的小孩。接着，我会完全不考虑那些雪地上的足迹，在不受任何可疑证词的影响下，对一些具体的线索进行仔细的求证，进而分析判断这位逃逸人士的犯罪动机。通过一系列的分析判断，最终我会得出一个结论，不仅可以告诉你这名犯人的性别，甚至可以将他的生活习惯、个性特征以及人格等方面的特质详细地描述出来。同时，你还可以知道这个人在雪地上留下的脚印属于哪一种，到底他是踩高跷、骑脚踏车，还是从空中飘过去，根本没有留下任何痕迹。”

马克汉发出一阵冷笑：“只怕你还不如那些提供给我法律证据的警察。”

“就算是那样，至少我不会用手里握着的证据到处去冤枉那些没有嫌疑却被真凶嫁祸的无辜者。”万斯说，“如果你真的将脚印认定为犯罪的证据，到时候只会让真凶称心如意，而使那些无辜的人含冤被捕。换句话说，你从一开始就将那些与案件无关的人作为你的调查对象。”

万斯的态度突然变得很认真。

“老家伙，你可要注意了，眼前的线索似是而非，其中隐藏了许多神学论者口中所谓的黑暗势力。很明显这是障眼法，你所看到的仅仅是让你感到焦虑的犯罪的外表。我个人的看法是，那些无恶不作的帮派恶势力已经结党成社，并以俱乐部这种可笑的场所作为他们的大本营，这种想法简直太荒谬了，其中充斥着恶俗的、令人厌烦的新闻炒作，他们是在哗众取宠。犯罪与战争不同，它所表现出来的不是明显的集体意识，而只不过是一些见不得人的个人活动。我想你知道，犯罪活动只属于个人层次。如果一个人计划要去杀人，他肯定不会像打桥牌时一样呼朋引伴的。我的老朋友，千万不要让这种不切实际的犯罪学理论将你的人生毁掉，更不要一味埋头调查雪地上的脚印，它们是在误导你，使你在这个黑暗的世界里不再为民众信任、依赖。我要在这里提醒你，真正聪明的罪犯绝对不会愚蠢到留下自己的脚印，等着你拿尺子去丈量它们的地步。”

他的眼神中充满了悲怜和嘲讽，望向马克汉。

“你想过没有，那些脚印弄不好会把你的第一件案子搞砸？哦，天哪，如果真的是这样，到时你该怎么办呢？”

“我想只要你在我身边，就会万无一失的！”马克汉也用同样充满讥讽的语气回答，“那么，如果又有一个重大案件发生，到时你是否愿意同我一起办案呢？”

“当然，这可真让我受宠若惊啊！”万斯笑着说道。

两天后，令人震惊的玛格丽特·欧黛儿谋杀案就出现在了报纸的头版头条上。

香消玉殒

九月十一日，星期二，上午八点三十分

那天是九月十一日，在这个重大日子的早上八点三十分没过多久，马克汉就告诉了我们这个令人震惊的消息。

我当时暂时和万斯住在他的一处位于东三十八街的公寓中。那是一栋豪华的大厦的顶层，经过重新装潢，两层楼被打通了，面积非常大。我辞掉了在父亲“凡迪恩和戴维斯律师事务所”的工作，在之后的几年中，我一直都是以万斯的私人法律代表和顾问的身份，竭尽所能地为他的需要和兴趣服务。平时，他的公事不算太多，私事倒不少。他喜欢大量收购名画和古董，本来这类有关他兴趣爱好的事情就已经够多了，再加上他的个人财务，我就忙得应接不暇。不过，至少还没有成为我的负担。我觉得，这种财务和法律上的服务工作还是很适合我的。我和万斯早在哈佛上大学时就建立起了深厚的友谊，它提供给我们社会化和人性化的基础——有些时候，对别人来说，这种基础可能很容易变质，让两个好朋友彼此形同陌路。

在这个特别的早上，我很早就起来了，当时我正在万斯书房里忙着一些事情，管家柯瑞走进来通报说马克汉来访，此刻正在大厅等候。对于马克汉的来访我感到有些惊讶，因为马克汉十分熟悉万斯的作息，万斯不睡到中午是决不会起床的，而且他最忌讳别人一大早打扰他的清梦。那么马克汉为什么还要在这个时候过来呢？

马克汉在大厅里来回走动，神情非常不安，将帽子和手套随手丢在了茶几上，就在那一刻，我从他身上嗅到一股异乎寻常的气息。看到我走进大厅，他停了下来，用一双饱受困扰的眼睛看着我。马克汉中等身材，体格健壮，一头白发，胡子总是刮得干干净净的。他不但仪表出众，而且还彬彬有礼，待人非常谦逊，尤其难能可贵的是他具有严以律己、顽强不屈的坚毅品质，令人不由得心生敬佩。

“早安，老凡。”他面无表情地对我说，“知道吗？又有事情发生了，这回的凶杀案牵涉了一个名人，搞不好要弄得满城风雨、人心惶惶……”突然，他像是想到了什么，盯着我看了一会儿才说，“哎呀，我突然想起了前天晚上和万斯在俱乐部的讨论。真是该死！他的话恐怕要应验了。还记得吗？我当时还半开玩笑地说如果再发生一起大案子，一定要带着他一起办。唉！现在事情真的发生了。那位被称为‘金丝雀’的女演员玛格丽特·欧黛儿死了，是在自己的公寓中被人谋杀的。而且据刚刚得到的消息证实，这起案件似乎又和俱乐部有关。现在，我就要到欧黛儿的住处调查。对了，赶紧把那个还赖在被窝里的懒虫叫起来吧。”

“好，我这就去。”我不假思索地回答，我想我会这么快作出反应也许是私欲所致，因为我知道，如果有任何凶杀案能够震惊全国，而被害人又是全国屈指可数的人物的话，那么这起金丝雀谋杀案可以算是其中最具代表性的了。

我立即叫柯瑞去万斯卧室，叫他起床。

“这，恐怕……先生……”显然柯瑞有些担心。

马克汉打断了他的话：“没什么好怕的，你只管去叫醒他，后果我来负责。”

柯瑞似乎也感受到了事态的严重性，于是快步离开了。

几分钟后，万斯穿着精美的丝质睡袍和拖鞋来到了我们面前。

“天哪！”他看了看钟表，用略带惊讶的口吻说，“你们这些家伙难道整晚没睡吗？”

他走到壁炉旁，慢条斯理地从一个意大利制的烟盒中选出一根镶了金边的瑞奇烟。

这时的马克汉可没心情听什么玩笑，他的眼睛已经眯成了一条细缝。

“金丝雀被谋杀了。”我忍不住先开了口。

听到这个消息，万斯拿着火柴的手停在了半空中，他似乎并没有感到惊讶，甚至还用不屑的眼神看了我一下：“你说的是谁家的金丝雀？”

“今早有人发现玛格丽特·欧黛儿死在家里，”马克汉补充道，“她的大名就连你这个窝在被窝里睡大觉的家伙都曾经听过，所以我想你该对这件案子的严重性有点认识了吧。现在我就要亲自调查，去察看那些‘雪地上的脚印’。正如我们前天晚上说的那样，如果你要跟来，那就赶紧动身吧！”

万斯将烟熄灭了。

“哪个玛格丽特·欧黛儿？是百老汇的金发尤物，还是开发廊的那个？太可悲了！”虽然他态度轻浮，但是我还是能够看出他对这起案件的兴趣非常浓厚。万斯接着说：“亲爱的老伙计，我想这群法律秩序的敌人们看样子真的想要陷你于苦恼之中！他们这样漠视他人的生命，简直太可恶了！我先失陪一下，换件合适的衣服再跟你去。”

说着，万斯转身向卧室走去，马克汉随即拿出一根雪茄准备要吞云吐雾一番，而我就借这个机会回到书房把刚刚处理过的资料整理好。

万斯用了不到十分钟的时间就穿戴整齐地再度出现在了大家面前。他从管家柯瑞手里接过帽子、手套以及藤制手杖，兴奋地说起了法语：“出发吧！”

玛格丽特·欧黛儿的公寓位于西七十一街一百八十四号，就在百老汇大道旁。我们开车沿着麦迪逊大道来到上城，进入中央公园，然后从西七十二街穿出，来到了事发地点。公寓门口早已挤满了好奇的群众，看到我们的车停在路边，执勤的警员赶紧为我们开出一条通道。

一进门，就看见助理检察官费塞希亚站在大厅等候。

他连声叹气道：“长官，又是一桩麻烦的案子，真是糟糕，还偏偏在这节骨眼上！”他耸了耸肩，看上去很沮丧的样子。

马克汉和别人握手的同时，嘴里还不停地嚷嚷道：“简直要崩溃了！现在调查工作进行得怎么样了？在你向我报告案情之后，刑事组的希兹警官也打来电话，他说这案子第一眼看上去就有点棘手。”

“何止是有点棘手？”费塞希亚认真地重复着，“简直是骇人听闻！希兹警官刚刚结束波以尔的案子，现在立刻又投入到这宗新案子中，就快变成陀螺了。莫朗督察刚刚在十分钟前到过这里，对他下达了调查令。”

“嗯，希兹是个破案高手。”马克汉宽慰道，“我们一定可以尽快破案的。哪一间是玛格丽特·欧黛儿的公寓？”

大家跟着费塞希亚来到大厅后方的一扇门前。

“长官，就是这间。”他说，“我现在非常疲惫，得走了，祝你们好运！”说完，他就离开了。

在这里有必要先对这栋房子以及它的内部结构作一个简单的描述，因为这栋建筑物的特殊构造与谋杀案中一些看似无法解释的部分有着或多或少的关联。

这栋公寓是石造的，有四层，可以看出它在建造的最初就是用来居住的；后来为了要改造成私人公寓，就将内部和外观进行了整修，使得每个楼层都被大致分隔成了三到四间的公寓套房，不过顶楼除外。犯罪现场在一楼，在这一层楼里一共有三间公寓和一间牙医诊所。

这栋大楼的主要出入口都正对着西七十一街，从大门进去，紧接着就是宽敞的大厅。玛格丽特·欧黛儿的公寓就在大厅的尽头，门牌号是三，而公寓大门正好和这栋大楼的出入口遥遥相对。通往楼上的楼梯在大厅中间靠右的地方。在楼梯的旁边，也就是大厅的右边，有一个小型会客室，没有门，可以从拱道直接进去。电话总机安放在正对楼梯的一个凹进去的狭小的空间里。整栋大楼都没有电梯。

一楼还有另一个重要特点，就是在右方的角落，也就是大厅的尽头，有一条小小的通道直通向外面。顺着欧黛儿公寓的墙壁一直往前走，那里有一扇门，打开后可以看到这座大楼西侧有一片空地。有一条四尺宽的巷子和这片空地相连，通往西七十一街。我也曾一度猜测这样简单明了的建筑格局，在整个案件的进行过程中扮演着什么样的角色；然而事实上，正因为它结构单纯，没有任何特殊之处，才不会令人浮想联翩，这也使办案人员在调查过程中困惑不解，几乎让这桩案件变成了无头公案。

马克汉进入欧黛儿公寓后没多久，刑事组的厄尼·希兹警官也赶到了现场。不过，看上去他那宽大、好斗的脸上却是一派轻松的神情。在以往办案的过程中，希兹总是处于刑事组和地检处的憎恨与对立之间，这次却没有在希兹身上看到这种情形。

“长官，很高兴可以在这里看到你。”他说这话的时候是真心诚意的。

说完，他转身朝向万斯，微笑着伸出双手和万斯握手，他们是在两个月前侦办班森谋杀案期间认识的。

希兹用戏谑的口吻调侃道：“大侦探这次又要加入到我们的破案队伍中了！”

“是的。在这个金秋的早晨，你是否已经感应到了什么呢，警官？”

“你没有必要知道！”希兹突然变得严肃起来，转身看着马克汉愤愤说道，“长官，那群该死的家伙放着百老汇里那么一大堆过气的女演员不杀，偏偏挑上金丝雀玛格丽特·欧黛儿，看来他们是看准了当红炸子鸡的。”

此时，警政署督察威廉·莫朗走了进来，照例同在场的每个人握手致意。尽管之前他只见过我和万斯一次，但却清楚地记得我们的名字，和我们寒暄了一番。

“非常高兴你能来，”他对马克汉说，声音听上去优雅而又和气，“我刚到，还没进入状况，希兹警官会给你提供所需的相关资料。”

“我给他的资料已经够多了。”希兹一边带领大家向客厅走去，一边喃喃自语。

格丽特·欧黛儿生前住的地方很宽敞，有两个用拱门连接起来的大房间，拱门上垂挂着暗红色帷幔。一进门可以看到一个八英尺长、四英尺宽的玄关，往前走有一扇威尼斯风格的高级玻璃门，进去是一个客厅。想要进入卧室只能穿过客厅从拱门进入，因为这间公寓里没有其他的出入口。

站在客厅里，可以看到左侧有一张覆盖着织锦丝缎的体积庞大的长沙发，壁炉就在它的正前方，沙发的正后方摆放着一张紫檀木的长桌。玄关和通往卧室拱门之间的右墙上有一面镜子，是三折式的玛丽·安托瓦内特镜子，下方是一张红褐色的折叠式方桌。还有一架小型史坦威钢琴放在拱门的另一侧、靠近外挂式凸窗的地方，钢琴上有一些路易·塞斯风格的做工精美的装饰品。壁炉右侧的角落里摆放着一张写字桌，旁边靠着一个手工制作的方形皮面字纸篓。壁炉左侧有一个橱柜，是我从未见过的、工艺精湛的古希腊样式的。墙上挂了几幅法国名画的复制品，有布歇、弗拉格纳尔和华铎等人的作品。走进卧室，可以看到里面有一个五斗柜、一个梳妆台和几把镀金的椅子。整间公寓华而不实的脂粉气息，恰好衬托出了金丝雀作为明星独有的那种易逝凋零的个人气质。

当我们从玄关进入到客厅，正要驻足观望的时候，一下子被屋内遭人力破坏过的残破景象吸引住了。到处都凌乱不堪，好像被暴风雨扫过的街道一样。

“他们似乎做得还不够高明。”看到此情此景，莫朗督察不禁感叹道。

“在我看来，我们应该感谢那些家伙没用炸药把房子炸了。”希兹用尖酸刻薄的语气回应着。

然而最吸引我们目光的并不是这破乱的景象，而是沉寂地躺在沙发一角的金丝雀的尸体，她以一种别扭的侧扭姿势躺在那里，头部靠在沙发上，像是曾经被人用力向后扭转；长发散乱地垂了下来，看上去好像是一条被冻结的金色瀑布。她的脸被暴力摧残得已经不成人形了，皮肤也变了颜色，惊恐的眼睛蒙上了一层暗淡的薄膜，嘴巴张着，而嘴唇早已皱巴在一起了；脖子两侧有明显的淤青，身上穿着一件奶油色薄纱睡衣，镶有黑色的蕾丝。在沙发扶手旁我们还发现一顶金色的貂皮睡帽掉在地上。

房间里还留有当时她与凶手搏斗的痕迹。睡衣一边的肩带已经断落，胸口前镶有蕾丝花边的部位也裂开了一道横向延长的缝隙；她的腿上还散落着一团皱巴巴的淡紫色绸带花饰，是从她睡衣上扯落下来的。地上还有一只缎面的拖鞋，她右膝向内盘卧在沙发上，看来是在被凶手勒死之前奋力挣扎过。她的手指蜷曲着，很明显在她死之前，曾经紧紧握着凶手的手腕，直到断气，她的手才松开。

这种残败、凋零的死亡景象好像在这房间里施了一股魔咒，我们所有人都怔怔地盯着玛格丽特·欧黛儿的尸体，最后，还是希兹的声音将我们拉回了现实当中。

“马克汉先生，你看，她显然是坐在沙发的这个角落的位置上突然遭遇背后攻击的。”

马克汉点头表示认同：“这个男人一定是个健壮有力的人，否则他怎么能这么轻易地将金丝雀勒死。”

“我同意你的看法！”希兹说。

接着他弯下身检查尸体，指着死者手指上的一个伤口，说道：“他们将她手上的戒指拿走了，而且用了强力。”他又指了指欧黛儿肩上断落的一段镶有小珍珠的白金项链，“她脖子上的挂饰也都被硬扯走了。他们还真是没有放过一件值钱的东西，不浪费一点时间。作案手法非常干净利落。”

“法医来了吗？”马克汉问。

“马上就到了，”希兹回答，“德瑞摩斯医生出门前一定要吃早餐的。”

“有他在，可以找出一些更加深入的线索。”

“我掌握的线索已经足够多了。”希兹强调，“看看这副惨状，我想即使是遭受堪萨斯飓风袭击，情况也不会这么糟。”

我们结束了对尸体的初步观察，来到房间中央。

希兹警告说：“不要触碰任何东西，马克汉先生，我们已经通知了指纹专家，他们随时会到。”

万斯故作惊讶地看着希兹。

“不会吧，警官，您该不是认为那些家伙会留下指纹等您来查吧？这都什么年代了？”

“万斯先生，坏人不是个个都聪明。”希兹反驳道。

“哦，当然，亲爱的，如果他们真的个个都聪明，肯定就不会被抓了。可是，单凭指纹进行判断的话似乎并不准确，毕竟那只表示留下指纹的这个人曾经在某个时刻在现场逗留过，可这并不意味着这个人有罪。”

“也许你说得对，”希兹有些不服气，“不过我先声明，如果让我在这个现场找到任何指纹，我一定不会宽待那个留下指纹的家伙。”

万斯似乎被吓到了：“警官，我可真害怕。从今以后，我外出时一定要戴着手套。你知道，我这个人好奇心很强，总是喜欢摸摸这个，碰碰那个的，像屋子里的家具、茶杯或者厨房用具什么的，都不会被我放过。”

马克汉突然插话说：“在法医到达之前，大家可以四处看看。”

“还不是和以前的案子一样，那些家伙杀了这个女人之后将所有值钱的东西席卷而去。”希兹摆出一副很有经验的样子。

两个房间都被洗劫一空，地上到处散落着衣服和其他物品。并且，两个房间的衣橱的门都是开着的。从卧室里衣橱的混乱情形，可以看出凶手行凶时很仓促。由于客厅的衣橱里放的都是一些不常用的东西，所以并没有被搜刮得太厉害。这群歹徒还把梳妆台的抽屉和五斗柜翻了个遍，床单、枕头、被子全都被翻乱了，床垫也被整个翻了过来，地上还倒着两把椅子和一张小茶几。碎片随处可见，凶手好像因为找不到什么东西而用花瓶来撒气，摔得满地都是碎片。写字桌的抽屉里只剩下散乱的纸张和簿本。古希腊式橱柜被翻搅的程度丝毫不亚于写字桌，柜门也是大剌剌地敞开着。长桌的边角处倒着一个青铜制的台灯，上面的缎面灯罩也被刮破了。

看着这片混乱的景象，我的视线突然被两样东西吸引住了——一个是可以在任何文具店里买到的黑色金属文件盒；另一个是钢制的、挂着圆形锁的首饰盒。

文件盒被置于长桌之上，紧挨着倒落的台灯。盒盖虽然是关着的，但钥匙却还插在钥匙孔里，盒子里已经是空无一物了。这个盒子在混乱不堪的房间里似乎变成了唯一一件使人感到井然有序的东西。

首饰盒放在卧室的梳妆台上，歹徒似乎用了很大的力气才将它撬开，以至于整个盒子都已经变形了。首饰盒旁还放着一把铜柄的火钳，估计是从客厅拿来撬首饰盒用的。

这两样东西是万斯不经意间发现的，就在他走近梳妆台的时候，突然停了下来，拿出他的单边眼镜，倾身仔细地察看着已经变了形的首饰盒。

“嗯，这个东西很特别！”他一边用金笔轻轻敲击着盒盖的边缘，一边喃喃自语，“警官，你有什么发现吗？”

此刻，希兹正眯着眼睛盯着万斯。

“那么，你有什么发现吗？”他反问万斯。

“这一点很容易被忽略。”万斯轻声道，“刚刚我突然有了一个重要发现，我觉得用这把普通的火钳根本无法撬开这个用钢片打造的盒子，你觉得呢？”

希兹点点头表示认同：“你说得没错，这把火钳绝对无法撬开这把锁，充其量只会对这个首饰盒造成一点损伤罢了。”

他又转向莫朗督察。

“我会找我们的伯纳‘教授’来帮忙解决这个难题，如果他可以的话。打开首饰盒这样高难度的工作我可做不来，而且这项工作也不适合我这样的人做。”

万斯又低头对首饰盒进行了一番研究，最后面有难色地抬起头来。

“哦，我的上帝！昨天晚上这里一定发生了什么诡异的事情。”

“别大惊小怪的了，没什么诡异的，”希兹说，“这不就是一起入室抢劫案吗？”

万斯拿下眼镜擦了擦，把它收了起来，然后对希兹说：“警官，我保证如果你在办案时一直是这种态度的话，铁定会触礁的，希望到那时仁慈的上帝会及时将你从危险的边缘拯救回来。”

魔鬼的足音

九月十一日，星期二，上午九点三十分

首席法医德瑞摩斯在我们回到客厅没多久就兴冲冲地赶来了。从他车子里一起下来的还有杜柏士队长、指纹专家贝拉米探员以及手里拿着照相机和一副折叠三脚架的警方摄影师凯比特。

德瑞摩斯边走边喊道："是什么风把大家都吹来了！又是一个棘手的案子？但是，检察官，你的朋友们一大早就像个催命鬼似的把人叫起来，也太过分了。好歹也挑个让人可以接受的时间嘛，我真是有点吃不消啊！"

他看上去精神特别好，和每个人逐一握手、寒暄。

"尸体呢？"他环顾屋内，很快就发现了沙发上的尸体，"原来是个女人。"

德瑞摩斯法医一个箭步走上前去，迅速着手检查玛玛格丽特·欧黛儿的尸体。他蹲了下来，仔细地检查了她的脖子和手指，为了确定她死后的僵硬程度，他摇动了她的手臂和头部，最后让她僵直的四肢松弛下来，平放在长椅垫上，准备再做进一步的检查工作。

希兹挥手叫上了杜柏士队长和贝拉米探员，我们一行人都来到了卧室，准备再进行一次详细的检查。

希兹对他的两位同事说："一定要仔细一点，别放过任何一个地方，特别是这个首饰盒和这把钳子的握柄部分，要多留意一下，还有客厅里的文件盒也要认真检查。"

"是的，警官，我们会留意的。"杜柏士队长说，然后他和贝拉米便分头行动了。

我们的视线很快被集中在了杜柏士队长的工作上。整整五分钟里，我们一直认真地在一旁看着他检查首饰盒与钳子的握柄。只见他拿着珠宝鉴定专用的那种放大镜，小心翼翼地捏住这些东西的边缘，举到眼睛跟前，从口袋里掏出一个小型的手电筒，照着首饰盒和钳子的每一寸地方细细查看了一番，才将它们放了下来。

他皱着眉头说："上面没有任何指纹，都被擦得干干净净了。"

"一定是职业杀手干的。"希兹咕哝着，然后转向另一名指纹专家，"你那里有没有什么发现？"

"也没有，"贝拉米似乎有点恼火，"上面只有一些旧的斑点和灰尘。"

"看来这边不会有什么发现了，只能指望法医那头的进展了。"希兹愤愤地说道。

这时，德瑞摩斯法医走进了卧室，他径直来到床边，拿起一条床单，回到沙发旁将尸体盖住。然后他关上他的手提箱，顺手将帽子戴在头上，朝众人这边疾步走来。

“可以肯定，这是一起单纯的谋杀案。死者喉咙的正前方有几道淤痕，颈后骨处也留有拇指形状的淤痕。虽然死者在临死之前有过明显挣扎的痕迹，但凶手的动作干净利落，有职业杀手的风范，对死者进行了出其不意的攻击。”

“那么法医，能告诉我她的衣服是怎么破的吗？”万斯问。

“这个很难说，也许是她在窒息前出于本能反应自己弄破的。”

“我感觉不是那样的哦！”

“为什么？当时凶手的两只手都勒在她的脖子上，你说，还有谁能够在这个时候将她的衣服和胸花扯破？”

万斯没有立即回答，只是耸了耸肩，点上一根烟抽了起来。

显然，这种不合逻辑的回答惹恼了希兹，他跟着提出了另一个疑问。

“我觉得她手指上的伤痕，是因为那伙歹徒在抢夺她的戒指时施暴过度造成的，有这种可能吗？”

“当然，这也是有可能的，而且可以看出这些都属于新伤。另外我还在她左手腕上发现了几道刮痕，可能正如你所说的，是她的手镯被外力强行脱下时造成的。”

“嗯，这样的解释还有些道理，”希兹对法医这次的回答比较满意，“而且我估计他们还从她脖子上强行扯掉了一些饰品，像项链什么的。”

法医的反应有些淡然：“也有这个可能，她右肩后方有一道凹痕，可能是被项链之类的饰物勒出来的。”

“那么她的死亡时间呢？”

“大概是在昨晚十一点半，或许更早一些，反正不会超过午夜十二点，也就是九或十小时之前吧。”他开始在屋里来回踱步，似乎有些待不住了，“还有什么事吗？”

希兹仔细地想了想，说：“没什么了，你赶快进行你的验尸工作吧，我马上就要把尸体送到殡仪馆了！”

“好的，验尸报告明天就能交给你。”看得出，德瑞摩斯法医很想早点离开这里，不过出于礼貌，他还是在离开前到卧室和希兹、马克汉以及莫朗督察一一握手道别。

希兹在法医后面出去了，我听见他吩咐门外的警员让他们给公共服务部打个电话，马上叫一部救护车来。

此时，万斯转身看着马克汉讽刺道：“好一个团队！我真对你们这位法医佩服得五体投地，你在这里急得像热锅上的蚂蚁一样，而这位精力充沛的法医先生却只为自己因早起可能受到损伤的肝脏而担心。”

马克汉也抱怨道：“他哪里不舒服了？他没承受媒体和舆论的压力。对了，你觉得撕破的睡衣哪里不对劲儿？”

万斯漫不经心地看着手上点燃的烟。

“从现场的情况看，我们可以确定一点：这位女士是在毫无预料的情况下遭受攻击突然死亡的，因为从她死亡的姿势来看，在死之前她没有与歹徒发生过任何打斗，否则她就不会坐在那儿被人从后方活活勒死。由此可以判断出，当她被人勒住脖子的时候，她身上穿的睡衣和睡衣上的胸花应该都是完整的。可是，抛开那位法医大人所下的结论，依常理推断，衣服的破损状况不像是她自己造成的。即使是胸前的睡衣勒得她喘不过气来，她也应该是把手伸进衣领里通过撕扯上衣来透气。但事实上，她睡衣的上半部分完好无损，唯一破损的地方就只有蕾丝荷叶边。而这个蕾丝荷叶边显然是被一股强大的外力从一旁扯破的。通常在这种情况下，任何的拉扯动作都应该是向下或者向外的。”

莫朗督察一直在一旁专心致志地听着，而希兹却丝毫没有耐性。在他看来，撕破的睡衣和这件他认为很简单的大案之间没有任何关联。

万斯继续分析道：“此外，如果胸花是她被勒住时自己扯掉的，它应该会掉在地上。你想想，她的尸体扭向一边，右膝蜷缩着，一只脚上的拖鞋也掉了，可见当时她一定有过激烈的挣扎。在这样的挣扎当中，任何东西都不可能继续停留在她的膝盖上。即使她端坐在沙发上，手套、皮包、手帕、餐巾、小册子之类的东西也都会从她的膝盖上滑落的，所以我说胸花理应在地上。”

马克汉回应道：“如果你的论点正确，是不是可以认为蕾丝的撕裂和胸花的扯落应该发生在她死以后？可是这种野蛮行为有何用意呢？”

“唉！”万斯轻声叹息道，“整件事有很多诡异之处。”

希兹看着他：“知道吗？你已经第二次这么说了。但是直到现在，也没有从这件谋杀案中发现任何你所谓的离奇、诡异之处。从我们的调查来看，这只是一个性质单纯的案子，不要想得太复杂了。”他态度坚决，极力为自己那快要被推翻的理论作辩护，“睡衣几乎可以在任何时间被扯破，胸花也可能正好是钩挂到睡衣上的蕾丝而没有掉落到地面。”

万斯对希兹的解释很不满：“那么你如何解释那个被蓄意破坏的首饰盒呢？”

“也许凶手一下子打不开它，就用自带的铁锹撬开了。”

万斯追问道：“如果他随身带了可用的铁锹，为什么还要费时费力地跑到客厅去找那些没用的钳子？”

这个问题让希兹有些不知所措了，他尴尬地摇了摇头。

“这些歹徒的真正意图你永远都搞不清楚。”

“是吗？”万斯的语气里充满了斥责和蔑视，“‘永远’这两个字应该不是从像你这样聪明的警官口中说出来的吧？”

希兹的眼神依然锐利，又问道：“那么还有哪些事情让你觉得诡异呢？”

“有，客厅桌上的台灯。”

我们正好就站在连接两个房间的拱门之间，希兹一回头，就看见了那个翻倒的台灯。

“这有什么不对劲儿的？”

万斯说：“你看，它是翻倒在那儿的。”

“是啊，但那又怎样？”希兹很困惑，“屋子里的东西几乎都被搞得东倒西歪的。”

“为什么大部分东西都被翻得乱七八糟的呢？原因大概只有一个，他们在找什么东西，他们似乎动作一致地在搜刮屋内所有值钱的东西。但是你们看那盏台灯，它倒在桌子的边角上，相距死者遇害的位置至少有五尺之远，这和屋子里的情形太不搭调了。而死者本人在挣扎的过程中，更不可能打翻台灯。这绝对不可能发生，台灯是不应该被打翻的，折叠桌上那面美丽的镜子也同样不该被打破。这就是我认为的诡异之处。”

希兹突然指着翻倒在地的镀金椅子和钢琴附近的一个茶几问

万斯："那个茶几和那些椅子是不是也很奇怪呢？"

"哦，没有，它们一点也不奇怪。"万斯肯定地回答道，"这些家具都很轻，很容易被闯入者在情急之下碰倒。"

"这么说来，台灯也可能在同样的情况下被碰倒。"希兹立即反驳道。

万斯摇着头说："这是不可能的，警官。它不是头重脚轻的，底座是用实心铜做的，而且当时它稳稳地站在边角，不会对任何人造成妨碍。所以，台灯一定是被人故意弄倒的。"

希兹不再说话了，多年的办案经验告诉他，万斯的洞察力不可小视。

"除了这些，现场还有什么不和谐的东西吗？"希兹在沉默了一会儿之后，终于忍不住又开口了。

万斯用手上的烟指着客厅里的衣橱。这个衣橱放在正对着沙发一角的玄关旁的一个角落里，离古希腊式橱柜很近。

万斯漫不经心地回答道："你可以仔细查看一下那个衣橱，虽然它的门是半开的，但是里面的东西根本没有被碰过。"

希兹走上前去，仔细检查了衣橱的内部。

"嗯，确实有些奇怪。"他终于承认了这个事实。

万斯则从他的背后看着衣橱。

"哦，天哪！"他突然叫了一声，"你看，钥匙竟然被插在门的内侧！有谁会从衣橱里面锁门？"

"这有什么奇怪的，"希兹一点也不在意，"说不定这门从来没被锁过呢！总之，很快就会找出答案了。等杜柏士队长结束他的工作，我就去和外面等候着的女佣谈谈，一定可以得到一些线索的。”

他转向杜柏士：“有什么发现吗？”

当时，杜柏士已经完成了卧室指纹的采集工作，正在采集钢琴上的指纹。听到希兹的问话，队长摇了摇头道：“他们作案时都戴着手套。”

“我这里也一样。”贝拉米跟着说了一句，他正跪在写字桌前采集指纹。

万斯转向窗边，泰然自若地抽着烟，看着窗外的风景，似乎已经对这件案子失去了兴趣。

这时，大厅的门突然被推开了，一个矮小瘦弱的男人走了进来，满头灰发和杂乱的胡子在阳光下显得极为突出，他不时地眨着眼睛。

希兹走上前去和这位刚来的客人热情地打招呼：“早安，教授。你来得正好，我手上现在又有一桩好活了，哈哈，这正是你拿手的。”

这位刚来的客人可是一个厉害的角色，他正是隐藏在这个侦查团队背后的、能力非凡的破案专家之一——副督察康奈德·伯纳。通常，大家在碰到什么棘手的技术问题时，总喜欢向他征询意见，然而，他的名字和功劳却很少为人称道。他的专长是破解罪犯在开锁时所使用的一些盗窃工具。他能够从歹徒留下的迹象中精确地解读出犯罪工具，在我看来，就算是洛桑大学那些勤奋刻苦的教犯罪学的学者，在这一点上，也没有几人能和他相媲美。还有一件有关他的趣事，那就是他在纽约市警局任职的十九年中，由于他无人能及的专长，他一直被人们尊称为“教授”。他的外表看起来也确实像一位不起眼的教授。他身上穿着一套未经熨烫的传统剪裁的黑色西装，里面穿一件立领衬衫，打着一条窄长的黑色领带，看起来就像是一位十九世纪末的牧师，他还戴着一副金丝眼镜，镜片非常厚，使他的瞳孔看起来大得惊人。

他面无表情地站在那里听希兹讲话，似乎是在等着执行任务，完全忽视了其他人的存在。显然，希兹对这位瘦小的警官非常了解，不等他反应，就径直走进了卧室。

“教授，这边请。”伯纳跟了进来，希兹来到梳妆台前，拿起首饰盒说，“看看这个，有什么发现？”

伯纳接过首饰盒，静静地走到窗边，仔细观察起来。万斯似乎突然间又来了兴致，跟了过去，站在一旁看着。

伯纳戴着他那副厚得吓人的近视镜，把首饰盒拿在手上足足端详了五分钟。终于，他回过头来看着希兹说：“凶手先后用两种工具试图打开这个首饰盒。”他说话时眼睛一直眨个不停，声音虽然不大，但却尖锐有力，充满了无比的权威。“他先是用某件物体重击，使得盒盖弯曲，同时在烤漆的表面造成许多刮痕。又用了某种铁制的凿刀，是专门用来破坏锁的。第一种是一件钝器，使用者由于不熟悉这项工具，在操作时杠杆角度有所偏差，结果只造成盒盖边缘扭曲变形；但是第二种工具的使用方法非常正确，找对了施力点，刚好可以把锁簧弄开。”伯纳的分析十分细致。

“你是说这伙歹徒是惯窃？”希兹问。

“很有可能，”伯纳回答，“可以说，他们撬锁的手法非常职业化，而且我甚至可以大胆地说，歹徒为了实施这次犯罪行动，专门准备了这项撬锁工具。”

希兹拿起那把火钳问："你觉得这玩意儿派上过用场吗？"

伯纳接过火钳反复查看。

"这个绝对不是撬开锁的工具，但很可能就是那件用来弄弯盒盖的钝器。你看，这把火钳是用铁铸的，只要施力过大就会折断。而首饰盒是用冷钢打造而成，并且里面还有一个圆柱形的倒钩锁，需要一把特制的钥匙才能够打开；我想只有凿刀才有足够的力道将这把锁撬开。"

"嗯，好，先说到这里吧。"希兹对伯纳的结论非常满意，"接下来，我想请你对这个首饰盒进行一番更为详细的检查，教授，我希望到时候你会有更多的发现。"

"好的，不过我想带走它，你不会反对吧？"说完，这个瘦小的专家夹着首饰盒，一声不响地离开了。

看着他离开，希兹笑着说："他是个怪人！不找到答案绝不罢休。他早就迫不及待想要带走那个盒子了，恐怕一路上就像母亲捧着婴儿般疼爱地捧着它。"

万斯的眼里满是困惑，仍旧站在梳妆台附近，漫不经心地看着这个房间。

"马克汉，我觉得整个案子都被那个首饰盒弄得更复杂了，现在看来，这事既不合理，也毫无逻辑可言，实在让人捉摸不透啊！从那个盒子刮损的情形来看，似乎不是高手所为，但那个坚固的锁确实又被撬开了，这太让人困惑了！这种高明的手法，的确只有真正的高手才能做到……"

还没等马克汉作出回应，杜柏士队长突然叫嚷道："警官，我这里有新发现！"

我们立刻被他的声音吸引过去，满怀期待地来到客厅。只见杜柏士站在沙发后面，几乎就在金丝雀陈尸位置的正后方。他拿出一个指纹显示器，乍一看，好像一个小型手动式风箱，他对着指纹器吹了一口气，淡黄色粉末便均匀地散布在了桌面上，大约有一平方英尺的面积。接着，他将多余的粉末轻轻吹掉，于是，一个深黄色手印出现在了我们眼前。这个手印在粉末中呈现的样子就像是一座座环状的小岛，上面的纹路清晰可辨。随后，摄影师立即对着这个手印拍了两张照片。

“这样就可以了，”对于自己的发现，杜柏士显得非常满意，“歹徒留下了清晰的手印，而且可以断定是右手掌，可见，当时那个家伙就站在这名女子的正后方。况且这个掌印的痕迹看上去很新呢。”

“那么在这个盒子上有没有什么发现？”希兹指着一个翻倒在台灯旁的黑色文件盒问道。

“这上面被擦拭得非常干净，没有留下一点痕迹。”

说完，杜柏士就开始整理他的检查工具。

“等一下，杜柏士队长，”万斯突然开口道，“衣橱内的门把儿检查过吗？”

杜柏士听了，猛地转过身去，瞪着万斯。

“怎么会有人无聊到去握衣橱内的门把儿，我想通常人们开关衣橱都是从外面进行的。”

万斯故作惊讶地将眉毛向上挑动了几下。

“哦，你是这样认为的呀？呵呵，不过，你想过没有？如果一个人他就待在衣橱里面的话，他就不会碰触到衣橱外的门把儿。”

“这真是可笑，不会有人蠢到将自己关在衣橱里的。”杜柏士不屑地说。

“这可就不好说了，”万斯反驳道，“难道你不知道吗？有许多人恰恰正是沉溺在这种特殊的习惯当中，甚至把它当做某种形式的消遣娱乐呢！”

马克汉突然开口了，似乎是来打圆场的。

“万斯，对于那个衣橱，你是怎么看的？”

“唉，我也没主意了。”万斯显得很无奈，“有一个问题我无论如何也想不通，那就是为什么衣橱看起来没有任何被翻弄过的痕迹，还是那样整整齐齐的。按理说它应该被大肆搜刮过才对。”

此时，同样陷入迷惘中的还有希兹，他对杜柏士说：“我想你最好还是再仔细检查一下那个里面的门把。同这位万斯先生一样，我也觉得这个衣橱中确有蹊跷存在。”

杜柏士显然有些不悦，他默默来到衣橱前，将采集指纹专用的黄色粉末撒在了里面的门把儿上。之后，他将粉末吹散，弯下腰，拿起放大镜仔细检查。过了好一会儿，他终于直起了身子，神情乖戾地看着万斯，勉强承认：“门把儿上确实留有指纹，而且是新的，这下你满意了吧！我敢肯定，这些指纹和桌面上的是同一个人留下的。你们看，这两处的指纹中，大拇指指印都是环状的，而食指都是螺纹状的。彼得，看这里，”他对一旁的摄影师说，“把这个门把儿拍下来。”

结束了检查工作，杜柏士、贝拉米和摄影师一起先离开了。

之后，莫朗督察也离开了。走到大门口的时候，正好遇到两名身穿白色制服的实习医师，他们是奉命前来将金丝雀的尸体搬走的。

地狱之门

九月十一日，星期二，上午十点三十分

我、马克汉、希兹和万斯还留在公寓里。窗外，不时有乌云飘过遮住阳光，整个房间都被灰暗幽冥的光线笼罩着。此时的马克汉正靠在钢琴边上，嘴里叼着一根雪茄，在那里四下张望，神情虽然有些落寞但却很是刚毅。万斯则走到客厅墙上挂的一幅画前，一边看一边发表批评。这幅画看上去像是十八世纪法国画家布歇的作品。

万斯用挑剔的眼光审视着这幅画："笑靥绽放的裸女，拉弓嬉戏的小爱神丘比特，天空中的云卷云舒。"可以看出，他对所有描绘法国路易十五统治下的颓废生活的作品都深恶痛绝，"无法想象，在这种描绘情爱、绿意浓浓和温驯绵羊的作品出现之前，那些宫廷的交际花们会在自己的闺房中挂上什么样的画。"

“我现在对那个不感兴趣，我想知道的是，昨晚在这间不寻常的闺房中发生的一切。”马克汉对万斯的话感到很不耐烦。

“长官，别这么忧心忡忡的，”希兹自信满满地说，“杜柏士队长会把他刚才发现的指纹和之前我们提供给他的指纹资料进行比对，我想很快就能找到真凶了。”

万斯脸上浮现出略带悲悯的笑容，转身看着希兹。

“警官，你这么有把握呀！我可没有你这么乐观，我倒是觉得在这桩惨案真相大白之前，这些指纹宁可没有被那个手持杀虫粉的暴躁队长发现的好。”他半开玩笑地说，“请容我告诉你们一个秘密，其实那个在紫檀木桌面和衣橱门把上面留下指纹的家伙，和这位金丝雀的死根本毫无关系。”

“你到底在怀疑什么？”马克汉听出了他话里的意思。

“亲爱的老伙计，真的没什么。”万斯的声音变得柔和起来，“我觉得此刻，我就像是漫游在太阳系中看不见路标一样毫无头绪，我的心智正徘徊在一条通往晦暗的歧途上。在前方不远处，黑暗之口正在一点点将我吞噬，我仿佛置身于一片浩瀚的黑暗之中。我的心智被地狱之河的幽冥困住了，我觉得自己已经深陷黝黯的阴阳世界中。”

马克汉太了解万斯的习惯了，他喜欢用这种饶舌的话来回避正题。于是，他转向希兹。

“这栋房子里的所有人你都盘问过了吗？”

“欧黛儿的女佣、大楼管理员以及接线生我都已经问过了，不过觉得问得还不够详细，我是想等你来，因为我已经被他们所描述的事情弄得头昏脑涨了。而且如果他们一直都坚持他们目前的说法的话，那就难办了。”

马克汉说：“现在就叫他们进来，先叫女佣。”

接着，他坐在了钢琴前的板凳上，背靠着琴键，一脸严肃的表情。

希兹站了起来，没有走向大门，而是径直来到外挂式的凸窗前面，将金色的纱窗拉向一边，说：“长官，我想在你盘问这些人之前提醒一下，你看，那就是这栋公寓大楼的出入口。注意看那边那个铁栏杆。这里所有的窗户，包括浴室，都装着这样的铁栏杆。显然，这栋房子的建筑商在装这些铁栏杆时就做了周全的考虑，而且这里离地面大概只有八到十英尺高，没有人能够从这下面通过的。”

说着，他将窗帘拉回原位，走到了玄关。

“现在，整栋大楼就只有一个出入口可以进入这间公寓，就是朝向大厅的这扇门。而且在这里，既没有气窗也没有通风口，更没有送菜用的升降机；换句话说，这扇门是这间公寓唯一的进出口。长官，我说这么多，只是想请你在聆听那些人的叙述时，把这件事放在心上。好了，现在我叫女佣进来。”

很快，一名年约三十岁、黑白混血的妇人出现在了我们面前。她衣着整齐，看起来精明、干练。她和一般的女佣很不同，说话的时候轻声细语的，咬字也十分清晰，而且条理分明，一看就知道接受过不错的教育。

她叫埃丽米·杰弗逊。我将马克汉和她的对话整理了一番，以下就是这段谈话的大意：

和往常一样，她在早上七点多来到欧黛儿的公寓，因为这里的女主人总是睡到很晚，所以她自己拥有一把钥匙，可以在这里自由出入。

一星期中，她会有一两次到得很早，通常会在欧黛儿小姐起床前为她缝补衣服。而今天，她特意早到就是为了帮欧黛儿小姐修改睡袍。

然而，当她打开门的一刹那，立刻被眼前的一幕吓呆了，屋子里凌乱不堪，通往客厅的玻璃门也是敞开的，几乎在同一时间，她看见了沙发上女主人的尸体。

慌乱之中，她叫来了当时正在值班的接线生杰苏。杰苏走到公寓里，只往客厅里瞄了一眼，就立马打电话报了警。埃丽米就一直坐在大厅的会客室里，静静地等候着警察的到来。

虽然有些紧张，但是她仍然能够把自己的情绪控制得很好，证词简洁而且直接。

“很好，现在……”马克汉停顿了一下，“我们让时间回到昨天晚上。告诉我，你几点钟从这间公寓离开的？”

“大概是六点五十几分。”这个女人说话的语气非常平和。

“你通常都会在这个时间离开吗？”

“不，平常都是六点钟。但昨晚我帮欧黛儿小姐准备晚宴礼服，所以才晚了点。”

“你平时都不用帮她准备晚宴礼服的吗？”

“是的，长官。但昨晚有位男士要来和欧黛儿小姐共进晚餐，之后还要一起到剧院去，所以她希望自己看起来更美一些。”

“哦？”马克汉似乎来了兴趣，“你知道这名男子是谁吗？”

“不知道，长官。欧黛儿小姐没说。”

“那么你觉得谁最有可能？”

“这我就更不知道了，长官。”

“是欧黛儿小姐要你今天早点来的？那么，她什么时候跟你说的？”

“就在昨晚我离开这里之前。”

“所以，是不是可以说对于可能遇到的危险她根本没有任何预期，或是对于这位男伴也没有任何恐惧感？”

“嗯，也可以这么说……”她似乎正在思考，“我想她没有预料到危险，她昨晚看起来兴致非常好。”

马克汉回头看着希兹，问道：“警官，你还要问其他问题吗？”

希兹把尚未点着的雪茄从嘴里拿开，屈身向前，用两只手撑着膝盖，扯着粗嗓门儿问道：“昨晚欧黛儿这个女人戴的是什么样的首饰？”

女佣听到警官这样问她，态度立刻变得高傲起来。

“欧黛儿小姐，”她特意将“小姐”两个字说得很重，很明显，对于希兹不尊重欧黛儿小姐的态度，她感到非常不满，“她好像把所有戒指都戴上了，应该有五六枚吧。手腕上还戴了三个手镯，其中一个镶嵌着方形钻石，一个镶嵌着红宝石，还有一个是钻石和翡翠。她脖子上戴的是一条梨形钻石吊坠的项链，光芒四射的，十分华贵。另外，她随身携带着一副白金有柄望远镜，上面镶有钻石和珍珠。”

“她还戴了其他首饰吗？”

“也许还有一些小个儿的饰物吧！不过我没亲眼看见，不是很确定。”

“她是不是把首饰统统放在卧室的一个钢制首饰盒里？”

“是的，平时不戴的时候当然就放在那个首饰盒里。”女佣开始变得不耐烦了。

“也许即使戴着它们，她还是会将首饰盒紧紧锁上。”

对于女佣的态度，希兹开始反唇相讥，而对于她回答他的问题时始终没称他“长官”的事情，他也很介意。此刻，他起身来到紫檀木桌前，指着桌上的黑色文件盒。

“这玩意儿你以前见过吗？”

女佣面无表情地点点头：“见过很多次了。”

“那么，你告诉我，它通常放在哪里？”

她朝那个古希腊式的橱柜颔首示意：“就放在那里面。”

“你知道盒子里有些什么？”

“我怎么可能知道？”

“啊？你不知道？”希兹突然变得暴躁起来，然而，他严厉的态度对这位冷静的女佣没有起到任何作用。

她的表情依然很镇定：“我真的不知道，一直以来，它都是锁着的，我从没看见欧黛儿小姐打开过。”

希兹走进客厅，来到衣橱的门边，生气地问道：“看到那把钥匙没？”

虽然这个女人还是再次镇定地点了点头，但是这一次我注意到，她的眼神里透露出些许的惊讶。

“门内一直都插着这把钥匙吗？”

“不，这把钥匙一直都插在门外的。”

希兹用奇怪的眼神看了一眼万斯，又转身对着门把蹙眉沉思了一会儿，然后朝着带女佣进来的警员说：“史尼金，带她到会客室，将有关欧黛儿首饰的详细情况做成笔录。之后就让她在外面等着，我一会儿还有话要问她。”

随后，史尼金将女佣带了出去。

刚才希兹盘问那名女佣的时候，万斯一直懒洋洋地靠着沙发。此时，他朝天花板吐出一个烟圈，说道：“现在一切不是明朗化了吗？这让我们的侦破工作向前迈进了一大步。现在，我们已经知道了一个事实，那就是那把衣橱的钥匙事实上是插错了位置，而且还知道我们这位美丽性感的金丝雀要和她的一位亲密伙伴到剧院去。或许，就在她的这位亲密伙伴将她送回家之后没过多久，她就永远地离开了这个邪恶的世界。”

“你是不是觉得她的这些叙述对我们的侦破工作很有帮助？”希兹用轻蔑的眼神看着万斯，“还是等听完接线生说的疯狂的故事后再作定论吧。”

马克汉也不耐烦了：“好了，警官，现在就当我们已经在这件棘手的案子上面有了新的突破。”

“我建议先对大楼管理员进行讯问，马克汉先生，至于为什么，等会儿我会告诉你的。”希兹来到欧黛儿公寓门口将门打开，对马克汉说：“长官，请看一下这里。”

他从公寓出来，来到大楼大厅，顺着他手指的方向，我们看到在欧黛儿公寓和会客室之间，有一条小通道，长约十尺，通道的尽头是一扇实心的橡木门，从那扇门出去，就直接来到了公寓大楼旁的一片空地。

希兹解释道:“这扇门可以说是这栋大楼里唯一的一个侧门。除了正门和这里，没有人能从别的任何地方进入大楼来。这层楼的所有窗户都加装了铁窗，从其他公寓也是无法进入这栋大楼的。我一到现场时就检查过了。”

回到欧黛儿公寓的客厅，希兹继续说：“通过今早的检查，我觉得我们要找的这个人很可能就是从这扇侧门进入大楼的，然后又偷偷潜入欧黛儿的公寓，而没被夜间值班的管理员发现。所以，我做了一个试验，想看看能不能打开这扇门。但是我发现，门是从里面闩着的——这一点很重要，不是锁着，而是闩上的。并且，这还不是一个普通的门闩，不是那种从外面就可以撬开或弄开的滑扣，而是那种非常坚固的老式铜制旋转扣闩。现在，我就是想要你听听管理员对这件事的说法。”

看到马克汉点头默许，希兹随即命令警员将管理员带过来。不一会儿，我们看见一名木讷的中年德国人进来了，他颧骨很高，一脸愁苦的样子，一边走一边紧收着下巴，还不时地用怀疑的眼光打量着我们。

希兹首先对这位管理员发难了，基于某种理由，他的态度有些咄咄逼人。

“你通常晚上几点离开这里?”

“一般都在六点钟，有时候会早一点或者晚一点。”这个男人用单调的语气回答着。显然，对于在自己执勤期间发生这起意外，他感到非常懊恼和沮丧。

“那你通常早上几点到这里?”

“八点。”

“你昨晚是几点离开的？”

“六点左右，可能是六点十五分。”

希兹停了下来，终于把那根已经在嘴里含了一小时的雪茄点燃了。

接着，他用带有挑衅意味的语气说：“现在我要讯问有关侧门的事，你之前说过在每晚离开前，你都会把它锁上，是这样吗？”

管理员非常肯定地点了好几次头：“没错，不过不是锁上，而是闩上。”

“你昨晚还是照例在六点左右把门闩上的？”希兹说话的同时，嘴里还不断地有烟冒出来，雪茄随着他说话时嘴的一张一合而不停地上下抖动着。

“或许是在六点一刻闩上的。”管理员用标准的德国腔补充道。

“你敢肯定昨晚确实把门闩上了？”

“当然，这是我每晚必做的事情，一向如此。”

从这名男子肯定的回答和认真的态度可以看出，昨晚这扇门的的确确是闩上的。不过，希兹为了确保万一，才在这个问题上花费了这么多的时间和精力。讯问结束之后，管理员被带离了房间。

万斯看着希兹，揶揄道：“警官，你知道，那位诚实的德国佬当时的确闩上门了。”

“嗯，是啊，他闩上门了，”希兹咕哝着，“我今早八点十五分到这里检查时，门仍然是闩着的。这也正是令人困惑的地方。如果这扇门从昨晚六点到今早八点一直都是闩上的，那么我就真的搞不明白了！现在，如果有谁能够告诉我杀害金丝雀的那家伙昨晚是怎么进来的，还有他是怎么出去的，我一定会感激不尽的。”

马克汉问：“难道他不会从大厅正门出入吗？根据你的调查，这似乎是唯一合理的解释。”

“长官，当初我也这么想过，但是，等我听了接线生的描述后，想法就彻底改变了。”

万斯仔细端详了一下整间屋子，缓缓说道：“接线生的位置是在大厅前门和这间公寓之间，因此，一旦凶手从总机附近经过，接线生一定能够注意到，对吧？”

“对！”希兹的回答简洁有力，“可根据接线生的说法，他没有看到有这样的人出入。”

马克汉似乎也被希兹激动的情绪感染了，随即下达命令：“立刻将那名接线生带进来，我要亲自审问他。”

希兹照着他的指示做了，但心里好像有点不情愿。

那一声惊叫

九月十一日，星期二，上午十一点

杰苏从进门的那刻起，就给人留下了深刻的印象。三十出头的年纪，粗犷的外形，健壮的体格，再加上结实宽阔的肩膀和刚毅而严肃的表情，简直就是一个受过军事训练的大兵。不过他走起路来有点跛，看得出来他右脚有点问题，他的左手臂僵硬弯曲，似乎是胳膊肘挫伤所致。他内敛而沉默，坚毅的眼神中充满智慧。马克汉示意请他坐到衣橱旁的一张藤椅上，然而他拒绝了马克汉的一番好意，只是恭谨地站在一旁。马克汉先问了他几个私人问题，从这些问题里，我也知道了一些信息，原来杰苏在世界大战时当过步兵队的士官，负过两次重伤，在休战前不久退伍回到了家乡。目前他做接线生已经有一年多的时间了。

“现在，杰苏，我要问一些和昨晚发生的悲剧有关的事情，你要把所有知道的事情统统如实告诉我。”马克汉终于说到了正题。

“是的，长官。”

看得出来，这名退役军人应该会将他知道的所有事情一一告诉我们，并且，对所提供信息的正确性有任何拿不准的地方，他也会坦白地说出来。我觉得他完全具备了目击证人所有的特质，训练有素而又细心。

“首先，请告诉我昨晚你几点来上班的？”

“晚上十点，长官。”杰苏直截了当地回答道，“值日班的接线生和我轮流值班，这阵子我都值夜班。”

“昨晚你是否曾看到欧黛儿小姐从剧院回来？”

“是的，长官。每个进出的人都从总机这里经过。”

“她几点回来的？”

“十一点过一点儿。”

“她是一个人回来的吗？”

“不，长官。她身边还有一位男士。”

“你认识他吗？”

“以前他来找欧黛儿小姐的时候，我曾见过他一两次，但是不知道他的名字，长官。”

“既然这样的话，你应该可以描述他的样子吧？”

“可以，长官。他个子很高，胡子刮得很干净，脸上留有许多灰色的胡楂。年纪在四十五岁左右，看起来是个有身份又富有的人——我想你懂我的意思，长官。”

马克汉点点头：“好，现在告诉我，这位先生陪欧黛儿小姐回来之后，是同她一起进了公寓，还是直接掉头离开了？”

“我看见他和欧黛儿小姐一起走进公寓，大概半小时之后离开的。”

听到这里，马克汉的眼睛立刻为之一亮，他似乎已经按捺不住内心的激动，连忙追问道：“你确定你刚才说得没错？他十一点左右到这里，和欧黛儿小姐一起待在她的公寓直到十一点半才离开，是这样吗？”

“是的，长官，我可以肯定。”杰苏显得非常镇定。

马克汉身子向前倾了一下，顿了顿，说：“杰苏，在回答我接下来的问题前，请仔细考虑清楚，昨晚是否还有其他人来找过欧黛儿小姐？”

“没有，长官。”他脱口而出，完全不假思索。

“为什么如此肯定？”

“因为一旦有人来找她，我一定可以看见的。我所在的总机的这个位置，是到她公寓的必经之处。”

马克汉又问：“你从没离开过总机吗？”

他表情严肃地回答道：“没有，长官。”像在为自己的擅离职守的暗示辩护一样，“即使我去喝水或上厕所，都是到对面会客室的小盥洗室里，并且还会一直开着门，以便留意总机的显示灯，这样我就可以看到是不是有电话打进来。所以就算我去上厕所或喝水，也不会有人能进出大厅而不被我看到。”

我想，在场的每一个人都被这个男人的真诚打动了，大家对于他的话也不会有任何怀疑。所以大家都确信，如果昨晚还有其他人来找欧黛儿小姐，杰苏一定会知道。

然而生性谨慎的希兹却显得有些困惑，他向外走到大楼大厅。过了一会儿，他带着一脸满意的表情回来了。

“是的，盥洗室的门和总机的位置正好在一条直线上，中间没有任何阻挡视线的障碍物！”他一边朝马克汉点头，一边解释道。

对于希兹给予他的肯定，杰苏却没有反应，他依然默默地站在那里，专注地看着马克汉，似乎在等待进一步的问话。这样沉稳的态度和自信的神态，不免让人产生由衷的敬佩和欣赏。

马克汉继续讯问：“昨天晚上你离开总机的次数是不是很多？每次离开的时间长吗？”

“长官，昨晚我只离开过一次，而且只离开一两分钟，就去了一趟盥洗室。不过，我的视线一直都没离开过总机。”

“那么现在，你愿意发誓说你敢保证昨晚十点以后，就再也没有人来拜访过欧黛儿小姐，并且在那名护花使者离开之后，再也没人离开过她的公寓？”

“长官，我愿意，我敢保证。”他回答得很坚定。

马克汉沉思了好一会儿，继续问道：“侧门的情况又是怎样的？”

“长官，侧门昨天一整晚都是锁着的。大楼管理员在离开前已经把门闩好了，今早才又打开。我从没碰过它。”

马克汉转向希兹。

“看来大楼管理员和杰苏的证词都将矛头指向了送欧黛儿小姐回来的那位护花使者。这样推测好像也合情合理，如果说昨天一整晚侧门都是闩着的，并且没有其他访客从正门进出，目标就只剩下他了。”

希兹的反应有些异常，他冷笑了一声。

“那很好，长官！如果昨晚这里没有发生别的事的话……”

他转头看着杰苏，“你来把后续故事告诉给检察官大人吧。”

马克汉满怀期待，好奇地望着眼前这位接线生，而万斯则用手撑着头，专心致志地听着。

杰苏就像一位军人在向长官报告一样，用他那平缓的声音，小心翼翼地陈述着事实。

“长官，事情是这样的。昨晚十一点半的时候，这位男士从欧黛儿小姐公寓出来，走到我面前时，他停下来请我帮他叫辆计程车。于是，我立刻打电话叫了一辆计程车。就在他等车的时候，我们忽然听到欧黛儿小姐在她的房间里大呼‘救命’。这位男士连忙掉头冲向欧黛儿小姐的公寓，我紧随其后。来到公寓门前，他先是敲了一下门，但是里面没有任何回应；于是他又敲了一下，同时大声问欧黛儿小姐是不是发生了什么事情。这次我们听到她说她没事，并且请他回去，不要担心自己。听到欧黛儿小姐这样说，他和我就离开那里，走回了总机旁，他还对我说欧黛儿小姐一定是做噩梦了，所以才喊救命的。后来我们还一起谈论了关于战争的事情。不一会儿，车就来了，我们互道晚安后，他就走了出去，接着我就听到计程车开走的声音。”

杰苏的这番叙述一下子将马克汉原先的推测彻底推翻了。马克汉十分沮丧，沉思片刻之后，开口道：“你听到欧黛儿小姐的叫声和这名男子从她公寓出来中间间隔了多久？”

“大概有五分钟。我刚打完电话和计程车行联系好，大约过了一分钟，就听到欧黛儿小姐的惊声尖叫了。”

“当时那个男人也在总机附近吗？”

“是的，长官。而且我记得当时他一只手正撑在总机这里。”

“那么你听到欧黛儿小姐一共叫了几次？她具体喊了些什么？”

“她先是尖叫了两声，接着大叫：‘救命！救命！’”

“这个男人第二次敲门的时候都说了些什么？”

“长官，他说：‘玛格丽特！开门啊！到底发生了什么事？’”

“那她当时是怎么回答的，你还记得吗？”

杰苏似乎犹豫了一下，然后皱着眉头说：“我记得她说：‘没什么事，很抱歉吓着你了。我现在没事了，请你回去吧，不要担心。’当然，我记得也不是那么准确，不过大意确实如此。”

“你当时可以从门外清楚地听到她的话？”

“嗯，是的。那些门本来就不是很厚，隔音效果也不太好。”

马克汉站了起来，若有所思地在屋子里来回走着。最后，他停在了接线生面前，问道：“在这个男人离开之后，你还有没有听到从欧黛儿小姐房间里传出其他可疑的声音？”

“没有，长官。不过，十分钟后有人从外面打电话来找欧黛儿小姐，但是在她房里是一个男人接的电话。”

“这是怎么回事？”马克汉彻底被弄糊涂了，希兹则坐在一旁聚精会神地听着，瞪大了眼睛，“现在把那通电话的详细情形描述一下。”

“十一点四十分左右，我看到总机上的指示灯闪了起来，于是拿起听筒，里面传来一个男人的声音，说要找欧黛儿小姐。于是我把电话接到欧黛儿小姐的公寓去，过了好一会儿她那边的话筒才被拿了起来。当然，对方是否拿起了话筒你是可以知道的，因为如果对方将话筒拿起来的话，总机板上的指示灯就会自动熄灭。接着，我听到一个男人的声音回答说‘喂’，听到电话接通了，我就按下了转接键。之后，我自然就听不到电话里的声音了。”

房间里顿时安静了下来。接着，一直保持沉默的万斯开口说话了，他在整个讯问过程中目不转睛地盯着杰苏。

“杰苏先生，顺便问一下，你本人对这位迷人的欧黛儿小姐是不是也有一点迷恋？”万斯漫不经心地问道。

听了万斯的讯问，这位接线生从进入这间房子以来，第一次显得有些不自在，脸颊泛起了红潮。

“在我眼里，欧黛儿小姐非常漂亮。”他没有直接回答。

“暂时没别的问题了，杰苏。”马克汉打断了他们的对话，同时向万斯抛去一个不以为然的眼神。

这位接线生在离开前，向检察官行了个九十度的鞠躬礼。

万斯喃喃自语道：“嗯，现在这件案子已经变得十分吸引人了。”说着，在沙发上伸了一个懒腰。

马克汉用挑衅的眼光看了一眼万斯：“这真让人欣慰啊，有人终于开始对这件案子感兴趣了！另外，顺便请教一下，你刚才为什么要问杰苏对那女人的感觉？”

“哦，只是突然从我脑海闪过的一个念头而已。”万斯回答得很轻松，“而且，你也知道的，闺房里的一点点风吹草动都有可能引发意想不到的状况。”

此时的希兹已经陷入了胶着的茫然当中，不得不借助声音为自己打气，他提高了嗓音，说道：“马克汉先生，我们目前发现的指纹一定可以帮助我们找到真凶的。”

“即使杜柏士确认了这些指纹，我们也不能单凭这些就将他绳之以法，因为到时他一定会宣称指纹是在命案发生之前留下的。所以我们现在还得要查出留下这些指纹的人昨晚是怎么进来的。”马克汉回应着希兹警官的说法。

希兹依然固执地断言道：“嗯，那个女人的尖叫声以及在晚上十一点四十分接起来的那通电话可以证明，昨晚在欧黛儿从剧院回来之前，有人就已经进来这里了，而且直到十一点半另一个男人离开时，他还在这里。之前德瑞摩斯法医也说过，命案发生的时间应该是在午夜之前，所以，一定是躲在房里的那个家伙把金丝雀杀害了。”

“听上去好像合情合理，没有什么可争论的余地，”马克汉说，“而且我还觉得这个家伙应该和欧黛儿认识。也许这名男子初次现身的时候，她因为某些原因尖叫了起来；但在认出他之后，就逐渐镇定了下来，并且告诉门外的另一名男子说自己没事。然而后来，正是屋里的这名男子将她勒死了。”

万斯接着马克汉的话说道：“我认为这名男子可能藏在那个衣橱里。”

“是的，我也这么认为。”希兹警官表示同意，“不过最令人困惑不解的是，他究竟是怎么进来的。值日班的接线生告诉我，昨天白天一直到晚上十点钟，除了那位和欧黛儿一起外出吃饭的男子外，没有其他人造访过。”

马克汉有些发火了，随即下达命令：“把那名值日班的接线生带过来！昨晚一定有人进来过这里，在我离开之前，非得把他是怎么进来的弄个水落石出不可。”

万斯看着马克汉，揶揄道：“马克汉，你是知道的，我并没有什么特异功能，但是我现在有一种感觉，也可以说是直觉，就好像那些二三流诗人常说的一种奇怪却又无法形容的感觉——如果你真的打算留在这个房间里，一直等到你弄清楚昨晚那名秘密访客是怎么进来的话，那恐怕就得叫人把你的盥洗用品以及好几床干净的床单都准备好送过来。当然，还有你的睡衣。这恐怕是一个漫长的过程——筹划这起案件的歹徒一定早就将他的出入问题安排好了。”

马克汉没说什么，只是将信将疑地看了看万斯。

来者不善

九月十一日，星期二，上午十一点十五分

希兹把日班接线生带进了大厅。他名叫史比夫里，是个面容清瘦的年轻人，头发上抹了发油，从额头向后梳拢，看上去乌黑油亮的。他还蓄了稀稀疏疏的胡须。他穿了一套醒目且剪裁合身的深褐色西装，里面配了一件粉红色的立领衬衫，脚上穿了一双盘扣鞋。他有些紧张，一进来就坐在门旁的藤椅上不停地用手指抚弄着裤子上的皱褶，舌头还不时舔舔嘴唇。

马克汉没有跟他废话，开门见山地问道："我知道你昨天值日班，从下午一直到晚上十点，是这样吗？"

听到这个问题，史比夫里的反应有些强烈，他猛咽了一口口水，使劲儿地点了点头："是的，长官。"

"昨晚欧黛儿小姐外出用餐时是几点？"

"七点钟左右。那个时候，我刚好有些饿了，就托人到隔壁餐厅帮我买三明治……”

“她出去的时候是一个人吗？”马克汉没等他说完，继续问道。

“不，和一个家伙一起出去的。”

“那么这个家伙，你认识吗？”

“我不知道他是谁，只是看见他来找过欧黛儿小姐好几次。”

“你记得他长什么样子吗？”马克汉很没耐心。

史比夫里就把他所知道的这个男人的形象描述了一番，他口中描述的和杰苏说的似乎是同一个人，只是史比夫里说得啰唆一些，而且也不够准确。现在，可以肯定的是，昨晚从七点到十一点这段时间里，陪伴欧黛儿小姐的是同一名男子。

马克汉加重了语气：“现在，我要知道的是，在欧黛儿小姐外出用餐到十点你下班的这段时间里，还有谁来拜访过她？”

史比夫里，眉头紧锁，似乎对这问题有些困惑，说话时连舌头都开始打结了。

“我、我……不懂你的意思，欧黛儿小姐外出后，还会有谁来拜访她？”

马克汉耐心地告诉他：“的确有人来过，并且从他进到她的公寓之后，就一直待在那里，直到十一点欧黛儿从外面回来。”

史比夫里立刻瞪大了眼睛，张大嘴巴惊叫了起来。

“上帝啊，长官！他们就是用这种方式将她杀掉的——躲在屋里等她回来！”说到这里，他突然打住了，似乎意识到自己竟和这样一宗神秘的谋杀案扯上了关系。“但是，在我值班期间，真的没有任何人进入她的公寓。没有人！从她外出一直到我下班的这段时间里，我从未离开过总机的位置。”他怯生生地强调着自己坚守岗位的事实。

“有人可以从侧门进来吗？”

“侧门？它不是锁着的吗？”史比夫里显得很惊讶，“大楼的管理员每天晚上六点下班前都会把门闩上。”

“想一想！昨晚你有没有因为什么事打开过它？”

“绝对没有，长官！”他使劲儿地摇头。

“那你能不能肯定在欧黛儿小姐外出后，没有人从正门进来，到她公寓去？”

“我可以百分之百肯定！我说过，我一直都没离开过总机，没理由有人经过这里而我却不知道的。只有一个人来找过她。”

“哦？也就是说的确有人来过？”马克汉很恼火，“好好想一想，他是几点来的？当时的情形如何？”

这名年轻人看上去害怕极了，怯生生地说：“有个家伙进来按她的门铃，门没开，他就马上离开了，没什么重要的事情。”

“你别管它重不重要，告诉我，他几点来的？”

“九点半左右。”

“他是谁？”

“我不知道他的名字，是一个年轻人，以前来找过欧黛儿小姐几次。”

“把当时的情形一五一十地告诉我。”马克汉迫切地想要知道当时的情况。

史比夫里又猛咽了一口口水，还舔了舔干裂的嘴唇，然后很努力地回想着当时的情形。

“事情是这样的，”他开始叙述，“这个年轻人从正门进来后就一直往里走，我告诉他欧黛儿小姐出去了，可他没有停下来的意思，还对我说：‘无论如何，我都要去按个门铃确认一下她是否真的不在。’此时正好有一个电话打进来，我就没再拦阻他，去接电话了。后来我看见他按了门铃，还敲了敲门，当然，不会有人开门。之后没多久他就回来，对我说：‘看来你说得没错。’说着，丢给我五毛钱就离开了。”

“你真的看见他离开了吗？”马克汉不满地说。

“是的，我看见他在出大门前停下来点了一根烟，然后打开大门，转身朝百老汇大道的方向走去。”

“情况真是妙极了！哦，玫瑰花瓣一瓣一瓣地掉落……”万斯懒懒地说道。

而马克汉似乎不愿放弃眼前的线索，对这名九点半的访客可能带来的破案契机穷追不舍。

“你能描述出这个男人的相貌特征吗？”他问。

史比夫里直起腰身，十分热切地回答道：“他长得很俊俏，年纪只有三十岁左右。身上穿了一套很正式的晚礼服，里面搭配了一件打褶的丝质衬衫，脚上穿了一双漆皮的便鞋。”不难看出他对这名访客是特别留意过的。

“什么，什么？丝质衬衫搭配晚礼服？这可真是罕见！”万斯故作疑惑地追问着，身体向沙发椅背靠了靠。

史比夫里好像有点得意，解释说：“哦，很多有品位的人士都是这么穿的，这是参加舞会时穿的衣服，很流行的款式。”

“是吗？”万斯显得有些惊讶，“那我得好好研究研究了。顺便问一下，这位身穿时髦衣服的公子哥儿停在大门口的时候，是不是从背心口袋里掏出一个扁长的银盒然后从里面取烟的？”

年轻的接线生用崇拜而又惊讶的眼神看着万斯，惊叫道：“你怎么知道的？”

万斯恢复了慵懒的姿势，漫不经心地说：“这只是一个简单的推理而已，大一点的金属烟盒和整套晚礼服以及里面的丝质衬衫都比较搭配。”

显然，马克汉被万斯插进来的闲话惹恼了，他用严厉的声音要求这名接线生继续描述。

“他留着时下最流行的发式，头发有些长，看上去光滑柔顺，脸上蓄了些胡子。他在胸前的翻领处别了一朵康乃馨，手上戴着一双鹿皮手套。”

“天啊！简直是舞男一个！”万斯惊讶地喊道。

马克汉皱着眉头，深深地吸了一口气。万斯的观察让他引发出许多不愉快的联想。

“这个人大概有多高？”他接着问。

“不是很高——大概和我差不多，不过他有点瘦。”

从他的语气中可以清楚地感觉到，这个年轻人对这位欧黛儿小姐的访客产生了某种潜藏的欣赏，他似乎已经将那名访客的身材与穿着视为典范。通过他的描述和字里行间所表达出的对他着装品位的赞赏与喜爱，让我们对这位昨晚九点半出现在死者公寓前按了门铃却无功而返的年轻人有了更进一步的认识。

讯问结束之后，史比夫里被带走了，马克汉深吸着雪茄，站起来不停地在房里踱步，我看到他头上被浓浓的烟雾笼罩着。希兹则坐在一旁皱起了眉头，呆呆地看着他。

万斯站起来，伸了个懒腰，显得比谁都轻松。

“看起来这个有趣的案子发展到现在，又回到原地了。哦，这个杀害金丝雀的歹徒到底是怎么进来的呢？”

“马克汉先生，我一直在想也许这个家伙是在侧门锁上之前，就偷偷溜了进来。而欧黛儿本人很有可能允许他进到屋里，然后在另一名男子来接她外出吃饭的时候，再将他藏起来。”希兹在考虑了一会儿之后，说道。

“嗯，这种可能性也很大。”马克汉同意了希兹的说法，“现在再把那个女佣带进来，或许有什么新发现也说不定呢。”

很快，女佣被带了进来，马克汉直截了当地问她昨天下午在干什么。她回答说自己在下午四点的时候曾经外出买过东西，五点半左右回到公寓。

“你回到公寓时，除了欧黛儿小姐，有没有看见其他人在场？”

“没有，长官。”她回答得很干脆，“房间里只有她一个人。”

“你有没有听她说过有什么人来找过她？”

“没有，长官。”

马克汉继续问道：“在你七点下班回家的时候，可能已经有人藏在欧黛儿小姐的公寓里了，你觉得这种可能性大吗？”

显然，她被马克汉突如其来的问题惊呆了，甚至有些害怕，于是，她一边环顾四周一边问：“啊？如果真的有，这个人能躲到哪里去呢？”

马克汉回答道：“可以藏身的地方有这么多，比如浴室或者是衣橱，还有床底下和窗帘后面……”

没等马克汉说完，女佣就摇着头宣称：“这不可能，我昨天曾经帮欧黛儿小姐从她卧室的衣橱里把她的睡袍拿了出来，出入过浴室六次。天黑的时候，我还亲自拉上了窗帘。床底下就更不可能藏人了，因为它的底座几乎是贴着地面的。”我看了看那张床，正如她所说的那样，没有人可以钻到床底下去。

可马克汉并不想就此放弃自己的推论：“他可以藏在这个房间的衣橱里。”

马克汉抱着一线希望看着她，可她还是在摇头。

“那里就更不可能了！一般我都会把帽子和外套放在里面，等到下班的时候再亲自取出来。昨天，就在走之前我还帮欧黛儿小姐把一件旧洋装放进了衣橱里。”

“你确定在你离开这里之前没有任何人躲在房间里？”马克汉仍不甘心。

“长官，我可以百分之百确定。”

“好，那你现在回想一下，昨天当你从衣橱中取出帽子和外套的时候，你看见衣橱的钥匙是插在哪个钥匙孔里，门外还是门内？”

女佣仔细端详着衣橱的门，沉吟了片刻之后，回答道：“它一直都是插在门外的！我记得昨天我把欧黛儿小姐的旧洋装放进去的时候，衣服还被钥匙钩住了。”

马克汉听到这里，皱起了眉。

“昨晚有一位男士曾经和欧黛儿小姐共进晚餐，你说你不知道他的名字。那么在那些经常与她一道出去的男子中，你知道谁的名字？现在把你知道的都告诉我们。”

“我什么都不知道！欧黛儿小姐在这方面是很谨慎的，她从来没有向我提起过任何人的名字。你们也知道，我只是白天待在这里，而那些来找她的男士们通常都是晚上才来。”

“那你和她在一起的时候，她有没有提起过什么人让她感到害怕——害怕的原因又是什么？”

“从来没有，长官。不过我知道她好像一直想要甩掉一个男人，我觉得那个男人是个坏蛋，不值得任何人信任，我还提醒过欧黛儿小姐要对他提防着点。不过估计她和那个男人已经认识很久了，所以在他面前总是很温顺。”

“这件事情你是怎么知道的？”

“大概是一个礼拜前，有一天我吃完午饭回来，发现她和那个男人在另外一个房间里，那个男人跟她要钱，可是被她用种种理由拒绝了。当时那个房间拉着帷幔，他们没有听见我回来。接着，我又听到那个男人威胁她，而欧黛儿小姐说了一些以前给过他钱之类的话。后来因为我弄出了一些声响，他们的争吵便立刻停止了。后来，没过多久那个男人就离开了公寓。”女佣回答道。

“哦？那你来描述一下这个人的长相。”马克汉又来了精神。

“他个子不高，有点瘦，三十岁左右。轮廓分明，在一些人看来可能很帅。他长着一双双淡蓝色的眼睛，似乎很会放电。他还蓄了一点点金黄色的胡须，头发总是贴着头皮，向后梳得油亮亮的。”

“我知道了，是我们的舞男！”万斯说道。

马克汉又问：“他再度出现是在什么时候？”

“长官，这个我就不知道了，不过后来我在的时候他都没出现过。”

“好了，你可以出去了。”马克汉说。

看着女佣走了出去，希兹开始抱怨道："她的话对我们实在没什么帮助。"

"什么？我觉得她的话太重要了！"万斯叫了起来，"她帮我们把几个争议点都理清了！"

"哦？那你说说她说的那些话里，哪部分让你觉得最有利于理清争议点？"马克汉似乎有些不耐烦了。

万斯心平气和地解释说："至少我们现在可以弄清一个事实，那就是昨晚在这名女佣离开的时候，并没有人潜伏在公寓里。"

马克汉反驳道："这样的供述对我们能有多大帮助？我觉得这样反而使情况变得更复杂了。"

"或许你说得对，但是，我觉得等到事情真相大白的时候，她的这番陈述说不定会成为让你感到最欣慰愉悦的线索。再说了，现在我们可以肯定，有人曾经将自己反锁在衣橱里，因为钥匙插放的位置已经被移动过了；而且，我们也知道了，在这名女佣离开之前，没有人躲在衣橱里，也就可以进一步推断，衣橱里躲着的那个人是在七点以后进去的。"

希兹酸溜溜地说："但是侧门在那个时候已经被闩上了，而正门大厅的接线生又一再保证没看到有人从前门进来。"

"是啊，事情好像有些蹊跷。"万斯有些茫然。

"什么蹊跷？这种情况根本就不可能会发生！"马克汉愤怒地咆哮着。

希兹无奈地望着衣橱，困惑不解地摇着他的脑袋，想了想说："最让我想不明白的地方是这个家伙如果当时躲在衣橱里，那么他为什么没有在里面大肆搜刮一番，就像他对房间的其他地方所做的那样？”

万斯回答道：“警官，你说的正是问题的核心！其实这个衣橱没有被翻动过的迹象，正好可以说明这样一个事实：把这里弄得一团糟的歹徒之所以没有翻弄这个衣橱，是因为他无法打开衣橱的门，当时衣橱被从里面反锁上了！”

马克汉立刻提出了异议：“怎么可能，如果照你说的，那昨晚岂不是有两个不知名人士待在这里？”

万斯无奈地叹气道：“真是令人百思不得其解呀！我明白你的感受。我们连一个人是怎么进来的都还没有弄清楚，现在竟然又多出一个人。太让人苦恼了，对吧？”

希兹看起来倒是很平静。

“不管怎样，”他说，“我们现在已经掌握一些情况了，比如昨晚九点半来过这里、衣着光鲜的时髦家伙很可能是欧黛儿的情人，并且还知道他曾向她要过钱。”这段话听起来像是一种自我安慰。

不过，万斯考虑得更远一些：“怎么样才能使这个明显的事实发挥它的作用，来帮助我们扫清眼前的重重迷雾呢？可以说，每一位现代黛利拉（意指妖妇）的内心几乎都充满了贪婪的欲望。如果她的身边没有这样年轻帅气的小伙子陪伴，那才稀奇呢，你们说是不是？”

“嗯，你说得没错！”希兹回应道，“但是万斯先生，我现在要告诉你一些也许你根本不知道的事情。你知道吗？这些令女性意乱情迷的男人们，事实上都不是什么好东西，他们通常都是一些惯犯、大坏蛋！正是由于这个原因，我才会在得知这是一起职业杀手干的案子之后，习惯性地将这个曾经勒索过欧黛儿、向她要钱的家伙和案子联系起来，并且我认为他昨晚就潜伏在这里。况且，从那些有关此人的描述中，我完全相信，他和那种经常在深夜出入餐厅的雅贼是一样的。”

万斯用温和的眼神看了希兹一眼：“你仍然坚信这起案子是职业杀手干的？”

希兹用充满轻蔑的语气回答道：“那个凶手行凶时不是戴着手套吗？并且他还使用了铁锹！这些都是强盗固有的犯罪模式，你知不知道啊！”

无名黑手

九月十一日，星期二，上午十一点四十五分

马克汉起身来到窗前，背着手凝望着窗外的小小后院。过了好一会儿，他才缓缓地转过身来，说：

“我现在将我所了解到的情况作一下归纳总结：某位绅士和欧黛儿小姐约好一起外出就餐并去剧院看戏。晚上七点左右，这位绅士来公寓接她，之后两人一起离开。十一点左右，他们一起回来，这位绅士随同她进入公寓，约莫逗留了半小时，大约在十一点半的时候，离开了公寓大楼，并且曾经要接线生帮他叫一辆计程车。就在他等车的这段时间，欧黛儿小姐突然惊声尖叫，大喊救命。他随即赶到她公寓门口，并询问她发生了什么事，但是欧黛儿小姐告诉他说没事，还要他离开这里。后来计程车一到，他就上车离开了。就在他离开十分钟后，有人打电话找欧黛儿，而接线生听到公寓里接电话的竟然是一个男人的声音。今早，欧黛儿的女佣发现她陈尸在自家公寓，同时房间内一片狼藉，被翻得凌乱不堪。”

他停顿了一下，深吸了一口雪茄，继续道：

“现在，可以肯定的是，昨晚在那个男人送她回到公寓的时候，已经有个人躲在那里了。并且，我们也清楚地知道，在那位护花使者离开之时，欧黛儿还没有遇害。所以我们现在可以得出一个结论：杀害欧黛儿的凶手就是那名早前躲在房间里的男人。同时，德瑞摩斯法医提出的凶案发生时间在晚上十一点到十二点的报告也为我们的结论作了一个很好的佐证。此外，案发时间还可以更确切一些，因为这位护花使者离开的时间是在十一点半左右，而在那之后他还曾经隔着门跟她说过话，可以推断出，案发时间是晚上十一点半到午夜十二点之间。以上就是目前所能知道的比较明确的一些事实。”

“基本上就是这样了。”希兹说。

“嗯，现在不管怎样，整个案子已经开始变得有趣了。”万斯喃喃自语道。

马克汉在房里来回不停地踱步，继续说道：

“在这个案子中，目前有几点需要我们注意：第一，在昨晚七点也就是女佣下班离开以前，还没有人躲进欧黛儿的公寓。由此可以断定，七点以后这个凶手才潜入她的公寓。第二，那个侧门。就在那名女佣下班前一小时，也就是在六点的时候，大楼管理员曾经亲手将侧门从里面闩上了，并且从日、夜班的两名接线生那里得知，他们都未曾靠近过侧门。另外，你——希兹警官，也证实今早看见侧门是闩着的。我们可以由此得出第二个假定，这扇门昨天一整晚都是闩着的，没有人能够从这里进来。因此，我们可以进一步断定，凶手是从正门进来的。第三，昨晚值日班的接线生肯定地说，直到晚上十点，只有一名男子从正门进来过，他穿过大厅走到这间公寓门前，在按了数次门铃都无人应门的情况下，无奈地离开了。而另一名从昨晚十点值班到今天早上的夜班接线生也确定地说没看见有人从正门进来穿过总机到欧黛儿的公寓。同时我们也看到，这层楼的所有窗户都加装了铁窗，而从楼上下来的人不可避免地要和接线生打照面儿。因此，我觉得现在我们所面临的问题非常棘手。”

希兹挠挠头，苦笑道：“长官，这样很不合理，是不是？”

万斯提出了疑问：“隔壁公寓的情况又是怎样的呢？就是正对后面通道的那间公寓，估计门牌号是二吧？”

希兹转向万斯，像是施与了他恩惠一般，说道：“今天早上，我一来就先查看了那间公寓。八点钟的时候，我曾去敲二号公寓的门，一位单身女性给我开的门，看样子她是被我吵醒的。经过她的同意，我搜查了她的住处，结果什么也没发现。事实上，和到欧黛儿的公寓一样，你必须穿过总机才能走到她的公寓。她告诉我昨晚也没人来找过她或是从她家离开过。杰苏这个机灵的家伙还告诉我，这名单身女子是个淑女，不喜欢说话，而且她和欧黛儿相互之间都不认识。”

“警官，你调查得还真是彻底。”万斯说。

“不过，”马克汉插嘴说，“也有一种可能，那就是有人趁接线生不注意，偷偷在七点到十一点之间从那间公寓溜进了这间公寓，在将欧黛儿杀害之后，又溜回到那间公寓里。然而希兹警官今早已经搜查过那间公寓，没有发现任何人，所以这种可能性现在也可以排除了。”

万斯满不在乎地说：“我可以肯定你说得对，但是，亲爱的老伙计，你对这种情况了不起的研究判断，让我觉得也将这名凶手从其他地方出入的可能性完全排除了。然而，事实摆在我们眼前，他的确从某个地方进来了，勒死了那名不幸的妙龄女子，之后又堂而皇之地离开了，是这样吧？你的说法自相矛盾，我无论如何都不得不提一下。”

马克汉看上去很沮丧：“真的很难捉摸。”

万斯补充说：“难道是幽灵？这起命案从发生到现在一直都充满了恐怖的气氛，非常诡异，充满了悬疑。说真的，我甚至开始怀疑昨晚这附近说不定有一位女巫，作法将幽灵召唤了出来，然后……对了，马克汉，可以起诉幽灵吗？”

希兹毫不客气地咆哮道：“幽灵根本不可能留下那些指纹。”

原本因为过度焦虑而在屋子里走个不停的马克汉，也被惹恼了，他停下来生气地看着万斯。

“简直是胡说八道。凶手分明是通过某种方式进入到这间公寓，然后又以同样的方式离去的。我想一定是哪里出了问题——不知是那名女佣记错了，还是其中一位接线生在值班时睡着了，不愿承认。”

希兹接过话茬说：“又或者是他们之中有人在说谎。”

“我觉得，这名女佣的证词完全可信。”万斯摇着头说，“就目前的情况看来，如果说有人从正门进来而没有被发现的话，这两位接线生肯定都只是会忙着加以否认的。所以，马克汉，我觉得唯一能找到答案的方法就是换个角度，从幽灵的角度来看待整个事件的发展。”

万斯添油加醋的戏谑之词令马克汉怒不可遏。

“我不允许你再在这儿装神弄鬼！你这些神秘兮兮的假设是在干扰我们的调查！”

万斯抗议道：“但是，你刚才所得的结论也证明——甚至单从法律的角度来分析——昨晚这间公寓里不可能有人进出的。而且你不是经常告诫我说法庭讲的是证据，办案时一定要根据证据来定罪，而不能仅凭听闻或者可疑的行踪。遗憾的是，就目前的情况来看，几乎所有人都为自己提供了不在场证明。如果说这名女子自杀——自己勒死自己，也没有道理。这要是一桩服毒事件就好了，我想对你而言，那该多好啊！一起简单的自杀案件！唉，这个凶手真是太笨了，怎么不用砒霜来代替自己的双手！”

希兹断言道：“他就是用双手将她勒死的！并且我敢说凶手就是那个昨晚九点半白跑一趟的家伙。”

“你确定？”万斯点了一根烟，“我可不觉得那些有关他的证词能够证明什么！”

希兹的眼中突然闪过一道凶狠的光芒，愤愤地说：“我们一定有办法的！可以从那些对答如流的精彩对话中找到足够的证据！”

“唉！”万斯深深地叹了一口气，“警官大人，上流社会是多么需要你这样的人才啊！”

马克汉显得有些焦急，看了好几次手表。

“我还有紧急的公务要处理，目前这些回答对我们毫无帮助！”他抬起一只手搭在了希兹的肩上，“你留在这里继续你的工作。今天下午我要在我的办公室再对这些人进行一次侦讯，或许他们还能记起些什么。你接下来计划怎么做？”

希兹看上去有些郁郁寡欢。

“只是进行一些一般的例行调查。”他漫不经心地说，“我会对欧黛儿的卷宗仔细研究一番，并派三四名干员继续调查，收集和她有关的一切可能的线索。”

马克汉提出了一点建议：“你最好现在就到计程车行查一下，看看能不能查出昨晚十一点半离开的那名男子的真实身份，以及他后来的去向。”

万斯补充说：“你们稍微想一下，这个人当时还曾经在大厅里停留了一阵，并要接线生帮他叫计程车，如果他知道谋杀案的话，他还会这么做吗？”

马克汉无精打采地回答：“哦，我建议这样做并不寄希望于他会了解案情，不过我觉得可以从他那里知道死者曾经和他说过什么，或许从中可以找出一些线索。”

万斯摇了摇头，戏谑道：“哦，让我们一起来恭迎那神圣的信仰和无瑕的希望，以及张着羽翼在空中盘旋飞舞的天使吧！”

马克汉没理会万斯，他现在可没心情开玩笑，直接转向希兹，勉强笑了一下，说：“记得傍晚的时候来办公室找我，或许到时我会有什么新发现，说不定可以从这些人身上找到一些新的证据或者线索。还有……”他突然又想到了什么，“我要这间公寓保持原状，直到破案为止！记得找个人守在这里。”

希兹保证说：“放心吧，我会搞定的。”

于是我和马克汉、万斯一起走出了大楼，坐进车子。没过多久，车子就绕着中央公园的街道飞快地开走了。

车子驶进第五大道时，万斯问：“还记得最近我们曾经讨论过的有关雪地上的脚印的事情吗？”

马克汉没有回答，心不在焉地点了点头。

万斯却显得很激动，他感慨道：“我记得很清楚！在你列举的假设的个案中，不但有脚印，而且还有十二个甚至更多的目击证人——其中包括一名儿童——他们都看见某个人从雪地上跑过。然而，现在，你却深深地陷入到现实世界的困扰当中，因为在这起案件的现场，不但没有雪地上的脚印，甚至连目击有人逃走的证人都没有一个。怎么说呢，总归就是一句话，你现在缺证据——直接、间接证据都没有。可怜的人儿！可怜……”

说完，他摇着头，好像对马克汉充满同情。

“马克汉，知道吗？我觉得从目前掌握的证词来看，死者死亡时身边根本就没有人在。按理说她应该还活着，不会死呀！从诉讼程序的角度看，这位女士的尸体与整个案情毫不相关。当然，我也知道，在没有尸体的情况下，法官绝对不会承认这是一起谋杀案。不过话说回来，你又将如何处理不是谋杀案的被害人尸体呢？”

“满嘴胡言乱语！”马克汉斥责万斯。

万斯依然是一副无所谓的态度：“哦，的确。然而，作为执法者，现在一定很苦恼，因为你没有脚印这类的证据，是不是，亲爱的老伙计？这会让人彻底失去判断能力！”

马克汉忍无可忍了，他突然展开了反击：“当然，你破案时根本不需要脚印这类的证据，或是任何具体的线索！”他揶揄道，

“你不是拥有超能力，可以预知事情吗？如果我没记错的话，你曾经对我夸下海口，说不管雪地上有没有留下脚印，在对犯罪本质和情况有所了解之后，你就可以准确无误地告诉我凶手是谁。还记得吗？而现在，我手上正好有这样一起谋杀案，凶手来去无踪，根本没有留下任何脚印，那么，就请你好心告诉我，杀害欧黛儿的凶手是谁，来将我从无知的困扰中解救出来吧！”

万斯丝毫没有受到马克汉揶揄、挑衅的影响。他依然平静地抽着烟，然后倾身将烟灰弹出了窗外，心平气和地对马克汉说：“老实说，我的确很想好好研究一下这起愚蠢的谋杀案。不过，我想还是先等希兹的调查报告出来之后，再发表我的意见吧。”

马克汉对万斯的话嗤之以鼻，发出了一阵冷笑，整个身体都深深地陷进了座位里，愤愤地说：“那可真是要感激你了！”

揭秘大追踪

九月十一日，星期二，午后

麦迪逊广场的北边一直在堵车，因此我们耽搁了很长一段时间，此时的马克汉非常着急，反复看着手表。

“午饭时间已经过去很久了，”他烦躁地说道，“我看我们还是去那家俱乐部解决一下温饱问题吧！我想，你这种温室的花朵需要准时吃饭的。”

万斯欣然地接受了他的邀请。

“由于你占用了我的早餐时间，”他说，“必须罚你请我喝一杯蛋酒。”

很快我们就来到了史蒂文森俱乐部，这时俱乐部里几乎还没有客人，我们选了一张靠窗的位置坐了下来，隔窗向南边看去，麦迪逊广场上的一片树海尽收眼底。

我们刚刚点完食物，一名侍者走近我们，先恭敬地对着马克汉鞠了一个九十度的躬，接着将一封没有地址也没有封口的信递给了他。信封是这家俱乐部专用的，马克汉好奇地拿出里面的信纸看了起来，当他的目光停留在署名上时，脸上立刻露出了惊讶的神态。过了好一会儿，马克汉才回过神来，他抬起头对侍者说了声谢谢，然后告诉我们他需要离开片刻，接着便匆忙地走了出去。整整二十分钟之后他才回到俱乐部。

“世上的事情真是太奇妙了！”他说道，“那封信正是昨晚带着欧黛儿外出吃饭、看舞台剧的那位男士写的。这个世界还真是小啊！”他发出了一声感叹，“他是这家俱乐部的外地会员，每次到纽约都会在这里落脚。”

“你认识他吗？”万斯对此并不感兴趣。

“嗯，他叫史伯斯蒂伍德，我们见过几次面。”感觉马克汉有些困惑，“他的家世背景很不错，在长岛有一幢别墅，是个有头有脸的人。在我看来，他是那种绝对不会跟欧黛儿有任何牵连的人。但是他却亲口承认，只要到纽约来，都会与她打得火热，就像他自己说的趁年轻要及时行乐才对。昨天晚上，他们去法兰赛餐厅用餐之后，还去了冬园。”

“我倒不觉得这是精彩的一晚，”万斯评论，“反而是他倒霉的一天。你想想，看到昨晚还在一起共度良宵的女人被勒死的消息大篇大篇地出现在报纸上，会多么不安呀！”

“是的，他的确感到不安。”马克汉点着头说道，“一小时前晚报已经出来了，早在我们来这里之前，他就已经开始往我的办公室打电话，每隔十分钟就打一次。他担心他与欧黛儿的关系一旦曝光，他立刻就会名誉扫地。”

“不会吗？”

“我觉得不会。首先，没有人知道昨晚她与谁在一起；其次，既然知道自己与这个案子没有关联，为什么还要将自己硬拉进来呢？就在刚才，他把他们之间所有的事都告诉了我，并且答应我，只要我需要他留在纽约，他就绝对不会离开。”

“我猜他告诉你的那些对案情一点帮助也没有吧？看你回来时一脸的失望就知道了。”

“是啊，的确没有。”马克汉承认道，“欧黛儿隐藏了自己所有的情史，因此他说不出一丁点儿有用的线索来。他所讲述的经过与杰苏描述的一模一样，昨晚七点整他来找她，十一点左右将她送回家，接着在她家里逗留了半小时才离开。她的求救声让他很是惊讶，但是紧接着她又告诉他没事。当时他以为她只是做了一个可怕的噩梦，就没在意。他离开她家之后，便直接坐车回到了俱乐部，当时的时间是晚上十一点五十分。法官瑞丰可以证明他的确是在那个时间从计程车里下来的。他到了俱乐部之后，就与那些在法官房间里等着他的男士们玩起了扑克牌，一直玩到今天凌晨三点。”

“显然这位长岛唐璜并没有为你提供任何有关‘雪地上的脚印’的线索。”

“但是，他的出现还是为我们消除了一项可疑的线索，否则我们会浪费更多的时间。”

“是吗？如果可疑的线索都没有了，”万斯讽刺他，“我想你就会陷入调查绝境了，不是吗？”

“才不会，还有很多的线索等着我忙活呢！”马克汉一边说一边将盘子推向了一边，示意侍者埋单。他站起身来，对万斯说道："你确定有兴趣加入我们的调查吗？"

"什么？哎呀！这是当然的，还用说吗？但是，拜托，让我喝完这杯咖啡再走吧！"

虽然万斯答应得并不是很爽快，但是我还是很惊讶万斯居然接受了邀请，因为今天下午在蒙多士美术馆有场中国古代墨宝展览，他非常想去参观。据说其中还有两幅中国宋代画史的代表之作，万斯很想将它们收入囊中。

我们坐车从法兰克林街的大门进入了刑事法庭的大楼，搭乘私人专用电梯来到了马克汉的办公室。从办公室的窗口望去正好可以俯瞰坟墓监狱那些灰色的石墙。万斯在一张皮椅上坐了下来，旁边放了一张橡木雕饰的茶几，茶几左边摆放着马克汉宽大的办公桌。万斯点燃了一根香烟，开始展示他揶揄的本事。

"我很期待司法之轮碾过时带来的愉悦的快感。"他靠在椅子上懒洋洋地说着。

"唉！可惜你注定听不见最初碾过的声音，"马克汉回应他，"接下来所发生的一切，都将在这间办公室的外面进行，而不是在办公室里面。"说完，马克汉便消失在了通往法官室的自动门后。

五分钟之后，他再次回到办公室，在办公室南面的四扇长方形窄窗前的高背旋转椅上坐了下来。

"刚刚去跟瑞丰法官碰了个面，"他解释道，"恰巧是休息时间。他证实了史伯斯蒂伍德跟他们玩扑克牌的事情。昨晚十一点五十分的时候，瑞丰曾在俱乐部的门外撞见他，接着和他一起玩到今天凌晨三点。他之所以这么清楚地记得当时的时间，是因为他曾向宾客保证十一点半准时回到俱乐部，可是他还是迟到了二十分钟。”

“真是搞不懂为什么你总是对这些并不重要的事实紧抓不放呢？”万斯无奈地问道。

“这是例行公事，”马克汉耐心地告诉他，“对于刑事案件而言，即使是最微不足道的事实，也必须认真地进行查证。”

“是这样吗？马克汉，你知道吗？”万斯将头靠在椅背上，眼神迷离地看着天花板，“那些被你们视为准则的法律程序、一成不变的例行事务，有时确实会起到很重要的作用，但并不是每次都管用的。还记得《爱丽丝梦游仙境》里的那个红心皇后……”

“对不起，我现在很忙，没有多余的时间和你讨论例行工作与红心皇后之间的联系。”马克汉迅速地打断了万斯的话，同时按下了桌角的按钮。

不一会儿，那位充满活力的年轻秘书史怀克，就出现在了马克汉的办公室与接待室之间的小房间内。

“长官，有什么吩咐？”眼镜后面闪烁着的眼睛露出对指示的期待。

“立刻让班派个人过来。”

史怀克转身走了出去，两分钟之后，一个体型圆胖、穿着整齐、戴着眼镜的人站在了马克汉面前，脸上堆满讨好的微笑。

“午安，崔西，”马克汉亲切地问候道，“这是欧黛儿命案的四名证人的名单——其中两名是接线生，一名是女佣，还有一名是大楼的管理员，希望你能尽快将他们带到这里。在西七十一街一百八十四号就能找到他们，希兹警官现在正在那里。”

“好的，长官。”崔西严肃地答应着，然后恭敬地鞠了一躬，离开了办公室。

接下来的一小时里，马克汉埋头认真处理着被耽误了一上午的工作，他旺盛的精力给我留下了深刻的印象；他仿佛是一位企业家，每天都有很多重要的事情等着他来处理。史怀克在他的办公室里来回穿梭着，还有很多其他人员不停地进进出出听从他的吩咐，他们就像蜜蜂一样忙碌个不停。万斯则一个人躲在一大本纵火案的卷宗里自得其乐，他仔细地分析着，时不时还会对纵火的行为摇头斥责几句。

两点半左右，崔西将四名证人带到了马克汉的办公室。接下来的两小时里，马克汉反反复复地盘问着他们，他对工作一丝不苟的精神，甚至让身为律师的我都自叹不如。此时，马克汉盘问两名接线生的态度与不久前截然不同。如果之前他们的证词有什么不足，那么现在经过马克汉再次盘问，一定会非常充分。尽管如此，直到讯问结束，依旧没有发现新的线索。他们一口咬定：除了昨晚九点半出现的那位不速之客，以及欧黛儿的护花使者外，七点以后再也没有任何人从正门进入过欧黛儿的公寓，也没有人从大厅出来过；而大楼的管理员则表示，六点以后侧门就已经关上了，尽管马克汉对他又是威胁又是利诱，他的回答仍然雷打不动；女佣埃丽米·杰弗逊的回答也与之前的一模一样。马克汉使出了浑身解数，得到的答案仍旧没有任何新意。

这次盘问不但没有得到任何新的线索，事实上，反而加重了原来的疑点。下午四点半，马克汉拖着疲惫的身体坐回了办公椅，原来以为揭开这起震惊社会的谋杀案指日可待，但是现在的进展让人沮丧极了。

万斯丢掉了手上的香烟，将纵火案的卷宗合了起来。

“马克汉老兄，让我来告诉你吧！”他咧嘴笑了起来，“这起案件需要我们违背常理来进行调查，例行的查案模式根本起不了作用。我想，我们需要埃及女预言师带着她的水晶球来帮助我们！”

“如果案件迟迟没有头绪的话，到时候我会接受你的意见的。”马克汉沮丧地说道。

就在这时，史怀克从门口探身进来报告盗窃工具专家伯纳副督察来电话了，马克汉随手拿起听筒，一边听一边将重要内容记在了便条纸上。接完电话之后，他对万斯说：“你呀，可能对欧黛儿卧室里的首饰盒太过敏感了。刚刚盗窃工具专家证实了今天早上的看法。首饰盒的确是被一把特制的凿刀撬开的，这种工具只有惯窃才有，知道如何使用。这把凿刀与去年初夏发生在公园大道上的窃案使用的凿刀相同，凿刀一又八分之三寸，柄宽一寸，是一种老式的刀具，另外刀刃上还有一道非常特殊的刻痕。你的疑虑有没有因为这个消息得到舒缓？”

“我倒不觉得是这样。”此时万斯的表情让人捉摸不透，“事实上，这个情报让案情更加扑朔迷离了。如果不是因为首饰盒和凿刀，我也许还能在这片黑暗中看见一丝光芒——一丝虽然诡异，但是的确存在的曙光。”

不等马克汉回答，史怀克再次进屋报告说希兹警官来访。

这时，希兹不再像早上分手时那样沮丧了。他一屁股坐在会议桌上，顺手接过了马克汉递给他的雪茄，从口袋里掏出一本笔记簿，说道：“我们的运气还真不赖！已经从波克和厄布里那里得到了一些有关欧黛儿的消息。经过调查他们发现，她只和少数的活跃人士来往，交往过的男人并不多。查尔斯·卡兰佛是其中的男主角之一。”

马克汉将身体挺了挺。

“卡兰佛？不知道是不是我认识的那一个？”

“是的，就是他。”希兹说道，“前任布鲁克林税务委员，非常喜欢在新泽西市的一家撞球场进行敲杆的赌博；他也很喜欢去史蒂文森俱乐部，他经常在那儿与坦曼尼协会的老伙伴们聊天。”

“是他！”马克汉肯定地说，“这人在情场上可是一个高手，人称‘老爹’。”

万斯看着天花板，说道：“哦！卡兰佛老爹与风情万种的欧黛儿小姐也有一腿！哈哈！她该不会是因为他那双迷人的眼睛爱上他的吧？”

“长官，”希兹插嘴道，“既然卡兰佛经常出现在史蒂文森俱乐部，我们就去问问他有关欧黛儿的事情吧！也许他知道一些。”

“我很乐意，今天晚上我会跟他联系的。”马克汉将这件事情记在了便条纸上，“还有其他人吗？”

“是的。欧黛儿在法利斯剧团的时候认识一个叫路易·曼尼斯的，但是一年以前她已经将他甩掉了，从那之后就再没有见过面；现在，他在和另外一名女子交往。他是曼尼李文公司的经理，从事毛皮进口生意，另外他也是俱乐部的常客，是一个挥霍无度的家伙。他与欧黛儿的风流韵事已经成为过去式了，我觉得从他身上得不到任何有用的线索。”

“说得很有道理，”马克汉赞成希兹的分析，“我们应该将他的名字从调查名单中画掉。”

“嘿！你们再这样取消的话，”万斯着急了，“就什么线索都没有了，只剩那个女子的尸体陪着我们。”

“另外，昨晚跟她一起外出的那个男子，”希兹接着说道，“好像没有人知道他的名字。很显然，他是一个行事谨慎的人。刚开始我以为他就是卡兰佛，后来又发现与描述的并不符。对了，长官，还有一件非常奇怪的事情：昨晚离开欧黛儿之后，他又搭乘计程车去了史蒂文森俱乐部。”

马克汉点头笑着说道：“这件事我已经知道了。另外他并不是卡兰佛，我知道他是谁。”

万斯的脸上露出了一丝微笑。

“史蒂文森俱乐部好像已经成为这起谋杀案的前沿地带了。”他说，“我们来祈求吧！希望它不要像纽约运动员俱乐部那样悲惨。”曾经在纽约运动员俱乐部发生了一起非常有名的墨磷事件，当时，因为商业利益史蒂文森的家族事业被迫结束，麦迪逊大道与第四十五街的老纽约运动员俱乐部也关门大吉了。几年后麦迪逊广场北边的俱乐部被夷为平地，一栋摩天大楼取代了它。

此时的希兹只想知道那名男子的身份。

“马克汉先生，快告诉我那名男子是谁？”

马克汉犹豫着要不要将这件事情告诉别人，片刻之后他回应道：“告诉你可以，但是你必须保密。他的名字叫做克兰尼·史伯斯蒂伍德。”

接着他将中午发生的事情跟希兹说了一遍，并且告诉他在史伯斯蒂伍德的身上也没有找到任何有用的线索。同时他还告诉希兹，史伯斯蒂伍德所提供的个人行踪也已经得到了证实。

“另外，”马克汉补充道，“他是在欧黛儿遇害之前离开的，所以我们没有理由也没有必要再去打搅他。实际上，我已经向他保证过了，不会将他牵扯进这个案子里的。”

“长官，如果你觉得没有问题，那我也一样。”希兹合上他的笔记簿，“对了，还有一件事，欧黛儿最初住在一一〇街，厄布里从前任女房东那里得知的，欧黛儿家的女佣说以前那个有钱的家伙常常与欧黛儿见面。”

“这倒提醒了我，”马克汉拿出与伯纳通话时的笔记，“这是教授提供的有关首饰盒被撬开的资料。”

希兹急切地阅读着这些资料：“哈哈！跟我想的一模一样！”他兴奋地点了点头，“这家伙的手法很老到，干净利落，有职业水准。”

这时，万斯站了起来。

“如果真的是这样，”他疑惑地说道，“他为什么一开始使用的却是铁钳呢？另外，他为什么会忽略掉客厅的衣橱？”

“万斯，这些问题等我将凶手逮捕之后，自然就迎刃而解了。”希兹的眼里流露出邪恶的冷光，他笃定地说道，“我要和那位身穿丝质褶边衬衫、手戴麂皮手套的家伙好好谈谈。”

“人与人的嗜好果然不同，”万斯叹息道，“换作是我，我就不会和他交谈。无论如何，我实在无法想象一名惯窃竟然企图用铁钳撬开钢制的盒子。”

“拜托你不要再想铁钳了，好吗？”希兹严厉地说着，“你对他所用的凿刀与去年夏天在公园大道发生窃案时所使用的凿刀相同这一点有何看法？”

“天哪！这是最让我头痛的地方！如果不是因为这件事，今天我本来会去克罗德喝一个轻松自在的下午茶。”

正在这时，贝拉米请求会面，希兹兴奋地从桌子上跳了下来，他满怀希望地预言道：“也许那些指纹有新发现了。”

贝拉米面无表情地径直走到马克汉的办公桌前。

“是杜柏士队长让我过来的，”他说，“他认为你也许需要从欧黛儿公寓采集到的指纹报告。”说着，他将手伸进口袋拿出一个小巧的资料夹，在马克汉的示意下，他将资料交给了希兹，“经过鉴定，两处指纹的确出自同一个人，与杜柏士队长所说的一模一样。指纹主人的名字叫做托尼·史比。”

“是不是绰号叫做‘公子哥儿’的史比？”希兹努力压抑着兴奋，“马克汉先生，有线索了！史比是那行的高手，而且他有过这类的前科。”

希兹打开资料夹，拿出一张长方形的卡片，还有一张蓝色的纸片，纸片上有七八行字。看着这张档案卡，希兹不禁发出了满意的感叹，接着他将这些递给了马克汉。万斯和我也凑上前看了起来。档案卡的上方是那名罪犯正面以及侧面的照片，是一个年轻的小伙子，有着一头浓密毛发，下巴方方正正，眼睛略微有些宽，留着整齐的小胡子。照片底下简单地介绍了他，其中包括名字、绰号、住址、口供以及他的犯罪事实。最下面有两列墨印的指纹，上面一列是右手的，下面一列是左手的。

“我的天啊！这就是那位穿着丝质衬衫搭配晚礼服、引领时尚的优雅绅士吗？”万斯看完之后，挖苦地说道，“我真想看看哪天他身着无尾晚礼服搭配长筒靴带领潮流——要知道，纽约的冬天可是冷得刺骨啊！”

希兹将档案卡放回资料夹之后，开始研究起另一张蓝色的纸。

“马克汉先生，我敢肯定他就是我们要找的人。听听这些：‘托尼·史比，绰号公子哥儿。一九一二至一九一四年，在爱莫诺少年感化院接受教育；因为轻微盗窃罪于一九一六年在巴尔的摩州立监狱服刑一年；一九一八到一九二一年，因为伤害罪和抢劫罪在圣昆汀监狱服刑三年；后来又因为盗窃罪于一九二二年在芝加哥被捕，结果以罪名不成立被释放；一九二三年在艾伯尼意图行窃被捕，又因为罪名不成立被释放；一九二四到一九二六年，因为盗窃罪和抢劫罪，在辛辛监狱服刑两年八个月。’”念完这些记录，他将蓝色的纸叠好放进了胸前的口袋，随后又补充了一句，“真是可爱的记录！”

“这是你需要的情报吗？”贝拉米泰然自若地问道。

“是的！”希兹几乎到了欣喜若狂的地步。

贝拉米用期待的眼神瞄了瞄马克汉。马克汉像是突然想到了什么，拿出一盒雪茄请大家分享起来。

“长官，谢谢了。”贝拉米一边道谢一边抽出两根，小心翼翼地放进了口袋里，随后便离开了。

“马克汉先生，电话借用一下好吗？”希兹问道。

得到允许后，他立刻拿起电话打回了刑事组，向史尼金交代了这件事情。

“现在立刻开始追查托尼·史比——绰号为‘公子哥儿’的

下落，一定要尽快将他带来。地址在他的档案中，你带着波克和厄布里一起去吧！如果他有意反抗，就先示警再将他抓起来！如果真的反抗，什么也不用说立刻将他逮捕，明白了吗？对了，还有一件事情一定要记住，仔细搜查他的住处，看看有没有作案工具。也许没有什么特别的，我需要的是一把长一又八分之三寸的凿刀，刀面上有刻痕。好了，就这样。半小时之内我会赶回警局。”

挂上电话之后，希兹双手搓揉着。

“我们就要扬帆起航了！”他的声音充满了愉悦。

这时，万斯缓缓地走到窗前，双手插在裤袋里，深沉地俯瞰着通往坟墓监狱的“叹息桥”。随后，他慢慢转过身子，满腹心事地看着希兹。

“事情没这么简单！这位‘公子哥儿’也许是那个撬开首饰盒的家伙，但是我觉得，昨晚发生的其他事情，并不是他那颗脑袋能够完成的。”

希兹的态度变得傲慢起来：“我可不会研究脑袋，我只知道指纹就是证据。”

“警官，这种片面的想法，是刑事学上最严重的技术错误。”万斯礼貌地回答道，“这起案子的犯罪动机并不像你想得那样简单；相反，它极为复杂。而这位时髦人士，只会让案情变得更加错综复杂。”

针锋相对

九月十一日，星期二，晚上八点

马克汉很喜欢在晚上的时候去史蒂文森俱乐部用餐。在他的邀请之下，万斯、我与他一起吃了晚餐。在他看来，我们三个一起吃饭可以避免熟人打扰。此时此刻，他根本没有心情理会他人对案情的好奇心。雨从下午开始就一直下着，直到我们吃完晚餐，还没有停下来的意思，看来，这场雨要一直下到深夜了。后来，我们来到一个偏僻的角落享受起雪茄来。

大概在那里坐了十五分钟之后，一个头发稀疏、面色红润、表情却非常严肃的男子神秘兮兮地朝我们走来。他礼貌地问候了马克汉。虽然我从来没有见过他，但是，我猜得出他就是查尔斯·卡兰佛。他说话时给人的感觉非常优雅，但是优雅中还隐藏着浓浓的心机和冷漠。

“我在桌上看见了你的便条，就赶来了。”

马克汉礼貌地站起来与他握手，随后将他介绍给我和万斯，万斯的表情让我觉得他似乎在哪里见过他。在马克汉的邀请下，他坐了下来，接着他拿出哈瓦那雪茄，用一把拴在表链上的金色剪子小心翼翼地剪去雪茄头，将它含在嘴唇上，点燃了它。

“对不起，打扰你了，卡兰佛先生。”马克汉非常有礼貌，“但是，有件事情需要你的帮助。大概你已经从报纸上得知了，昨天晚上，一位名叫玛格丽特·欧黛儿的女子在七十一街她居住的公寓里被人杀害了……”

马克汉停顿了一下，好像怕这个敏感的话题会引起不适，又或者他在等着卡兰佛主动交代与这名女子的关系。发现卡兰佛的脸上没有任何表情之后，马克汉才继续说道：“我们正在调查这起案件，需要知道你们之间的关系。据我了解你们交情很深啊！”

马克汉又停了下来，卡兰佛的眉毛轻轻动了一下，但是仍然没有开口说话。

“实际上，”马克汉对卡兰佛谨慎的态度有些恼火了，“报告显示在以往的两年里，你们一同出入过很多场合；另外，还有一个重要的情报说，你非常喜爱欧黛儿小姐。”

“是吗？”卡兰佛反问的语气已经不再那么优雅了。

“当然。”马克汉态度很坚决，“另外，我要特别强调，你最好不要隐瞒任何事实。今晚邀你来的重要原因，就是想让你帮我们了解一些情况。我可以告诉你，我们已经有了一个怀疑的对象，希望能够尽快将他捉拿归案。但是，必须得到你的帮助，这就是今晚让你来的原因。”

“我要怎样帮助你们呢？”说话的时候，卡兰佛没有任何表情，只是嘴巴抽动了几下。

“谈谈你对欧黛儿小姐的认识吧！”马克汉耐心极了，“比如你知道的一些事情！哪怕是隐私也好，我们需要你帮我们理出头绪来。”

卡兰佛沉默了，他将目光定格在对面的墙上，脸上仍然没有流露出任何表情。

“恐怕我帮不上什么忙。”过了很久，他开口说出这句话。

“这不是一个有良知的人应该说的话！”马克汉发怒了。

卡兰佛带着疑问的神情看着马克汉：“就算我认识她，与她被害有什么关系吗？她没有跟我说过谁想要加害于她，如果她知道的话，也不会落得如此下场了。”

这时，万斯凑近我，悄声对我说道：“马克汉遇到对手了！情况真糟糕！”

但是，马克汉最终赢得了胜利。虽然两人从反唇相讥逐渐转变为唇枪舌剑，马克汉最终还是以得理不饶人的态度，以及过人的智慧迫使卡兰佛说出了一些重要线索。

听着卡兰佛遮遮掩掩的回答，马克汉立刻改变了攻破方式，他态度尖锐地说道：“你并没有以证人的立场来回答我的问题。尽管，你认为自己已经尽力了。”

卡兰佛不说话了，他将目光慢慢移回了对面的墙上；马克汉则仔细地观察着对方，下定决心要从他冷漠的态度中探出个究竟。然而，卡兰佛也固执地保持着自己的一举一动，显然不想让马克汉看出苗头来。此刻的马克汉就仿佛旱地凿井一样，根本见不着水源。马克汉无奈地将身体深深地陷入到座位里。

“好吧！就这样！”他满不在乎地说道，“既然今晚不肯在这么好的环境里说，那么明天早上就等着接收传票来我的办公室讲吧！到时候我一定让你满意。”

“随便！只要你高兴。”卡兰佛也不甘示弱。

“但是，到那个时候我就不知道报纸上会写些什么了，只好随便那些记者怎么高兴怎么来了！”马克汉平静地说着，“我会详细地告诉他们我们的谈话内容，一字不落地告诉他们！”

“可是我真的没什么好说的。”卡兰佛似乎想要妥协了。很明显，媒体对他来说有着致命的杀伤力。

“是的！你刚才已经说过了！”马克汉冷冷地回敬道，“那我只能祝福你有一个美妙的夜晚了！”

马克汉满脸不悦地转向我和万斯。

但是，卡兰佛并没有想要离开的意思。他低头抽着雪茄，随后发出了一声短促的干笑。

“该死！”他想要极力维持优雅，但又忍不住抱怨道，“好吧！我承认，我并没有以证人的立场回答你的问题。说吧，你想知道什么？”

“我已经说过了，不必重复了吧。”马克汉平静地问道，“欧黛儿过着怎样的生活？哪些人是她最亲密的伴侣？有谁想要置她于死地？任何有用的线索，都必须告诉我们。”接着，他不留情面地补充了一句，“另外，还有所有间接或者直接的，可以排除你涉及此案的证明。”

卡兰佛被最后一句话激怒了，他愣在那里想要反击，但是，最终他改变了策略。他抬起头傲慢地笑了起来，从皮夹里拿出一张小纸片，递给了马克汉。

“想要消除我的嫌疑易如反掌！”他自信满满地说道，“这张是我在波士顿超速驾驶时被开的罚单，你看看上面的日期吧！九月十号，昨天晚上十一点半。在我开车前往贺伯冈的路上，经过波士顿时被一名骑机车的交警开了罚单。法院还等着我明天早上出庭呢！都是这些该死的警察闹得，真是让人心烦啊！”他藐视地看了看马克汉，“你有办法帮我解决这件事情吗？这趟新泽西之旅，真是让人讨厌透了！明天还有一大堆事情等着我去解决呢！”

马克汉瞄了那罚单一眼，将它放进了口袋。接着他微笑着对卡兰佛说道：“这张罚单就放在我这里吧！我会帮你处理的。现在，可以讲讲你知道的事情了吧！”

卡兰佛将自己埋在椅子里，狠狠地吸了一口烟，然后找了一个舒服的姿势，这才开口说话：“真不晓得我知道的这些对你们有什么帮助。是的，我喜欢她，曾经有一段时间我爱上了她，还为她做了很多愚蠢的事情。去年我在古巴的时候，写了很多肉麻的情书给她，还傻傻地寄给她一些我在大西洋城拍的照片。”他的眼睛里流露出自责的神情，“不知道怎么回事，在接下来的日子里她开始渐渐疏远我，有时候她甚至会拒绝我的邀请。为了这些事，我跟她争执过很多次，但是每次我都以钱了结了这些矛盾……”

突然，他停下来了，盯着掉落在地上的烟灰发起呆来，眼睛里闪出一股充满恨意的神色，脸部的肌肉也开始僵硬起来。

“她手里握有那些我写给她的信、寄给她的东西，她总是以这些来要挟我，问我要大笔大笔的钱，我实在无能为力……”

“这些事发生在什么时候？”

卡兰佛想了想，急切地说道，声音听起来痛苦极了：“今年六月。马克汉先生，我实在不愿意在人死后还说她的坏话，但是，认识这个女人是我这辈子犯的最大的错！她既尖酸又刻薄，而且是一个可怕、冷酷的吸血鬼。我敢说，被她勒索过的人不止我一个，一定还有很多人掉入过她设计的陷阱。老路易·曼尼斯曾经告诉过我，她从他那里骗过很大一笔钱。”

“还有其他人吗？告诉我。”马克汉的言辞中透露出他对这个问题的重视，“曼尼斯的事情我已经知道了。”

“对不起，其他的我就不知道了。”卡兰佛抱歉地摇了摇头，“我见过她跟不同的男人在不同场合一起出现过。最近，又出现一个人和她非常亲近，但是，我并不认识他们。”

“我猜，曼尼斯的这段恋曲也已经结束了。”

“从这些陈年往事中，你是得不到任何线索的。从其他人身上下手吧！我想他们跟金丝雀之间的故事应该更加新鲜。当然，如果你能够找到他们，他们一定会向你提供新的线索的。我是个比较容易相处的人，不喜欢争论，所以跟她算是好聚好散；但是，如果她以这种方式对待别的男人，恐怕那些男人可不会像我这样好欺负！”

虽然卡兰佛认为自己很好相处，但是对我们而言，可不是这样，我们甚至觉得他是一个冷漠、没有感情的人。我想也许是因为家庭教育的原因，让他既呆板又沉默寡言。

马克汉认真地看着他：“所以你觉得，是那些仰慕者产生了报复之心杀了她？”

卡兰佛仔细思考着这个问题，半晌他才开口回答道：“也不排除这个说法，但这些都是她咎由自取的。”

一阵沉默之后，马克汉继续问道：“你认识一个名叫史比的人吗？是她喜欢的一个男子，很年轻，长得也很英俊，个子不高，有双淡蓝色的眼睛，留着金色胡子。”

卡兰佛不屑地说：“是吗？这好像并不是金丝雀喜欢的类型啊！另外，她从来不和年轻男子交往的。”

就在这时，一名侍者向我们走来，他向卡兰佛鞠了一躬。

“对不起，先生，有一通电话是找你弟弟的，可他不在，对方说有很重要的事情，就让我来问问你，接线生说也许你知道他在哪里。”

“我怎么知道？”卡兰佛不耐烦地说，“以后有他的电话，不要再来找我！”

侍者离开后，马克汉随口问道：“你弟弟也在纽约吗？他住在旧金山吧？几年前我见过他。”

“嗯，一个倔犟的加州佬！他为了让自己回去之后更喜欢旧金山，就来纽约住了几个星期。”

他说这话时的语气、表情让人觉得他很不耐烦，而且有点恼羞成怒，不知道是为了什么。但是，马克汉实在太想尽快调查清楚这起案件了，没有发现卡兰佛的不满情绪。很快，他又将话题转移到了谋杀案上。

“我们了解到最近有一个人对欧黛儿非常感兴趣，年龄在四十五岁左右，身材高大，留着灰色短髭，也许这个人与你见过的是同一个？”实际上，马克汉说的这个人就是史伯斯蒂伍德。

“是的，就是他！”卡兰佛肯定地说道，“上个星期我在茂昆家见过他们在一起，不过就一次。”

马克汉有些失望。

“可惜这个人已经从嫌疑犯的名单中被删除了。一定还有别人，请你再想想看吧！这对我们的调查有很大的帮助。”

“是的，有，”卡兰佛的表情看似非常认真，“还有一位医师，他的名字好像叫做斯科特，家在莱辛顿大道附近。有一段时间他们的关系很亲密，不知道这是否对你们有帮助。”

“你的意思是，这位斯科特医师与她的关系非同一般。”

“实在不太清楚，”卡兰佛抽着雪茄，像是在思考如何回答一样，过了一会儿说道，“实际上，斯科特是‘专业社会’的专家之一，他一向以神经学家自居，但是，我倒觉得把他称做是专为神经质女人开设私人诊所的医师更恰当些。社会地位对他而言，是非常重要的资产，而且他很有钱，金丝雀们都喜欢找他这样的男人。对了，还有一件事情，他经常来找欧黛儿，关系似乎超出了一般的神经科医师对病人的关怀。有一天晚上，不巧我在金丝雀的公寓里碰见了他，当时他对待我的态度非常无礼。”

“终于有一个新的线索了。”马克汉并不是非常兴奋，“还知道什么人吗？”

卡兰佛无奈地耸了耸肩：“没有了，一个也没有了。”

“那么，她跟你提过什么人让她感到害怕吗？或者有没有刻意暗示过她会遇到什么麻烦事？”

“从来没有。事实上，很多事情我都是从报纸上得知的。我并不是很喜欢看报纸，除了《前锋报》，有时候我还会在晚上看看《每日赛马新闻报》。今天早上的报纸并没有报道金丝雀被害的消息，所以直到晚饭之前我才无意中从撞球间的孩子们那里听到，这才找了份下午的报纸来看。如果不是那些孩子，也许要到明天早上，我才会知道。”

这次谈话一直持续到八点半，可惜没有发现任何有用的线索。

当卡兰佛起身告辞的时候，他的脸上终于露出了笑容，他说：“对不起，没能帮上什么忙。”接着友好地与马克汉握了握手。

卡兰佛离开后，万斯对马克汉说道：“你很聪明啊！竟然可以应付这么难缠的家伙。但是，你不觉得在有些方面他表现得很奇怪吗？一开始他的眼神又呆滞又茫然，最后又变得充满了自信，这种转变太突然了，实在令人怀疑啊！当然了，也许是我的猜忌心太重，不过，我还是无法完全相信他的话。可能是因为他的眼睛吧！那种冷漠的眼神真让人讨厌。不管怎样，那种感觉与他做作的坦诚实在不搭调。”

“可能觉得处境比较尴尬吧！”马克汉倒是很宽容，“不但被美女骗了，还被勒索了很多钱，不管怎样这都让人高兴不起来。”

“希兹说过他从未停止过对她的追求。既然六月时就将信件取回了，为什么还要继续那样对她？”

“或许他真的很爱她吧！”马克汉笑了。

“是不是觉得有点像亚伯娜？‘当我准备呼唤她的时候，亚伯娜已经准备好了；虽然我呼唤的不是她，但是她仍然来了。’是啊！也许我们可以把他当做现代凯乐·庄。”

“好了，不管怎样，我们还是得到了斯科特医师这条线索。”

“是啊，”万斯也得到了一些安慰，“至少这一部分我相信是真的，谁让他在回答这个问题时那么谨慎呢？哈哈，我来提个建议吧！我们不如现在就去会一会这位专门治疗神经质女人的医师！”

“明天再说吧！我已经筋疲力尽了。”马克汉反对道。

万斯看了看壁炉墙上的钟表。

“是的，时间已经不早了，但是，我们应该把握时机啊！就像皮塔科斯所写的：‘是谁丢失了幸运，他永远不会明白；但是一旦错过了，机会将永远不再来。’对了，老加图在《格言集》中也说了这样一段话：‘时间……’”

“好了，万斯，我投降了！”马克汉站了起来，他无奈地说道，“不要再炫耀你的文学知识了。”

真假难辨

九月十一日，星期二，晚上九点

大约过了十分钟，我们按响了东四十四街一栋金碧辉煌的老式褐石房子的门铃。

衣着华丽的管家为我们开了门，马克汉递出了自己的名片。

“请把名片交给斯科特医师，告诉他有非常重要的事情。”

“医师刚刚用完晚餐。”管家仪态端庄地对马克汉说道，随即引我们进入一间富丽堂皇的会客室，房间内弥漫着柔和的灯光，窗户上悬挂着丝质的窗帘，地板上摆放着质地柔软的椅子。

“真是一栋典型的妇科医生的住宅，”万斯环顾四周之后说道，“我敢肯定这是一位品味优雅的绅士。”

万斯说得果然没错。不一会儿斯科特医师进入了会客室，他的目光停留在马克汉的名片上，认真的样子就仿佛这张名片上刻着让他无法解读的楔形文字一样。医师已经五十岁了，身材依然非常强壮，顶着一头浓密的头发，眉毛也很茂密，脸上的颜色有些苍白；虽然五官长得并不端正，但是总的来说还是比较英俊的。他身着晚礼服，在一张由桃心木刻制的蚕豆形桌子旁坐下，他的身份以及严谨的态度给我们留下了非比寻常的印象。随后，他礼貌地带着疑问的神情看着马克汉。

“不知道有何指教?”他郑重地问道，声音非常悦耳，使人如沐春风。“知道吗？你们真的很幸运，通常是见不到我的。”马克汉还没来得及回答，他又自顾自地继续说道，“即使给病人看病，我也只接受有预约的。”在他看来，我们擅自闯入的行为对他是一种侮辱。

马克汉不是那种善于伪装自己的人，于是，他直接进入了这次来访的主题。

“我们并不是来征询你的专业意见的。还记得你有一个病人吗？她的名字叫做玛格丽特·欧黛儿。”

斯科特医师若有所思地凝视着正前方。

“啊！欧黛儿小姐，是的，有这么一个人。我刚刚看到她遇害的新闻，真让人难过啊！有什么我能效劳的吗？当然，你们也应该知道，医生有义务保护病人的隐私。”

“对于这一点我非常清楚，”马克汉打断了他，“但是，每一位市民也有义务协助警察将凶手缉拿归案。如果你知道的事对我们破案有帮助的话，还是请你如实地告诉我们。”

斯科特将手稍稍举起，礼貌地说道：“是的，我将尽自己最大的努力来协助你们。但是，请告诉我你想了解什么?”

“既然这样，医师，那我就直言不讳了。”马克汉说，“据我了解，你是欧黛儿小姐的长期医师，我想她也许同你讲过一些私事，可以帮助我们从中找到对案件非常重要的线索。”

“可是，亲爱的——”斯科特医师将马克汉的名片又看了一次，“嗯——马克汉先生，我与欧黛儿小姐之间只是医生与病人的关系。”

“是的，虽然你说得没错，”马克汉勇敢地说道，“但是据我了解，可以这么说吧，你们之间还存在着非职业的关系。也许换个说法会更恰当，在处理这起案件时，我们发现你的职业态度已经超越了应有的程度。”

我听见了万斯偷笑的声音，而我也忍不住笑出声来，对于马克汉这种拐弯抹角的骂人方式我实在佩服得五体投地。

但是，斯科特医师乎似并没有受到影响。在这种尴尬的氛围中，他开口说道：“严格说来，我在对她的长期治疗中的确产生了一种情感，是一种父辈对小女孩的喜爱。但是，我想她也许从来不曾领会到我的这份感情。”

万斯的嘴角轻轻抽动了几下，他坐在那里有些想要睡觉的模样，他用好奇又有些讥讽的神情看着斯科特医师。

“那么，她从来没有跟你说过她焦虑的原因吗？”马克汉急切地问道。

斯科特医师双手合十，认真地回答着这个问题：“从来没有，我不记得她跟我说过任何有关这方面的事情。”他吐出的每一个字都那么慎重而又文雅，“我挺了解她的生活习惯的，但至于细节部分，就不是我这个医师所能触及的了。根据我的诊断，她之所以神经紧张，是因为晚睡晚起、容易亢奋，以及暴饮暴食这些不好的生活习惯。我觉得这与她放荡的生活作息有很大的关联，在这个时髦的年代，一位时尚的现代女子……”

“那么请你告诉我，最后一次见她是在什么时候？”马克汉不耐烦地打断了他的话。

斯科特医师被突如其来的提问吓了一跳。

“让我想想看。我最后一次见到她是……”他撑着头，做出一副努力回想的样子，“大概是两个星期以前——过去很久了，我真的有些记不起来了。我去查看一下档案吧！”

“没有必要。”马克汉说完，停顿了一下，接着用亲切的目光看着他，“那么，你们最后一次见面，是以‘父爱’的方式，还是以‘专业’的方式呢？”

“当然是看病了！”斯科特医师有些生气了，他的神情既沉着又冷淡，可在我看来，他的心情已经清清楚楚写在了脸上。

“见面的地点是在哪里？”

“我记得是在她的公寓。”

“医师，有人告诉我，你经常去看望她，而且也没有选择固定的时间。这个，好像和你所说的必须通过预约看病的方式不太一样？”

马克汉的口吻并不会让人觉得不舒服，但是，我知道他的提问已经隐含了对医师的不满。

正当斯科特医师准备回答的时候，管家出现在房间门口，他指着矮台上的电话，示意有外线。斯科特医师礼貌地道歉之后，转身拿起了听筒。

趁这个空当，万斯在纸上写了一些东西，悄悄递给了马克汉。

接完电话，斯科特医师生气地站了起来，以傲慢的态度冷峻地看着马克汉。

“我想知道，”他冷冷地问，“检察官的职责是以侮辱人的问题让备受他人尊敬的医生感到难堪吗？我从来没有听说过，医生看望病人会成为非法的事情，甚至会成为犯罪！”

“现在我并没有讨论——”马克汉特意强调了“现在”这两个字，“你是不是违法了。但是，既然你自己这样说，那么我倒想问问看昨晚十一点到十二点，你在哪里？”

这个问题产生了前所未有的震撼效果，斯科特医师突然像一根绷紧的绳索，僵直地挺立在那里，优雅的态度顿时消失得无影无踪，他仇视地瞪着马克汉。此时，我察觉到他在愤怒之下还压抑着另外一种情绪，那就是：恐惧。

“昨天晚上我在哪里跟你没有关系吧！”他吃力地说出这句话，紧接着呼吸变得急促起来。

马克汉冷峻地盯着眼前这个瑟瑟发抖的人。他的冷静完全瓦解了对方的防线，斯科特医师的情绪开始失控了。

“你这样做究竟有什么用意？在这里指桑骂槐地羞辱我很有意思吗？”他大吼道，面目狰狞起来，两手也出现了痉挛，不停地抖动着，“你们都给我滚出去！在我叫人轰走你们之前，立刻给我滚出去！”

马克汉也被激怒了，正当他要发火的时候，万斯拉住了他。

“没看见斯科特医师暗示我们离开吗？”他说着，顺手将马克汉拉到了身边，接着硬拉着他离开了斯科特医师家。

在回史蒂文森俱乐部的路上，万斯一直窃笑不止。

“这个家伙太厉害了！简直就是一个偏执狂。哈哈，说他像精神错乱的躁郁病患者更为恰当！知道吗？就是那种大脑不健全的，时而疯癫，时而又很清醒的人。总的来说，斯科特医师的精神一定不正常，这都是因为得不到性满足导致的。可怜的人啊！正好到了需求强烈的年纪。这位有名的神经科医生，现在就像患了神经衰弱的病症，随时随地都会突然传染给他人。哎呀！幸好我及时解救了你。”

他故作沮丧地摇了摇头。

“说实在的，马克汉，”他继续说道，“所谓相由心生，我们要好好地研究研究那家伙的面相才对。你发现了吗？那位绅士有着宽阔的前额、不规则的眉毛，眼睛虽淡却不乏神色，他的耳朵既薄又突出。这样的面相象征着他是一个聪明的魔鬼，但却是道德上的愚昧的蠢蛋。马克汉，你知道吗？梨形脸的人最可怕了。好吧！让他们把那种古希腊式的挑逗暗示，运用在那些迟钝的女人身上吧！”

“真想知道他都了解些什么！”马克汉埋怨道。

“嗯，毫无疑问他肯定知道些什么！如果我们也能知道，调查将会有很大的进展。从另一方面而言，他之所以隐瞒事实，这与他不愉快的经验息息相关。看他那些做作的优雅的礼仪，俗话说礼多必有诈。知道吗？下逐客令时那种暴跳如雷的态度才是他的真面目。”

“是的，我也同意这个观点。”马克汉点头称赞，“你看！当我问到昨晚的事情时，他就像吃了炸药一样疯狂起来。对了，当时你为什么让我问这件事情？”

“原因有很多。首先，他只是假装自己刚刚看过欧黛儿被害的报道；其次，声称自己要保护病人的隐私，让人觉得虚假、做作；再次，当他告诉我们他对欧黛儿只是父爱之情时，那种态度既不真实，又显得过于谨慎；又一次，最让我怀疑的是，他为何拼命要回想起最后见到欧黛儿的时间？最后，就是他那张发狂的脸，让我记忆犹新。”

“是啊！”马克汉点了点头，“这些细节的确发挥了作用。看来，我们有必要与这位上流社会的医师再见一面。”

“是的，”万斯若有所思地说道，“但是，我们刚刚的来访是出其不意，下一次他就会有足够的时间去思考或者编造一些措辞了。不管怎样，今晚总算告一段落，从现在开始，你有足够的时间好好想想对策。”

当然了，对于大家非常关注的欧黛儿谋杀案来说，这并不算告一段落。当我们回到史蒂文森俱乐部，打算好好休息一下的时候，一名男子来到我们面前，他礼貌地问候了马克汉。出乎我意料的是，马克汉竟然站起来与他问好，随后便示意他坐下来。

“很抱歉，史伯斯蒂伍德先生，”马克汉礼貌地问道，“如果你有时间的话，我还想再问你一些问题。”

当我听见这个男人的名字时，对他的好奇心就更加浓厚了。史伯斯蒂伍德的行为一板一眼，动作既保守又缓慢，另外他的穿着非常时髦，是一位典型的英国贵族。他的头发和胡子是灰白色的，映衬得他的皮肤更加白皙。身高六尺，比例非常匀称，但是看起来还是稍瘦了一点。

马克汉将他介绍给我和万斯，同时对他简单地说明我们也在参与调查这起案件，并告诉他可以完完全全地信任我们。

刚开始，史伯斯蒂伍德对我们并不信任，经过马克汉的介绍与劝说，很快打消了顾虑。

“马克汉先生，我将自己完全托付给你了。”他回答的声调有些高，但是不乏教养，“只要是对案情有帮助，我都愿意配合你们。”他对着万斯无奈地笑了笑，“我的处境非常不妙，所以可能过于敏感了一些。”

“我并不赞成道德论，”万斯轻松地耸了耸肩，“我无论如何都称不上是一个道德论者，所以我对这件事的态度也是相当开放的，放心吧！”

史伯斯蒂伍德轻轻地笑了笑。

“我的家人是无法容忍这种事情的，如果他们能像你一样该多好啊！”

“史伯斯蒂伍德先生，我必须告诉你，”马克汉插嘴，“很可能我会让你出庭作证。”

这位上流社会的男子立刻把头抬了起来，他忧郁地思索着，半天没有说话。

“事实上，”马克汉接着说道，“我们很快就会展开追捕行动，所以需要你出面证明欧黛儿小姐回到公寓的时间，以及你离开的时候还有人在她那里。尤其是你听见的她大声求救的声音，也许这正是将凶手绳之以法的重要证据。”

史伯斯蒂伍德也许在想象着他出庭作证的场面，那样他将名誉扫地，因此目光呆滞地坐在那里一动不动。过了很久，他终于开口说话了：“是的，我了解这样做是必须的，但是这件事情一旦公之于众，我也就完了。”

“不一定让你出庭，”马克汉安慰着他，“我保证，如果不是非常必要，我不会传唤你出庭的。好了，我现在特别想问一个问题：你认识一位名叫斯科特的医师吗？据我了解，他是欧黛儿小姐的私人医师。”

史伯斯蒂伍德的表情显然说明他并不知道，他回答道：“有这样一个人吗？我从来没有听说过。事实上，欧黛儿小姐从来没有跟我提起过任何一位医生。”

“那么，史比或者托尼，这两个名字她有没有提起过？”

“没有，从来没有。”他的回答非常肯定。

马克汉低下了头，史伯斯蒂伍德也沉默着一语不发，几分钟之后他开口道：“马克汉先生，说来还真有些不好意思，实际上我非常在乎这个女孩。我想，她的公寓已经被你们封锁了……”他停下来，眼睛里充满了乞求的目光，“如果可以，我希望去她的公寓看看。”

马克汉虽然非常同情他，但最终还是拒绝了他的请求。

“对不起，我们不能答应你。这样一来即便接线生没有认出你，也会被记者发现的。到时候，我就不能保证你与这起案件没有关联了”

史伯斯蒂伍德非常失望，但是没有再说什么。接下来又是一片静寂，突然，一直窝在椅子里的万斯开口说话了。

“史伯斯蒂伍德先生，昨晚和欧黛儿小姐从剧院回来之后，你们又在一起待了半小时，对吗？那么这期间有没有异常的现象？”

“异常？”他表情显得非常惊讶，“我们聊了一会儿，她有些累了，我就向她道晚安离开了，走的时候我还邀请她今天中午一起吃午餐。感觉并没有异常。”

“但是，就案情来看，可以肯定你还在那儿的时候，就已经有人躲在她的公寓里了。”

“你说得有道理，”史伯斯蒂伍德不由得打了一个寒战，“这可能就是她尖叫的原因，我离开没多久，那个人就现身了。”

“那么，你听见她的求救声时一点也不觉得奇怪吗？”

“一开始我是觉得很怪异。但是，她告诉我没什么，让我安心回家，所以我就以为她只是做了一个噩梦。我知道她累了，走的时候就让她躺在门边的一张藤椅上休息，求救声好像也是从那个地方传出的，因此我就以为她是睡着了被噩梦惊醒的。如果那时候我不这么想就好了！”

“真遗憾。”沉默之后万斯再次问道，“你有没有注意，客厅的衣橱是开着还是关着？”

史伯斯蒂伍德紧锁着眉头，回忆着当时的情景。

“应该是关着的吧！如果是打开的话，我想我应该会注意到。”

“那么，衣橱上的钥匙孔有没有插着钥匙？”

“这就不知道了。我连衣橱有没有钥匙都不知道。”

就这样又讨论了半个小时，史伯斯蒂伍德才起身告辞。

“真是太奇怪了！”马克汉满脸的疑问，“你说这么一个有教养的男人，为什么会对一个胸大无脑、水性杨花的女人着迷到这种程度！”

“我倒是觉得很平常，”万斯回答道，“马克汉，你这么想，是因为你的道德标准太高了。”

佐证的启示

九月十二日，星期三，上午九点

星期三，欧黛儿命案出现了一条重要线索，这个线索对案情的发展起着决定性作用；另外，万斯在这起案件中表现得非常活跃。在分析凶手的心理方面，万斯的归纳发挥了重要作用，即使案情已经发展到这个阶段，万斯仍然认为只凭借警力是远远不够的。九点左右，马克汉应他的要求来接他，接着我们搭车前往地检处。

当我们到达的时候，希兹已经等着急了，见到我们他极力掩饰着他的得意表情。待我们坐定之后，他兴奋地站在马克汉的办公桌前把玩着一根雪茄，说道："案情有了突破性的进展，我们逮捕了'公子哥儿'。就在昨天晚上六点钟左右，一位名叫雷力的值勤巡警正在第六大道一家三十年代的服装店附近巡逻，他看见'公子哥儿'从电车上下来，往麦克阿乐尼当铺走去，立即向街角的交警示意，自己则尾随‘公子哥儿’进入了当铺。不一会儿，交警和另外一名巡警也走了进去。随后，他们把这个家伙抓了个正着。当时他正在典当这枚戒指。”

说完，希兹将一枚镶着方钻的白金戒指放在了马克汉的办公桌上。

“他们带他过来的时候，我正在办公。我立刻让史尼金拿着戒指去哈林区找那位女佣，想看看她对这枚戒指有什么看法，结果，她一眼就认出这枚戒指是欧黛儿的。”

“但是，警官，那晚欧黛儿小姐并没有戴这枚戒指啊？”万斯随口说出了他的疑问。

希兹不高兴地瞪着他。

“那又怎样？不管怎么说，这枚戒指肯定是从首饰盒里被偷走的，不然你给我一个合理的解释。”

“是啊，我承认是从那里被拿走的。”万斯无奈地将自己窝进了椅子里。

“哈哈！我们真的太幸运了，”希兹转身对马克汉说道，“这一线索至少可以说明史比与这起案件有着直接的关系。”

“史比说什么了？”马克汉专注地看着希兹，“你们已经盘问过他了吧？”

“是的，”希兹的语调充满了困惑，“我们跟他较量了一整夜，结果他的陈述始终如一。他说戒指是欧黛儿在一个星期前送给他的，之后他们再也没有见过面，直到前天下午又见了面。大概四点到五点之间他去了她的公寓。你们还记得女佣说的话吗？当时她外出买东西，从侧门进入了大楼，这段时间侧门并没有被锁上。

史比还承认了晚上九点半左右又回来找过她，但是碰上欧黛儿不在家，于是就直接回家了，之后就一直待在家里，哪儿也没有去。他的房东太太提供了他的不在场证明。房东太太说，他回到家之后就一直与他们在家里玩牌、喝啤酒，直到午夜才散场。但是，房东太太的话并不意味着什么。史比居住的地方鱼龙混杂，房东太太不但是一名酒鬼，而且还有偷东西的习惯。”

“史比是怎么解释指纹的？”

“这个，他说是下午去她家里时留下的。”

“那么，衣橱门把儿上留下的指纹呢？”

希兹气愤地哼了一声：“他也说得头头是道！他以为有人想要进来，为了不破坏欧黛儿的好事，就将自己锁进了衣橱。”

“他想得还真是周到啊！”万斯懒洋洋地说道，“这种忠诚的程度实在太让人感动了，对吧？”

“万斯先生，难道你相信这个无耻之徒的话吗？”希兹有些恼怒了。

“并不是相信，只是这位大情圣说得倒也合情合理。”

“去他妈的合情合理！”希兹忍不住抱怨道。

“从他那里只得到这些线索吗？”马克汉显然对这些内容并不满意。

“是的，长官，只有这些了。”

“那么，在他房间里有没有找到凿刀？”

希兹点了点头，接着说：“我们是不能指望他还留着凿刀了。”

马克汉低头不语，过了一会儿开口道：“目前的情况对我们非常不利。即使我们认为史比是有罪的，即使他的不在场证明非常薄弱，但是想想接线生的证词吧！这样一来，他的不在场证明在法律上就成立了。”

“不要忘了戒指！”希兹失望极了，“另外我们有他的指纹、盗窃记录，还知道他恐吓欧黛儿的事！”

“这些都只是佐证而已，”马克汉无奈地解释道，“对于破解谋杀案而言，所需要的证据要比一般案件需要的证据多得多。即便我们提出控诉，律师也能在二十分钟内就让他无罪开释。很有可能欧黛儿在一个星期以前确实送了他这枚戒指。回想看看吧！女佣说过，就在那段时间，他曾经向她要过钱。另外，我们并不能证明那些指纹是在星期一的午后留下的。还有，他和那把凿刀有什么关联我们也无从得知，就像我们无法查证去年夏天在公园大道上发生的窃案是谁干的一样。他陈述的经过与我们调查的结果也非常吻合，我们没有任何证据去反驳他。”

希兹沮丧地瘫坐下来，对他而言，这种打击无疑让他快要崩溃了，就仿佛航行在茫茫大海上的帆船，突然风消失了，前途一片渺茫。

“我们应该怎么处理？”希兹把问题丢给了马克汉。

马克汉也大受挫折，他想了一下回答道：“我必须亲自审问他一番。”

他通知相关人员填写了借调令，签过字之后，让史怀克将它拿给班·韩龙。

这时万斯发话了：“一定要问问他丝质衬衫的事情，最好找机会问下他会不会身着白色背心搭配晚礼服。”

“这儿又不是男装店！”马克汉责备道。

“亲爱的马克汉，不要生气嘛！看着吧！你从这家伙那里得不到任何有用的线索的。”

大概过了十分钟，副警长从坟墓监狱里将疑犯带了进来。

史比这时的模样，实在有愧于“公子哥儿”的绰号。他的脸色苍白又憔悴，彻夜询问的疲惫仍残留在他身上。胡子没有刮，头发也没有梳理，鬓角干燥而又凌乱，领带也歪在了一边。但是，桀骜不驯的模样却没有改变。他藐视地看了希兹一眼，更可气的是他竟然对于马克汉的存在置之不理。

对于马克汉的提问，他的回答也与希兹说的一模一样，就连每一个细节都分毫不差，让人觉得仿佛是在背诵课文一样。马克汉的态度时而友好，时而严厉，但是渐渐地他的耐心被消磨殆尽了，此刻马克汉就像一头冷酷的野兽。然而，史比也仿佛吃了秤砣铁了心，对马克汉猛烈的追问毫不畏惧。尽管这个人非常讨厌，但此时的坚持也不得不令人佩服。

半小时之后，马克汉无奈地放弃了，他原本的计划也被迫流产了。正当马克汉准备让人带走史比的时候，万斯懒洋洋地起身坐到了办公桌上，他以一种好奇的眼神看着史比。

“喜欢玩康康牌吗？”他平静地说道，“这是一个非常愚蠢的游戏，对吗？以前在伦敦，这种游戏是相当普遍的。据我了解，这种把戏来自东印度吧！我想，你们仍然在用两副牌玩吧？这样可以更快地进行配对游戏。”

史比疑惑地皱起了眉头。检警总是以咄咄逼人的形式来盘问对方，万斯突然这样问他，让他有些措手不及。此刻，他的脸上写满了困惑与不安。他决定以耍赖的手段与对手交锋。

“对了，”万斯仍然以平静的态度问着，“欧黛儿客厅的衣橱，是不是可以从钥匙孔里看见沙发？”

突然，史比脸上的笑容消失了。

“另外，”万斯牢牢地盯着史比，追问道，“为什么当时没有发出警告呢？”

我的位置离史比很近，虽然他脸上的表情没有任何变化，但是，我发现他的瞳孔在变大。我猜，马克汉一定也注意到了。

万斯没有给他回答的机会，继续追问道：“不要太在意这些问题啦！但是还是很想知道，你有没有被当时的情景吓到？”

“我不懂你在说什么？”史比气愤地回答道，尽管他努力想让自己镇定，努力想在言语之间装出一副满不在乎的样子，但是他的不安显而易见。

“那种状况下任何人都会觉得很不舒服吧！”万斯没有理会他，继续说道，“当你蜷缩在黑黢黢的衣橱中，突然有人转动门把儿想要将它打开，当时的感觉是不是很刺激？”他死死地盯着史比。

史比板着脸，一言不发。

“幸运的是，事先你已经将自己锁在了衣橱里，对吧？”万斯没有理会他，急促说道，“哈哈，如果他把门打开了，会是怎样的一番情景啊！”

万斯抿着嘴笑了起来，那种笑容让人觉得毛骨悚然。

“对了，差点忘记了，你可以用你的凿刀对付他。在黑暗的衣橱里你不觉得害怕吗？你有没有想过，如果他的身手比你敏捷，身体比你强壮，在你还没有反击之前，就一把掐住了你的脖子……

不敢想象，真是令人不寒而栗啊！”

“你怎么这么奇怪？在这里乱说些什么？”史比终于被激怒了，他粗鲁地大叫道，同时脸上闪过一抹惊恐的神色；但是，他的怒气很快又转变为了嬉皮笑脸，同时他还冲万斯轻蔑地笑着。

万斯坐回了座位，无精打采地伸了一个懒腰，让人觉得他对这起案件的兴趣荡然无存了。自始自终，马克汉一直聚精会神地注视着这场闹剧，只有希兹烦躁地在一旁抽着香烟。

这时，史比突然开口了：“你们是不是早就算计好了？想让我在你们不负责任的行为之下被胡乱地判处罪行，是吗？好吧！真想这样做的话，我倒要让你们试试，看看你们有没有这个能耐给我定罪！”他大声笑了起来，笑声是那么的刺耳，“请你们给我的律师阿比·罗宾（纽约最富有智慧、最狂妄的律师；两年前被取消律师资格证后，就下落不明，很少有人能够找到他。）打一个电话吧！告诉他我要见他。”

马克汉苦恼地挥手示意，让副警长将史比带回坟墓监狱。

“你那样做是为了什么？”史比被带走之后，马克汉焦急地询问着万斯。

“这个嘛！是我在内心深处苦思案情时的一道灵光罢了，”万斯抽着香烟，“我说那些话是觉得史比会被我们说服，说出真相。”

“你真是太帅了！”希兹讽刺着万斯，“我一直在等着你问他要不要躲猫猫，或者问他的祖母是不是一个有趣的人。”

“亲爱的希兹，别这么不友好嘛！”万斯笑着恳求道，“你这样让我难堪极了！说真的，我和史比的这一番对话，难道对你一点参考价值也没有吗？

“有，当然有了，”希兹不屑地说道，“至少让我了解到，欧黛儿被杀的时候，他正好躲在衣橱里。但是万斯，你要记住，这起案件具备专业手法，而且史比是在当铺被当场抓获的，而你现在的做法不但对我们一点帮助也没有，反而还帮他洗脱了嫌疑。”

他烦躁地将头转向马克汉：“长官，我们现在应该怎么办？”

“对于目前的局势，我也很头疼。”马克汉心情不悦，“如果阿比·罗宾帮史比辩护的话，我们就只能等着接受失败了。虽然我一直觉得他与这起案件一定有什么关联，但是法官只会依照证据行事。”

“那我们不如这样好了！首先将那位‘公子哥儿’放了，派人紧紧盯着他，看他有什么举动，然后时机合适时将他再次逮捕。哈哈，这就叫做欲擒故纵。”希兹不怀好意地建议道。

马克汉低头思考了一会儿，说道：“这个办法或许可行。一直将他关着，反而什么证据也找不着。”

“是的，长官，也许这是我们最后的机会了。”

“就这样做吧！”马克汉点了点头，“让他觉得我们拿他没有办法了，这样或许会露出些破绽来。希兹，这件事情就由你来处理了。找一些身手敏捷的人来，日夜盯着他，总有一天狐狸尾巴会露出来的。”

“知道了，长官，我会好好处理这件事的。”

“另外，我还想进一步了解有关查尔斯·卡兰佛的事情，”马克汉补充道，“尽你们最大的努力查出他和欧黛儿有什么关系，还有安柏洛斯·斯科特医师的所有资料，也请你费心帮我调查一下。他跟那个女人一定有些不可告人的事情，不过暂时不要靠他太近了。”

希兹闷闷不乐地将这个人的名字写在了记事本上。

这时，万斯打着哈欠提醒道：“在你们释放那个俘虏之前，最好看看他是不是也有一把欧黛儿公寓的钥匙。”

希兹咧嘴笑了起来：“不错！这个建议很有道理。奇怪了，我怎么没想起来呢？”

话音刚落，他就消失不见了。

无缘再会的情人

九月十二日，星期三，上午十点三十分

显然，史怀克已经等很久了，因为希兹刚刚走出房门，他就进来了。

“长官，门外有很多记者。”他皱着眉头说道，“你说十点半跟他们见面的。”

看到马克汉点头之后，史怀克这才将门打开，很快整个屋子就被记者塞满了。

“麻烦你们了，现在请不要问任何问题。”马克汉轻松地说道，“目前还不是时候，所以我只能告诉你们一些我知道的事情。是的，希兹警官说得很对，欧黛儿命案的凶手与去年夏天在公园大道作案的窃贼是同一个人。”

接着，他简单地向记者们说了伯纳副督察发现凿刀的事儿。

“虽然现在还没有展开逮捕行动，但是我们已经锁定了一名嫌犯。事实上，警方已经掌控了整个局面，但是我们必须保守秘密，不让疑犯有任何逃脱的机会。另外，某件遗失的珠宝已经被我们找到了……”

大约五分钟之后，马克汉结束了与记者的会谈。整个过程中，他始终没有提及欧黛儿家的女佣和接线生的证词，甚至没有提起任何一个与案情有关的人的名字。

记者离开之后，万斯对着马克汉竖起了大拇指。

“亲爱的马克汉，你应付记者的功夫真是一流！法律训练果然有它的独到之处。你那句‘某件遗失的珠宝已经被我们找到了’说得太好了！简直就是在欺骗社会！真应该给你颁个最佳口才奖啊！看来，我要多花点工夫来研究虚伪暗示和隐瞒事实这两种艺术了。”

“不要说这些无聊的事情了！”马克汉烦躁地回应道，“希兹已经走了，快点告诉我，你刚才为什么要和史比说那些话？心里到底在想什么？黑暗的衣橱、威胁、掐住脖子、从钥匙孔偷看，这些都是什么意思？”

“这些话有什么神秘之处吗？”万斯反问着马克汉，“在那个恐怖的夜晚，托尼的确躲在衣橱里，我只是想以外行人的方式来确认他躲在衣橱里的时间而已。”

“结果怎样？”

万斯沮丧地摇了摇头。

“你明白的，马克汉。这个想法既模糊又暧昧，同时充满了想象的空间，实在无法确定。也许可以证明一些事情，但是，目前为止我还没有发现它对我们有什么帮助，因为它让原本模糊的情况变得更复杂了。现在我已经后悔那样质问史比了。”

“莫非你认为史比亲眼目睹了这起凶杀案？”

“这只是其中一部分。”

“万斯，你真的吓到我了！”马克汉大笑起来，“那么根据你的推测，史比是无罪的，只是他把知道的事情都隐瞒起来了，同时还捏造了不在场证明，就连在被捕的时候也一句话不说。万斯，你不觉得这样说很牵强吗？”

“这个我知道。”万斯也很无奈，“但是这种感觉一直困扰着我，我不得不遵照它的旨意去行事。就仿佛被恶灵附身一样，我的五脏六腑被它肆意地啃噬着。”

“万斯，你知道这个想法意味着什么吗？意味着史伯斯蒂伍德和欧黛儿小姐从剧院回来之前，房间内已经躲藏了两个互不相识的人，一个是史比，一个是你虚拟出来的凶手！”

“是的，正是这个想法让我摸不着头脑。”

“天哪！这样一来，他们俩必定是前后进入的房间，并且各自躲藏了起来。我想知道，他们是怎么进去的，最后又是怎么出来的？谁让欧黛儿发出了尖叫声？那个时候，另外一个家伙又在做什么？如果史比不是凶手，是个惊吓过度、不敢出声的目击者，那么他又是怎样撬开首饰盒拿走戒指的？”

“拜托！不要再说下去了！”万斯哀求着，“我承认我的想法很难让人理解。但是你知道的，我自打生下来就喜欢幻想。只是这一次，我的想法疯狂得有些过头了。老天爷啊！我该怎么办啊！”

“亲爱的万斯，就这一点，我们的看法是完全相同的。”马克汉笑了起来。

这时，史怀克进来了，他递给马克汉一封信："是信差送来的，上面还特意标注着'急件'二字。"

这封出自斯科特医师之手的信写得既正式又讲究，信里详细说明了星期一晚上十一点至凌晨一点之间他所有的活动，同时他还在信中对讯问时失礼的态度表示道歉。但是不管怎样，他的解释都无法让人相信。他说那天因为诊治的工作他感到特别疲惫，我们的突然造访让他很不愉快，尤其是马克汉不友好的态度更是让他非常不爽；最后他说道，只要我们需要，他会尽一切努力协助我们的工作；他还特别强调，当时冲我们发脾气真是没必要，因为想要证明他周一晚上的行踪轻而易举。

"真是一个滑头！"万斯说道，"看来，他已经仔细地考虑了整个状况，最后告诉你一个不在场证明，这样一来，案件变得更加棘手了。发现了吗？他说他一直跟病人在一起。说得跟真的一样！到时候，你说要讯问病人，他又会说病人太累了，不适宜去访问。看看吧！在这样一筹莫展的情况下，他还能编出一个不在场证明来，还真挺厉害的！"

"我才不在乎这些呢！"马克汉顺手将信收了起来，"我就不相信了，那个浑球儿会神不知鬼不觉地进入欧黛儿的公寓。太难想象了，你说他鬼鬼祟祟进入房间时是什么模样啊？"接着，他随手拿起一沓文件，"好了，如果你不反对的话，那么现在我要为我每月那一万五千元的薪水开始努力工作了。"

可万斯并没有离开的意思，自顾自地走到桌子旁，翻起电话簿来。

“马克汉，要不要听听我的建议？”不一会儿，万斯开口说道，“我认为你应该和路易·曼尼斯先生好好谈谈，而不是在意你手边的那些例行工作。目前为止，所有与玛格丽特有关的男人，就他还没有被传唤。我对他很好奇啊！真想看看他长什么样。算上他，整个故事的男主角们就都到齐了。据我所知，他就住在淑女街，很容易找到。”

马克汉本来不同意万斯的提议，但他知道万斯这样做一定有自己的目的。于是，沉默片刻之后，他表示可以试试看，反正就目前的状况而言，没有任何线索可寻了，是时候会会曼尼斯了。

“好的，”他答应道，顺手按下了铃声让史怀克进来，“不过我可不抱太大希望。希兹说过，一年以前欧黛儿已经将他的名字从情人名单中删除掉了。”

“没准他们藕断丝连呢！或者，他还为此在发着脾气，喝着闷酒呢！这些，只有问过他之后我们才能知道。”万斯坐回椅子上，“但是我想他一定乐意接受调查的。”

接着，马克汉让史怀克转告崔西，让崔西开车将曼尼斯带到这里；还让崔西随身带了一张传票，说必要的时候可以用上。

大约半小时以后，崔西回来了，他报告说：“曼尼斯先生非常配合，他现在已经在接待室了。”

不一会儿，曼尼斯被带了进来。

他身材高大，脚步很沉重，他的样貌正是中年男子的写照，岁月无情地鞭打在他身上，他一边挣扎着，一边却又不得不承认容颜一去不回。他上身穿着格子花纹的西装、织锦背心，脚踩一双珍珠灰的长筒靴，手里还拿着一根雕工精细的手杖。一身装扮看似讲究却令人觉得做作。但是，当我们注意到他的五官之后，才发现这身可笑的装扮算不上什么。一对小得出奇的眼睛射出一股狡黠的光亮；而鼻子同他那肥厚的嘴唇以及漏斗式的下巴比较起来，可以用小巧来形容。这样的面容加上他那逢迎谄媚的态度，十足让人厌恶。

当马克汉请他坐下来的时候，他的屁股只挨到了椅子的边缘，他将粗胖的手放在膝盖上，用戒备的眼神看着我们。

“很抱歉打扰你，曼尼斯先生，”马克汉礼貌地说道，“但是，这件事情迫在眉睫。前天晚上，一位名叫玛格丽特·欧黛儿的小姐被人杀害了。在调查过程中，我们得知有一段时间，你与她来往得非常密切。我想你也许知道一些事情，能够帮助我们尽快破案。”

曼尼斯的脸上露出一抹奉承的笑容。

“是的，很久以前我就认识金丝雀了。关于这一点，我想你们已经知道了吧！”他轻轻地叹了一口气，“我想说她是个不错的女人，长得漂亮又有品位，打扮得非常得体。可惜啊！她如果继续在演艺界打拼的话，一定会成为耀眼的明星的。”接着，他做出一个否认的手势，“可是我已经有一年多没有见她了，所以……你明白我的意思吧？”

曼尼斯非常谨慎，他的目光始终没有离开马克汉的脸。

“你们曾经有过争吵？”马克汉随口说出这么一句。

“没有，我倒不觉得有过争吵。”曼尼斯停顿了一下，想必在考虑如何解释吧，“当然，可以说我们有过意见不和的时候。当我们厌倦了彼此，决定分手的时候，为了金钱有过小小的摩擦。

我最后跟她说的话是，只要她需要朋友，可以随时来找我。”

“看来你很关心她。”马克汉轻轻说着，“你们之间就没有死灰复燃过？”

“没有，这是不可能的。从那以后，我们就再也没有联系过。”

“曼尼斯先生，”马克汉的语调中充满了歉意，“有一个比较私人的问题想要问问你，你有没有被她敲诈过？”

曼尼斯在用力地思考着什么，此刻他的眼睛变得比平常更小了。

“没有！当然没有。”虽然想得时间久了一点，但是他仍然刻意地强调道，并且还挥舞着双手，“一次也没发生过。”最后他又忍不住悄声问道，“你怎么会这样想？”

马克汉解释道：“有人告诉我，曾经有一两位爱慕者被她敲诈过。”

曼尼斯的脸上立刻露出了惊讶的神色。

“啊？你是在开玩笑吗？不可能的！”接着，他不怀好意地看着马克汉，“不过，也许她敲诈的对象是查尔斯·卡兰佛？”

马克汉追问道：“为什么是卡兰佛？”

曼尼斯再一次挥舞着他的手，这次充斥着轻蔑的味道。

“只是这样觉得，并没有什么特别的理由。”

“是不是卡兰佛告诉过你？”

“怎么会？我倒想问问你，卡兰佛为什么要告诉我？他这样做有什么目的？”

“那么，你有没有告诉过卡兰佛，欧黛儿敲诈过你？”

“没有！绝对没有！”曼尼斯发笑了，笑容极尽夸张，“你的问题真是太可笑了！”

“那你为什么要提到卡兰佛？”

“不是已经跟你说过了吗？没有理由。他认识金丝雀又不是什么秘密。”

接着，马克汉转移了话题。

“你认识安柏洛斯·斯科特医师吗？他与欧黛儿又是什么关系？”

曼尼斯愣了一下，然后说：“不认识。我和她交往的那段时间，没发现她认识的人当中有这么一个。”

“那么，你知道除了卡兰佛还有谁跟她比较好吗？”

曼尼斯摇了摇埋下的头：“这个我还真不清楚。你们应该知道的，她水性杨花，一会儿跟这个男人好，一会儿又换成那个男人。可惜我并不认识这些男人。”

“听说过托尼·史比吗？”马克汉坐直了身子，看着曼尼斯。

曼尼斯转动着眼珠，犹豫不决。

“这个人，我好像听说过；不过，我也不确定。你们怎么会觉得我认识这个人呢？”

“你能想想看，谁有可能杀害欧黛儿小姐吗？”

结果，问来问去他都在强调不认识马克汉提到的那些人；接下来的几个问题也没得到有用的答案，马克汉只好让他离开了。

“老兄，结果并不坏，对吧？”万斯倒是觉得这次问话有些收获，“这个曼尼斯不是个好东西。真不明白，他为什么总是一副胆怯的样子，好像害怕别人发现什么似的。真是让人想不通啊！”

“是的，他的确很小心。什么线索也没捞着。”马克汉补充说。

“那可不一定，”万斯靠在椅子上抽着香烟，“我倒觉得得到了不少线索呢！很明显，他肯定也被敲诈过；另外，他与欧黛儿一定还有来往。你看见了吗？当你提到卡兰佛的时候，他的表情多么不自然啊！想必，他把卡兰佛拖下水也是有原因的。他避重就轻的措辞，更是让人觉得有问题。我看，曼尼斯与卡兰佛一定有某种交集。不管怎样，曼尼斯还是为我们提供了一些启示。对了，我敢肯定他并不认识斯科特医师；但是他却知道史比，只不过他不想承认。情况不在我们预料之中，线索倒是不少，但是，我们到底该从哪里着手呢？”

“我被打败了。”马克汉无奈地看着万斯。

“我理解，”万斯同情地说道，“但是，现在必须用智慧来面对这一切。走吧！已经到午餐时间了，去品尝一客马葛黎鱼排吧！它会让你振奋起来的。”

马克汉看了看手表，然后起身与大家一同前往了史蒂文森俱乐部。

凿刀与火钳

九月十二日，星期三，中午

我和万斯吃过午餐之后，没有回到马克汉的办公室，因为马克汉有一大堆的公事要忙，而希兹还在调查卡兰佛和斯科特，欧黛儿命案没有任何进展。凑巧的是，万斯有两张乔丹诺的《圣·赛奈夫人》歌剧票，于是两点左右我们来到大都会剧院。整个歌剧情节非常精彩，但是万斯并没有专心看，歌剧一结束，他就让司机立刻载我们回到史蒂文森俱乐部。万斯本来在下午有两个约会，但是他取消了这些行程专等马克汉到来，可见他对欧黛儿命案颇为用心。

六点刚过，马克汉就来了，一脸的疲惫相，烦躁不安。用餐时，他只提到了希兹已经把卡兰佛、斯科特医师以及曼尼斯的调查报告交给他了。直到我们吃完晚饭，坐到我们喜欢的那个角落后，才再次谈起了欧黛儿命案。

这次的讨论给了我们一个新的方向，希望这个方向，可以指引我们很快找到凶手。

这两天超重的压力以及极度的焦虑让马克汉有些吃不消了，他明显憔悴了许多，嘴角却依旧洋溢着不屈不挠的坚毅。他慢悠悠地点燃一根雪茄，接着，狠狠地吸了几口。

“这些讨厌的报纸！”他抱怨道，“总是喜欢干扰我们办案！今天的晚报看了吗？气死我了，全部都在找凶手，好像是我故意把他藏起来一样。”

“别这样。”万斯笑了，“你忘了吗？这是一个民主的社会，每个人都可以自由地评论。”

马克汉不屑地说：“我不是指这个，只是觉得那些自以为聪明的记者实在不招人喜欢。你知道他们在做些什么吗？他们正在努力地将这起龌龊的案件，转变为家喻户晓的充满激情的连续剧。你去看看吧！现在就连小学生都知道这起抢劫杀人案了。”

万斯将眉毛向上挑着，停止了点烟的举动，瞪着马克汉说：“喂！你不会说你告诉媒体的消息都是真的吧？”

马克汉被吓了一跳：“你这话是什么意思？”

万斯诡异地笑着：“我倒认为你是在耍小聪明。哈哈，这样一来真正的凶手就会觉得自己很安全，而你也可以从容不迫地进行调查了。”

马克汉很不悦：“万斯，你这是在说什么呢？”

“没什么，真的。”万斯安慰着马克汉，“我知道希兹认定史比就是凶手，但是我实在没想到，你也认为这起案件是惯窃所为。我一直以为你放走史比是真的希望他可以将凶手引出来，甚至认为你只是在应付那位喜欢轻信别人的希兹警官。”

“我明白了！又是你那荒谬的想法在作怪。”马克汉摆明是在讽刺万斯，“什么两名歹徒藏在不同的地方！哈哈，你的想法果然比希兹高明多了！”

“喂！不要这样！我知道我的想法有些荒谬，但是你那套窃贼作案也好不到哪儿去。”

“我倒想知道哪里不好了？”马克汉愤愤地说道。

“原因很简单，这起案件显然是有人精心筹划了很长时间进行的蓄意谋杀，根本不是惯窃所为。”

马克汉哈哈大笑起来：“万斯，你知道吗？你为我点亮了一盏明灯。”

万斯故意对他鞠躬道谢：“是吗？能为你带来光明，我很荣幸啊！”

接下来一阵沉默，半晌马克汉才继续说道：“难道又是因为你的那些推测，得知杀害欧黛儿的凶手是一个聪明绝顶的人？”他的语气中仍然充满了讥讽。

“是的，这与我推测班森谋杀案的逻辑相同。”万斯的声音依旧悦耳。

马克汉无奈地笑了

“好的，不要以为我轻视了你的贡献，但这次我想你真的错了。我们现在面对的这起案件，就是一起再普通不过的谋财害命案罢了。”

“是啊！尤其是害命。”万斯冷漠地补充了一句，“可惜啊，你和警方现在却只能被动地等待凶手现身。”

“我承认，目前的状况并不是大家希望的。”马克汉沮丧地说，“可是，不管怎样我都不明白你那些高深的想法对这起案件有什么帮助。案情不过就是这样，我们现在需要做的就是找到证据。要不是那些记者对案件的大肆渲染，也不会使得普通民众对这件事的关注程度如此之高。”

“好啊，马克汉！”万斯的语气既温和又严肃，“假如你真要这么看的话，就请你放弃这起案件吧！否则你只会在这上面狠狠摔一个大跟头。是的，我敢打赌这就是一起高明的谋杀案，这与凶手的智慧是分不开的。你还是相信我吧！只有聪明绝顶的人才干得出这种事情。”

看着万斯坚定的表情，听着他那就事论事的平淡语气，马克汉又抑制不住自己想要嘲讽他的冲动了。

“好样的！那现在请你告诉我，”他的态度甚至有些无理取闹，“这些稀奇古怪的结论你究竟是怎么得出来的？”

“愿意效劳。”万斯吐出几个烟圈，懒散地看着烟圈在空气中飘散，接着用冷淡的语气开口说道，“马克汉，你知道吗？任何艺术都有它的特质，这在鉴赏家的眼中被视为‘原创力’，也就是指狂热与自发的创造力；而赝品就不具备这一点，因为它太完美，精雕细琢的迹象太过明显。任何一个人都可以看出意大利画家波特西里、佛兰德斯画家鲁木斯的作品，这是因为他们的画是有瑕疵的。但是对于原始创作而言，这些瑕疵算不上什么；然而，你去看那些赝品吧！那里面不会有任何瑕疵出现。真正的艺术家是不会将所有的细节都计划得准确无误的，只有模仿者才会这样做。尽管如此，就算模仿者的功底再好，他也无法模仿出原作者的那种气息。仿制品透露着的是不真实、做作，因此不论仿制品与真迹多么像，都始终有天壤之别。你明白我的意思吗？”

“我们的大评论家，很感谢你的这番教导！”

万斯笑着谦虚地鞠了一躬，接着说了下去。

“现在让我们看看欧黛儿命案吧！你跟希兹都觉得这起案件不过是一桩普通、卑鄙、无耻的刑事案。但是我不这么认为，我不关心案件的表面迹象，我在意的是什么原因导致了命案的发生。据我观察，这是一起刻意安排的模仿式案件，并不是一件单纯的命案，凶手对每一个细节都把握得非常精准，称得上是一名技术纯熟的模仿高手；凶手的作案手法也很厉害，完美得几乎没有任何线索可寻，但这正是它的败笔所在。命案的组装并不完整，这是因为它缺少了原创力。说得好听一点，它是一件精心雕琢的作品；说得难听一点，它就是一件赝品。”万斯向马克汉抛去一个迷人的微笑，“我想这些内容不会让你觉得乏味吧！”

“万斯，你接着说。”这次马克汉客气了很多，这样的转变让人觉得有些滑稽。但是，很明显他对万斯的这些话产生了兴趣。

“生命与艺术相同，”万斯继续缓慢地说道，“人类的一切活动不是真实就是虚假，不是真挚就是伪善。例如，两个人一起吃饭，他们所做的事情是相同的。但是敏锐的观察者可以看出谁的教养更好一些，而谁又在刻意模仿着对方。”他冲着天花板吐出一个烟圈，随即将身体缩回椅子里。

“马克汉，你是怎样看待一起龌龊、卑鄙的抢劫杀人案的？它的一般特征是残暴、凶狠、仓促、凌乱不堪、被损的首饰盒、扯断的项链、撕破的衣服、翻倒的台灯、破碎的花瓶，以及散落一地的杂物。这些状况是大家普遍的印象；但是，你稍微细想一下就会发现，这些情节只会在小说和戏剧里出现，在案件里怎么会全部出现呢？我的意思是，在真实的刑事案件现场，这些是不会井然有序地全部出现的。原因很简单，在真实的生活中任何一件事都不会一成不变地上演，错误总会随时随地地发生。”

他用手轻轻地比画着。

“但是仔细分析一下这起案件吧！你会发现，它的布局以及所有细节都像是事先安排好的一样，就像左拉的小说，它几乎是完美无缺的，即便是最后的结局也都是经过计算的。在艺术领域上，这被称为精雕细琢过的犯罪。因此在我看来，这件命案是蓄意发生的，我实在没有办法找到任何瑕疵。我想你能明白，任何完美的东西都不是真实、自然的。”

马克汉低头不语，过了一会儿他问：“你还是认为这是蓄意谋杀？”不同的是，这次马克汉的声音里没有任何讽刺的味道。

“是的。如果是普通窃贼所为，这个世上就不会存在心理学、艺术法则以及真理了。同样的道理，如果它真的是纯粹的入室抢劫案，那么大师的作品与赝品也就没有区别了。”万斯的语气非常坚定。

“我了解了，你已经完全打消了入室抢劫的念头了。”

“那只是故弄玄虚罢了！”万斯语气很坚决，“从这起蓄意安排的命案来看，它背后一定隐藏着一个不可告人的秘密。我敢肯定，这名凶手接受过高等教育，想象力也非常丰富。我猜一定是那个女人的存在让他身处万劫不复的境地，甚至会给他带来毁灭性的灾难，否则他是不会冒险来玩这样的游戏的。因此，衡量二者之后，他选择动手杀掉这个女人。”

马克汉没有立刻搭腔，他好像失去了判断能力一样，半天没回过神来。最后他用怀疑的眼神盯着万斯，开口说：“那么你如何解释那个被撬开的首饰盒？你那动人的假设，与经验老到的惯窃使用凿刀这一点好像并不相符？”

“这个我知道，”万斯点了点头，“我一直在为它苦恼。是的，马克汉，整个作案现场都是刻意安排的，只有那把凿刀是个意外。就好像是模仿者完成作品之后，原创者又随即出现一样，为这幅赝品添上了一道点睛之笔。”

“这样一来，我们的矛头不是又指向史比了吗？”

“他嘛？嗯，是，的确可以这样解释，但也许并不像你想的那样。我并不怀疑史比撬开了那个首饰盒，那可能是他唯一做过的事情，或者说是案发之后唯一能让他做的事情。这就是为什么他只拿到了死者当晚没有佩戴的戒指的原因，而其他所有佩戴在死者身上的廉价货都不翼而飞了。”

“你怎么这么肯定？”

“老兄，你还不明白吗？就是那把火钳！谁会在首饰盒被撬开之后，还用一把生铁制成的火钳去敲打呢？除非首饰盒没有被打开之前才会这样做。首饰盒上那看似疯狂的痕迹，可以肯定只是凶手的障眼法罢了。真凶并不在乎能不能打开首饰盒，而只是要让别人觉得他曾经费力地试图打开它，他还特意将火钳扔在了扭曲变形的首饰盒旁。”

“我明白了。”看起来万斯的观点令马克汉印象深刻。因为在梳妆台上出现的火钳，始终没有一个合理的解释，“你之所以质问史比有没有看见另外一名凶手，原因就在这里？”

“对。就首饰盒而言，我认为有两种可能的情况：一种是当凶手伪装现场时，史比已经躲在公寓里了；另一种是，在凶手行凶、伪装现场离开之后，史比才闯入房间看见这一景象。但是，从与史比的谈话中我肯定，凶手行凶时他已经在现场了。”

“躲在衣橱里吗？”

“嗯。这样一来就可以说明衣橱为什么没有被搜刮了。原因很简单：如果不是因为史比在里面反锁了衣橱，凶手一定会找到他。从凶手的小心谨慎来看，他绝不可能忽略衣橱。正是如此，衣橱把手上留下了史比的指纹。”

万斯挪动了一下身体。

“亲爱的马克汉，除非你顺着这个思路来侦查案件，否则一切行动都是白费。”

非常嫌疑人

九月十二日，星期三，晚上

万斯说完之后，马克汉陷入沉思，整个房间沉寂良久。马克汉的看法动摇了。是的，仅凭指纹是史比的就断定他是凶手，这一看法已经不能满足马克汉了。虽然不知道凶手到底是谁，案情仍然扑朔迷离，但是有一点万斯可以肯定——史比不可能是凶手。马克汉开始有些赞同万斯的想法了，但他嘴上却不愿认输。

“该死，万斯！”他的眼睛里充满渴望，“我才不会被你那些夸张的看法说服呢！不过，我对你的分析倒是很感兴趣，我想问你……”

他猛地坐直了身体，盯住对方。

“谁是真正的男主角？”

“说真的，这个我完全没有头绪。”万斯的回答令人沮丧，“可以肯定的是，那名凶手一定是一个机灵、聪明、胆量十足的家伙，而且正身处被死者彻底毁灭的地步。我想他应该是一个天性残忍，并且以自我为中心的宿命论者，一个疯狂的人。”

“你该不会说是个疯子吧？”

“天哪！马克汉，他不是疯子，只是一个行为、思想疯狂的人。他的思维是正常的，是一个精于算计的疯狂的家伙；可以说他就像你、我，还有老凡一样。只是我们的这种行为无伤大雅，而这位老兄的疯狂行为已经超越了法律所能容忍的程度。如果他的这种行为局限于高尔夫球，你也就不会要揪他出来了；但是可惜的是他将冷静的理智用在了杀害一个女子上，所以你必须把他揪出来！”

“是的！”马克汉冷冷地回答着，“在我的理念中，杀人就是疯子的行为。”

“但是老兄，他并不是一个杀人狂。不要忘记了心理学上的微妙特质，凶手是被某一个人激怒了，正因为被激怒，他才设计了这种巧夺天工的杀人手法。这起案件说明他有着过人的智慧。虽然他的行为有些骇人，但是只要你抓到他，就会发现他是一个再正常不过的人。”

马克汉再次陷入沉思。

“可惜你的推断与已知的命案并不相符。万斯，对于我们而言，事实才是最重要的。”

“你怎么会无缘无故就承认自己的缺点呢？”万斯挑衅地说。过了一会儿，他继续说道：“我倒想听听看，哪些事实与我的推断不符了？”

“照你这么说的话，与欧黛儿谋杀案扯得上关系的只有四个人。希兹已经彻底调查过欧黛儿了，自从她在法利斯露脸以来，这两年中与她有暧昧关系的只有曼尼斯、斯科特医师、卡兰佛老爹，还有就是史伯斯蒂伍德了。除此之外，这个挑剔的金丝雀没有同其他任何人亲近过。”

“看来你已经拟定了一份名单啊！”万斯语气很冷漠，“不知道你在想些什么，你以为是杀人集团吗？”

“当然不是，”马克汉异常地有耐心，“我只是需要一个合理的情况。一年以前曼尼斯已经和金丝雀断绝关系了；卡兰佛和史伯斯蒂伍德这两个人有着充分的不在场证明；剩下的就只有斯科特医师了。尽管这个人脾气非常暴躁，但我实在无法将他与窃贼或者杀人犯联系在一起。另外，他也有不在场证明，虽然是自己提供的，但听起来很可信。”

万斯无奈地摇了摇头：“真是悲哀！一位具有法学知识的人竟然会有这么幼稚的想法。”

“难道你不觉得这很合理吗？”马克汉反驳道。

“马克汉！”万斯厉声说道，“你的推论没有任何道理！唉，如果你能够分辨理性与非理性的差异，那么现在的你就会是神而不是执法者了。你知道吗？再这样下去，你只会越陷越深。这起案件的关键不在于已知的情况，而是那些不为人知的事情；也就是说，我们要找到真实的一面。”

他抽了口香烟，将身体仰靠在椅子上。

“你不是说希兹已经给你调查报告了吗？那么请你告诉我，你对他们了解多少。他们的妈妈叫什么名字？他们早餐都吃些什么？他们会对野葛过敏吗？好吧！就从史伯斯蒂伍德开始吧！你对他了解多少？”

马克汉清了清喉咙，开始说道：“他的家族是清教徒，历代的家族成员做过州长、市长，还有成功的商人。祖宗八代都是纯正的新英格兰人。史伯斯蒂伍德是新英格兰上层社会的代表，但是，他与欧黛儿的绯闻却违背了清教徒坚持的规定——禁欲。”

“嗯，这与一味禁欲的规定有着逆反的心理。”万斯说道，“那他从事什么工作？他的钱又是从哪里来的？”

“他的父亲靠着生产汽车装饰配件发迹，随后这份事业留给他继承。虽然他并不是很情愿，但是，应该也设计过一些装饰配件吧！”

“哦，但愿装有芳香纸片的玻璃瓶不是出自他手。可惜啊！设计汽车装饰配件的人，并不能说明他不会杀人啊！”

“不会是他的。”马克汉忍着脾气说，“至少他与你说的条件不符。我们已经了解过了，他离开欧黛儿之后，一直和瑞丰法官待在一起。这是不争的事实！”

“是的，我同意。”万斯笑了，“还有什么要补充的吗？”

“对了，他的老婆很有钱，据说是一位参议员的女儿。”

“这个我可不关心。说说曼尼斯吧！”

马克汉看了看报告：“他父母坐着最便宜的三等舱移民到这边。他的本名应该是曼尼克维兹，出生于东岸。曾经在父亲开设的毛皮店里学做生意，后来在圣佛斯哥公司工作，还当上了工厂领班。积攒了一笔钱之后，开始炒地皮；之后又做起毛皮生意，直到现在。他就读于公立商业专科学校夜间部；一九〇〇年结婚，一年之后就离婚了，从此出入各种俱乐部，过着纸醉金迷的生活，但是从来没有大醉过。据我的猜测，俱乐部里的消费经常是由他来支付的。他还在音乐剧上投资了很多钱，所以总有美女环抱左右。他尤其偏爱金发美女。”

“这对我来说没有任何帮助。”万斯叹气，“在这个城市里，到处都有曼尼斯这样的人物。那么，那位医师呢？”

“斯科特医师的家族好像也是移民过来的。他是法匈混血，在中西部的一个小镇长大。是俄亥俄州立大学的医学博士，在芝加哥的时候曾经从事过一些黑市交易，但是从来没有被逮捕过。自从来到艾伯尼以后，就疯狂迷恋上了X光仪器的研究，发明了一种丰胸产品，还因此成立了上市公司，让他狠狠地赚了一笔。随后两年去了维也纳。”

“嗯，与弗洛伊德很像！”

“回到纽约之后，开设了一家私人疗养院，疗养院的收费高得离谱，于是他也步入了暴发户之列。从那以后，他一直很有钱。几年前因为一件毁约案被告发，但是最终以庭外和解的方式收场了。另外，至今未婚。”

“像他这样的人，永远不会结婚的！”万斯说，“这个报告倒是很有意思，嗯，不错！我真想成为一名神经病，好让他来治疗我啊！我实在太想进一步了解他了！你说，那个可怜的女人被害时，我们这位医师在哪里呢？这一点，你能告诉我吗？”

“爱莫能助，可不管怎样，我都觉得他不会杀人的。”

“你很固执啊！”万斯说道，“好吧！我们继续。卡兰佛呢？他那个‘老爹’的绰号很有意思啊！可以跟贝多芬的绰号‘矮冬瓜’、俾斯麦的绰号‘疯狂的容克’媲美了。”

“卡兰佛是纽约坦曼尼协会忠贞的党员。他这一生大部分时间都在为政治作贡献，二十五岁的时候就已经赫赫有名了。有一段时间，他还在布鲁克林区为民主党聚会专门开设了一家俱乐部。曾经担任过两届市议员，还当过律师。离开政坛以后，经营过一家小型的赛马中心，还取得了萨拉托加非法赌场的特许。现在在新泽西有一家撞球场。总的来说，是一个职业赌徒，而且酷爱杯中物。”

“结婚了吗？”

“很抱歉，没有这项记录。但是卡兰佛当时不在场，别忘了他有一张晚上十一点半在波士顿开的超速罚单。”

“这就是你刚刚说的不在场证明？”

“是的，从法律角度来看的确如此。”马克汉回答，“那张罚单上清楚地写着当时的时间、地点。波士顿距离这里大概有五十英里，开车至少要花上两小时。因此，卡兰佛大概是在晚上九点半左右离开纽约的，就时间而言，他没有办法在欧黛儿死亡之前赶到。另外，我已经查过那张罚单了，千真万确；而且那张罚单也是我让人注销的。”

“那位交警有没有当面指认卡兰佛？”

“没有，我在电话里向他描述了卡兰佛，并且他把车牌号码也记下来了。”

万斯瞪大眼睛，怜悯地看着马克汉。

“天哪！亲爱的马克汉，你实在让我……难道你不知道，那位偏远地方的交警，只是在那晚十一点半发生命案的时候，将一张罚单交给了一位在波士顿附近开着卡兰佛的车的中年男子吗？

如果卡兰佛有意在午夜时分作案的话，那样的不在场证明，是可以事先安排的！”

“万斯，”马克汉哈哈大笑，“你这样说不觉得很滑稽吗？你以为每一个罪犯都会事先编造不在场证明吗？你太抬举他们的智慧了！”

“是的，”万斯的表情很冷漠，“我就是这样想的。如果一个人身处绝境，正准备筹划一起谋杀案的时候，他一定会激发自己所有的智慧的。真正让我惊讶的是，你们这些警员竟然会这么幼稚，认为谋杀案的凶手会不为自己的安全考虑。真令人失望！”

马克汉十分不满：“我敢向你保证那张罚单的的确确是卡兰佛本人从交警手中拿到的。”

“好吧，我相信你。”万斯无奈了，“那不过是一个假设罢了！当然了，也不排除它的可能性。不过我坚信，欧黛儿小姐是被一位心思缜密、智慧超群的人杀害的。”

“可惜我认为，”马克汉发怒了，“只有和她关系亲密的人才会做出这种事情来，但是这些人只有曼尼斯、卡兰佛、斯科特和史伯斯蒂伍德。可惜的是，这四个人都缺少作案时间。”

“老朋友，看来我们俩要唱反调了。”万斯平静地说，“他们四个人都有嫌疑，而且我肯定，凶手就是其中一个！”

马克汉不屑地看着他。

“好吧！好吧！真相大白了！那么你告诉我，凶手到底是谁？你说出来，我立刻逮捕他，这样我就可以处理别的案子了。”

“你总是这么毛毛躁躁！”万斯叹了一口气，“智者是不会那样的。所谓‘欲速则不达’，你没有听说过吗？劳弗士就这样说过；《可兰经》说得更直白：‘毛躁是魔鬼。’还有莎士比亚的著作，里面到处都在批评急躁、求速，例如，他厌倦了飞快地奔跑。聪明的人是不会这么急躁的，因为摔倒的人总是跑得最快的人；另外，莫里哀说：‘急则有损，忙则出错。’乔叟也这样认为，他说：‘焦急的人是得不到好处的。’就连上帝的子民们也懂得‘完美与匆忙是不能相提并论的’，‘急躁的人永远被烦恼困扰着’……”

马克汉烦躁地打断了他的话：“该死！不要说这些无聊的事情了，我要回家了！”

这次见面不欢而散。

登门拜访

九月十三日，星期四，上午十点

万斯昨晚告诉老管家柯瑞，让他第二天早上九点叫醒他，这让老管家吃惊不已。到了上午十点，我们已经坐在屋顶的小花园中吃着早餐，享受九月中旬和煦的阳光了。

“老凡，”我们品尝到第二杯咖啡时，他对我说，“一个女人再怎么严守秘密，也会找一个人倾诉心事的。心腹对于女性而言是一项重要的资产，这个人可以是母亲、爱人、牧师、医生，或者闺中密友。但是对于欧黛儿来说，母亲和牧师并不存在；爱人——那个时髦的史比——是潜在的敌人；而医师，我们大可以把他排除在外，欧黛儿是一个聪明、机警的人，她是不会把秘密告诉医师这样的人的；看来只能是闺中密友了。好的，我们今天的任务就是把她找出来。”他点了一根香烟，站了起来，“我看我们还是先去拜访一下住在第七大道的本杰宁·布德先生吧！”

本杰宁·布德是一位有名的摄影师，他在纽约市中心开了一家摄影工作室。万斯和我径直走到前台，一名年轻女子坐在那里，她染着一头火红色的头发，画着浓黑的眼线。万斯礼貌地问候了她，然后从口袋里拿出一张照片，放在她的面前。

“小姐麻烦你，我正在制作一台音乐喜剧，需要与这位女子联络，”他说，“但是我把她的名片弄丢了，幸好她留下的这张照片上留有布德摄影工作室的标志，我想也许你愿意帮我个忙，告诉我在哪里可以找到她。”

接着，他将一张五元面值的钞票放在了记事本下面，等待着年轻女子回应。

那名女子用一种微妙的眼神上下打量着他，鲜红的嘴唇泛起一丝笑意，我明白那代表着什么意思。不一会儿，她拿着那张照片消失在了门后，不到十分钟，她回到前台，顺手将照片还给了万斯。照片背面留下了她写上的姓名和地址。

“她叫埃拉·福斯特，现在住在贝拉田旅馆。”她的嘴角再次浮现出那种微妙的笑容，“你太大意了，那个倒霉的女孩也许会因为你不小心弄丢了地址而失去一次演出的机会。”随后只是微笑的她，突然大笑了起来。

“你说得对，小姐，”万斯假装严肃地回答她，“我一定把你的话记在心上。”说完，他优雅地行了个礼离开了。

“唉！”当我们回到第七大道时，万斯说，“进去之前真应该把自己伪装成剧团老板的样子，头戴一顶黑色礼帽，身穿一件紫色衬衫，手持一根镶金拐杖，这样那个女人就不会取笑我了！哈哈，那样的话会是多么有趣的伪装啊！”

随即，万斯拐进街角的一家花店，挑选了一束红蔷薇打算送给“本杰宁·布德摄影工作室”的那位前台小姐。

“好了，我们现在去贝拉田旅馆拜访这位埃拉吧！”他愉悦地说着。

当我们准备穿越市区的时候，万斯为我揭开了笼罩在埃拉·福斯特小姐身上的谜团。

“现在你一定对我如何想到这位闺中密友感到疑惑吧。其实早在我们检视金丝雀的房间时，我就已经预料到只靠警方根本破不了案。尽管现场看起来是一起简单的入室抢劫案，但我坚信事实并非如此。就凭他们的例行调查是远远不够的，还得挖掘更深的内幕才行。所以，当我发现写字台上那些乱七八糟的纸堆里有埃拉的照片时，我就意识到这是死者的女友。哈哈，趁希兹没注意的时候，我将这张照片放进口袋了。不仅如此，后来我发现屋子里就只有这一张照片，照片上面还写着‘永远属于你，埃拉’，我确定这就是金丝雀的闺中密友了。当然，那几个字早就看不到了，在去询问前台小姐之前就被我擦掉了。哦，我们到了，但愿有所收获。”

贝拉田在东三十街上，虽然是一家规模很小的公寓式旅馆，收费却一点也不便宜。它有着美国化的安女王式大厅，大厅里的客人都是些有钱有势的人。万斯让侍者将名片送给福斯特小姐，随后侍者告诉我们几分钟之后就可以会面了，可没想到这一等就等了三刻钟。接近正午的时候，一名侍者把我们带到了福斯特的公寓。

见到这位小姐的时候，我们不得不感慨上帝实在太眷顾她了，赋予她那么完美的条件；而上帝没有考虑到的地方，也被她弥补起来了。她身材苗条而又凹凸有致，金发碧眼，睫毛纤长浓密，看得出她在睫毛上面花了很多工夫。整个人简直就是谢瑞海报里那些女子的化身。

“你就是万斯先生？”她先开口说道，“你的大名经常出现在《城市话题》的杂志上。”

万斯耸了耸肩，然后亲切地向她介绍我：“这位是凡迪恩先生，只是一位律师，目前还没有得到那本杂志的青睐。”

“我们坐下来谈吧！”福斯特小姐举止优雅，说的话仿佛出自某个舞台剧的台词，“我也不清楚为什么会见你，但是我想你一定是为公事而来的，也许你想让我参加义卖活动；不过，万斯先生，我真的很忙。也许你无法想象……我非常热爱我的工作。”她深深地叹了一口气。

“当然，我想还有很多人同样喜欢你的工作。”万斯礼貌地回应着，“不过要让你失望了，我并不是来邀请你参加义卖活动的，而是有一件很重要的事情，比义卖更重要的事情。你跟玛格丽特·欧黛儿小姐非常亲密吧！”

一听到这个名字，福斯特小姐立刻站了起来，瞬间，她那迷人的气质消失不见了。她轻蔑地眯起眼睛，一丝冷笑扭曲了她那张完美的脸。她头一仰，生气地说：“你们听好了！我什么也不知道，所以无可奉告。请你与你的律师朋友立刻离开！”

然而万斯并没有要走的意思，反而慢吞吞地掏出一盒瑞奇牌香烟，悠闲地取出一根。

“允许我抽根烟吗？你也来一根吧！这可是上等的好货，是我从君士坦丁堡的代理商那里直接进口的。”

可惜福斯特小姐并不领情，不屑地看着万斯，随后转身走到了电话跟前。

“立刻给我出去！否则我就要叫警卫了。”

当她拿起听筒的时候，万斯若无其事地说着：“好吧！如果你真的这样做，那我只有带你到纽约地检处接受盘问了。”接着他点燃香烟，自顾自地吞云吐雾。

她犹豫着放下了听筒，转身说道：“你是谁？你到底想要干什么？我认识她，这跟你有什么关系？”

“跟我当然没有关系了。”万斯笑了，“说实在的，这跟任何人都没有关系。事实上，也不关那个即将被他们逮捕的可怜的家伙的事。对了，我有一位当检察官的朋友，所以清楚地知道整个情况。警方正在进行全方位地调查与搜索，不知道他们下一步会干些什么。我想如果你能跟我好好聊一聊，一定会给你省去很多麻烦的。”他强调道，“当然了，如果你喜欢与警方合作的话，我也只有成全你，让你接受他们那种粗暴的盘问方式。对了，目前为止他们还不知道你与欧黛儿之间的关系，如果你聪明一点的话，我想我不会让他们知道这件事情的。”

福斯特小姐呆立在那里仔细地端详着万斯，她的手还握在听筒上。最终她坐回了自己的位子上。

“要不要来根香烟？”万斯关切地问着。

她的眼睛死死地盯着万斯，机械地接过香烟，仿佛还在犹豫着到底要不要相信他。终于她开口了：“他们想要逮捕的那个人是谁？”

“一个名叫史比的男人。他们的想法很蠢，对吧？”

“他！”她的声音里充斥着鄙夷和厌恶，“就那个痞子？连只猫都不敢弄死。”

“的确如此！可惜，这并不能将他从电椅上拉下来。”万斯笑了，“福斯特小姐，希望你能给我五分钟的时间，以朋友的身份跟我谈谈，我用我的名誉担保，绝对不会向警方泄露任何关于你的事。实际上，我和警方毫无关系，只是不愿看见无辜的人受罚。如果你肯提供线索给我的话，放心，我会忘记它们的出处的。只要你相信我，我就保证你安然无恙。”

这名女子并不急着回答。她一直在打量万斯，她的神态表明她要和这位向她保证日后不会遭到烦扰的男士进行一次谈话，不管怎样，对她来说，这并不会使她有任何损失——眼下，她和金丝雀之间的关系已经被人发现了。

“我想你说得对，”福斯特小姐的语气中隐藏着一丝怀疑，“我也不明白自己为什么会有这种想法。”她停了一会儿，继续说道，“但是你最好记住，你向我保证过不把我牵扯进来的。一旦我被牵扯进来，我一定会反击，像我这样年轻美丽的女子，要是逼急了可会把人啃噬得尸骨无存。我说到做到！”

“我向你保证，这种事绝对不会发生。”万斯表现得很诚挚，“小姐，一定有谁提醒你离这起案子远一点吧？”

“是我的——未婚夫，”福斯特小姐的话语中饱含着女性独有的魅力，“他是一个有名望的人，他担心我以证人的身份参与到这起案子后，会曝出什么丑闻，或因此影响名誉。”

“我理解他的想法，”万斯点头表示赞同，“顺便问一句，如此疼爱你的这位男士是谁啊？”

“这个真让人难为情，”福斯特小姐羞答答地说，“我还没宣布订婚的消息呢！”

“没关系的，”万斯说，“不过，你知道只要我多打听打听，很快就会知道他是谁。但你要是和我兜圈子或者欺骗我，那我对你的承诺也就不存在了。”

福斯特小姐想了一会儿，说：“我想你会很快查出他是谁的。那好吧，我告诉你——既然我已经相信你的承诺了。”福斯特小姐的眼睛睁得大大的，看着万斯微微笑了一下，“我相信你不会让我失望的。”

“哦，亲爱的福斯特小姐！”万斯无奈地说。

“嗯，我的未婚夫就是曼尼斯，他可是一家大型毛皮进口公司的老板。你知道的，”福斯特小姐向万斯靠近低声说，“亲爱的路易——也就是曼尼斯先生——曾经和玛姬（福斯特小姐直呼欧黛儿的名字）交往过一段时间，这也是他让我远离这起案子的原因。他说警方可能会盘问他一些事情，报纸上或许还会出现他的名字，他担心自己的生意会因此受到负面影响。”

“这个我也了解，”万斯喃喃地说，“那么你知道你的未婚夫星期一的晚上在哪里吗？”

福斯特小姐愣住了。

“哦，这个我当然知道。那天晚上从十点半到第二天凌晨两点钟，他都一直和我在一起。当时我们激烈地讨论着一出他很喜欢的音乐剧，他还说让我演女主角呢。”

“我相信你会演得很好的，”万斯说，“这么说星期一晚上，你一直都待在家里了？”

“不。”福斯特小姐对这问题好像很感兴趣，“那晚我去看了音乐剧《丑闻》，但我是提前回家的，因为路易要来。”

“我坚信你提前回家他当时一定很开心吧。”我想，万斯此刻肯定对曼尼斯这个出乎意料的不在场证明感到失望。的确，万斯发现这种问话是没有什么指望了。所以他换了一个话题。

“福斯特小姐，你认识一个叫查尔斯·卡兰佛的人吗？这个人是欧黛儿小姐的朋友。”

“哦，你说的是老爹吗？还好啦！”福斯特小姐的回答比刚才平静了许多，“他是一个好人，过去也和玛姬交往过。虽然玛姬因为史伯斯蒂伍德先生抛弃了他，但是他对那个女人依然旧情难忘，常常跟在她后面，给她送花或礼物。有些男人就是这样。唉，可怜的老爹！星期一晚上他还给我打电话要我帮他给玛姬通一个电话，说他想和大家聚一聚。我当时真应该帮助他，那样的话，玛姬就不会死了。这个世界就是让人意想不到，是不是？”

“不，一点都不是。”万斯抽着烟，平静地说。对于他的这份沉着我真是佩服得五体投地。“你还记得那晚卡兰佛是什么时候给你打电话的吗？”万斯不经意地问，不知情的人一定认为这是一个无关紧要的问题。

“让我想一想……”福斯特小姐优美地抿着双唇，“应该是十一点五十分。我记得当时壁炉墙上的挂钟敲了十二声，刚开始我几乎听不清对方讲话。你不知道，我习惯将我的钟拨快十分钟，这样我和谁约会都不会迟到。”

万斯看了一眼墙上的钟，然后又看了看自己的手表。

“真的，快了十分钟。那么，你为什么没有同意安排聚会的事呢？”

“哦，因为当时我正忙着讨论那出戏，没有时间，所以拒绝了。事实上，曼尼斯当时也不愿意和谁聚会。这不全是我的错，对吧？”

“当然，”万斯安慰她说，“工作总是最主要的嘛，更何况这份工作对你来说是那么重要。另外，我还想向你打听一个人，问完这个人我就不会再打扰你了。你知道欧黛儿小姐和斯科特医师之间的交往情况吗？”

听到这话，福斯特小姐突然紧张起来。

“我最担心你问到他，”她焦虑地说，“我真不知该如何跟你说。斯科特医师对玛姬的爱很疯狂。她最初并没有拒绝这份爱，可是后来又反悔了，因为她发现斯科特医师的醋劲特别大——他吃起醋来简直和疯子一样。医师曾威胁过她，说想要她的命。你知道吗？有一次医师还要开枪杀死她，结果误伤了自己。我提醒过玛姬要提防这个人，但是她好像一点都不害怕似的。不管怎样，我觉得她是在玩火。该不会你认为有可能是……你真的认为是他？”

万斯突然打岔问：“还有没有别人也像他这样爱吃醋？”

“我想没有别人了，”福斯特小姐摇头回答道，“和玛姬关系亲密的男人并不多，她又不是花痴，你懂我的意思吗？除了你提到的这几个人，真的没有别人了，除了……哦，对了，还有史伯斯蒂伍德先生。几个月前，这个人竟然让老爹三次出局。星期一晚上玛姬还跟他一起吃的晚餐，当时我要约她一起看《丑闻》呢。我知道的就是这些了。”

万斯站起身，伸出手说：“感谢你对我的帮助。不必担心，没有人知道我找过你。”

“我想知道你的结论，你认为是谁杀了玛姬？”福斯特小姐充满真挚的情感问道，“路易认为是想偷她珠宝的窃贼干的。”

“我不会笨到借曼尼斯先生的怀疑而引发不必要的争议，”万斯半开玩笑地说，“没人知道这是谁犯下的案子，但是警方和曼尼斯先生的想法一样。”

没过多久，福斯特小姐打量着万斯，疑心地问：“你为什么对这起凶杀案这么感兴趣呢？你不认识玛姬，对吧？我从未听她提到过你。”

万斯大笑着说：“可爱的姑娘，我自己也搞不清楚，怎么会对这起案子这么关心。说真的，我不能给你一个完整的解释。你说得没错，我从来没有见过欧黛儿小姐，但是如果史比先生受到了处罚，那么真凶就会逍遥法外，而我的良心也会受到谴责。或许是我太感情用事了，是不是？”

“不，我想我也会和你一样，”福斯特小姐目不斜视地看着万斯说，“我也是冒着一生的幸福把这些事告诉了你，主要就是因为我相信你，我相信你不管怎样都不会害我的。”

万斯把手放在自己胸口，表情十分严肃。

“亲爱的福斯特小姐，等我离开这里时，就当我从未来过。我和凡迪恩先生也会从你的心中永远消失。”

万斯诚恳的态度消除了她的疑虑，福斯特小姐温柔地和我们说了声再见。

谁是撒谎者

九月十三日，星期四，下午

我们又回到街上时，万斯得意地说："还不错，我的调查比较顺利。我认为那位美丽的埃拉（此处，万斯直接称呼福斯特小姐的芳名）就是一座蕴藏着丰富线索的宝藏，我说得对吗？亲爱的老凡，只是在她提到心上人的时候，你得克制一下自己的情绪——真的，你必须这样做。当时，我看到你吓了一跳，然后又听到了你的叹息声。一名优秀的律师是不应该有这样的情绪反应的。"

这时万斯来到贝拉田旅馆附近的一家百货店里，拨通了马克汉的电话，说："中午我们一起吃饭，我要告诉你一堆秘密。"紧接着这两个人又在电话里辩论起来了，万斯又一次占了上风。打完电话，我们便坐上一辆出租车前往市中心。

"其实埃拉很聪明——她与其他女人不一样，她是一个有大脑、会思考的女人，”他想了想接着说，“而且她要比希兹聪明得多，很快就知道史比是清白的。尽管她把无辜的史比描述得很粗鄙，但她的描述却又是那么的正确——十分传神！当然你也发现了，她对我们心无芥蒂。这一点多么感人啊！亲爱的老凡，这个案子是个棘手的问题，我想一定是哪里出了错。”

说完，他便抽起了烟，许久之后，他说：“曼尼斯，他怎么会在这个时候突然冒了出来呢，而且让埃拉闭嘴，不要插手这件事？这到底是为什么呢？难道他的理由是真实的，谁知道呢？另外，他说他和那位金发新欢，从十点半到第二天凌晨都待在一起，这是真的吗？嗯，我想只有天知道了。他说的那个讨论新剧演出的理由也令人生疑。

“接下来是卡兰佛。他打电话的时间离午夜只差十分钟，但是他又是怎样在高速行进的车子里打电话的呢？这是很难做到的。或许他的确想同那个女人聚一聚，可他没有必要弄出一个不在场证明啊，难道是因为害怕？大概是吧！但是他却为什么要如此迂回呢？他为什么不直接给她打电话呢？唉，也许他打过电话！因为有人真的在当天晚上十一点四十分的时候给她打过电话，所以我们必须调查一下这件事情。对了，卡兰佛或许真的给她打过电话，但是是一个男人接的电话——那么这个男人又是谁呢？由此他才向埃拉求助，这样的确很合理。不管怎样，他当时不在波士顿。哦，可怜的马克汉，如果他发现了这件事，真不敢想象他会有多么的沮丧。

“不过真正令我担心的其实是斯科特医师。他的醋劲很大，就像一个疯子；这一点倒和安柏洛斯的性格完全相符，也就是无法自控的人。他那种看似洋溢父爱的说辞，实际上只是在转移我们的注意力。真没想到，斯科特医师竟然会拿枪威胁欧黛儿。不，不好，我现在开始担心起来了。这种人就是一个不折不扣的偏执狂，而且还有被迫害妄想症，他绝对敢扣下扳机杀死她。在他的思维中，他大概认为欧黛儿和老爹，或欧黛儿和史伯斯蒂伍德，正密谋着要陷害他或者是嘲笑他。这种人不仅最难捉摸，而且还十分危险。聪明的埃拉已经看穿他了，并且警告金丝雀要小心提防他。

“总之，这是一种极其可怕的纠缠。好在我目前的精神很好，事情也有了一些眉目——尽管现在我还没办法理清思路。这真是伤脑筋啊！”

这时，马克汉已经在银行家俱乐部等着我们了，他一见到万斯就没好气地和他打招呼，说：“到底有什么重要的事情非要劳烦我？”

万斯满脸堆笑地回应马克汉：“不要这么激动嘛，你的猎物史比还好吗？”

“除了加入‘基督教奉献团’以外，到目前为止他可是很乖呢。”

“星期天快到了，那时他会有时间。你是不是因为这个才不高兴的？”

“我放下手上的要事到这儿来可不是为了向你报告我高兴与否的！”

“这个不需要报告，你高不高兴全写在脸上了。高兴点，叫你过来是因为我要给你一些线索，让你琢磨琢磨。”

“我的上帝啊！我现在有一大堆做不完的事情。”

“喂，服务员，来点奶油蛋卷。”万斯没有征求我们的意见，直接点了午餐，“现在，来谈谈我的发现吧。首先，我们发现卡兰佛老爹在星期一的晚上并没有去波士顿，而是在我们这个罪恶之都的某个地方，计划着一个午夜聚会。”

“是吗？”马克汉略显讽刺地说，“这么说真是奇怪了，那么那个在去往贺伯冈路上的人就是他的分身啦！”

“你爱怎么说就怎么说吧，但是事实就是，卡兰佛在星期一的晚上的确没有离开纽约。”

“那么超速罚单的事你要怎么解释呢？”

“这个就得你来解释了。但是如果你愿意采纳我的建议的话，就立刻派人把那位交通警察找来，指认一下老爹；假如他说卡兰佛就是他开罚单的那个人，我马上在你面前消失。”

“有意思，好的！我愿意试一试。今天下午我就会把那位交警带到史蒂文森俱乐部，然后让他指认卡兰佛。你还发现了什么惊人的内幕？”

“曼尼斯也是值得调查的人物。”

马克汉这时把手中的刀叉放了下来，身子向后靠了靠，说：“我真服了你啦！这一点还用你说吗？如果我们掌握了不利于他的证据，他早就被捕入狱了。我说万斯老友，拜托你恢复正常好吗？”

“还有，斯科特医师疯狂地迷恋着金丝雀，并且他的嫉妒心已经到了你无法想象的地步。几天前他还拿着枪威胁过她，结果自己中枪了。”

“这听起来还像句正常人说的话，”马克汉把身子坐直说，

“你是怎么得到这个消息的？”

“嗯……这是我的秘密。”

马克汉有点不耐烦：“有必要弄得这么神秘吗？”

“哎呀，我也是没办法啊，因为我已经向对方作过保证。何况我天生就是个遵守承诺的人。”万斯说得很轻松。马克汉对自己这个朋友十分了解，也就没有追问下去。

我们回到马克汉的办公室站了不到五分钟，希兹也来了。

“报告长官，我们在曼尼斯身上发现了新的线索，我想我应该把它加入我昨天送过来的报告中。波克找到了一张他的照片，并且拿它给欧黛儿公寓大楼的两名接线生指认。这两个人都认得照片里的人。他们说曼尼斯来过公寓七次，但是他并不是找金丝雀，而是找住在二号公寓里的一个女人。那个女人叫芙丽斯比，曾经是曼尼斯毛皮大衣的模特儿。半年来他来看过她许多次，有几次还带她出去过，但是最近一个多月里，没看到曼尼斯来找这个女人。你认为这条线索有什么帮助吗？”

“这个很难说，”马克汉的表情好像在追问万斯什么似的，“不过仍然感谢你所提供的消息，警官。”

“顺便说一句，”万斯的语调十分优雅，这时希兹警官已经走出了马克汉的办公室，“我倒认为自己此刻正常得很。”

“是的，十分正常。但是，我总不能只因为谁去找过他的这位模特儿，就说人家是杀人凶手吧？”

“你不要太心急了，我们没有必要指控他谋杀啊！”万斯说完打了个哈欠，“亲爱的老凡，下午我想去大都会博物馆看古埃及裴纳墓碑，你有兴趣和我一起去吗？”说着万斯向门口走去。

临近门口，他突然停下脚步，问道："马克汉，那位开罚单的波士顿交警找来了吗？"

一句话提醒了马克汉，他按了下铃把史怀克叫了进来，说道："我马上调查这名交警。如果方便的话，五点左右会到史蒂文森俱乐部来。到时候我会把那位交通警察留在那里，卡兰佛也会在晚餐前到这里来。"

当天下午，万斯和我来到史蒂文森俱乐部时，看到马克汉正坐在一张正对着圆形大厅入口的椅子上，身旁还有一名高大粗犷、古铜色皮肤、年纪大约四十岁的男人，看上去有些拘谨。

"这位是费普斯交通警官，刚刚从波士顿过来，"马克汉介绍说，"我们和卡兰佛约好五点半在这里碰头。"

万斯拉过一张椅子，也坐了下来。

"希望卡兰佛能够准时赴约！"

"一定会的，"马克汉说，"接下来就看你的了。"

"其实我们已经失去了有利时机，不要抱太大的信心，希望是很渺茫的。"万斯喃喃地说道。

大概不到十分钟，卡兰佛出现在圆形大厅门口，在柜台旁稍作停留之后便向马克汉走来。走近时他向我们打了个招呼。在回答了几个问题后，他就离开了。

"你还记得这个被你开了罚单的人吗，警官？"马克汉转身问费普斯。

费普斯露出痛苦的表情。

"好像是他，有点像，长官。但只是一点点，又好像不是他……不是，不是他，长官，我可以肯定地说不是他。我记起来了，那个被我开罚单的家伙要比这位先生胖一些，还要矮一些。”

“你确定吗？”

“没错，长官，我很确定。我记得当时那个家伙还想和我理论，试图用五美元收买我，我就用灯照着他看。”

说完，马克汉给了费普斯一笔不少的小费，叫他离开了。

“唉！”万斯松了口气说，“看来我不必自动消失了。不过这个结果可不令人满意啊，看来我们还要继续面对。哦，对了，马克汉，你知道卡兰佛的弟弟长什么样子吗？”

“样子嘛，就是费普斯说的那个样子啊！”马克汉说，“我见过他弟弟，的确比他矮一点，也比他略胖。这其中必有蹊跷，看样子我得问问卡兰佛究竟是怎么一回事。”

马克汉刚要起身，万斯就把他硬拉回到座位上，说：“着什么急啊，你要学会有点耐性，卡兰佛是跑不掉的。目前有几件更重要的事急需查清。我现在对曼尼斯和斯科特充满了好奇。”

马克汉坐回到椅子上。

“现在曼尼斯和斯科特都不在这里，卡兰佛也不在。我想知道的是卡兰佛为什么撒谎。”

“我可以为你解答，”万斯说，“答案很简单：他只是为了制造一个不在场的证明，让你误认为星期一午夜时他在新泽西。”

“废话，这还用得着你说！可我真不希望你把卡兰佛当成凶手。大概他知道一些内幕，但是说他杀人就太荒谬了。”

“有什么荒谬？”

“他根本就不是那种人。即使存在对他不利的证据，我也不会相信他是凶手的。”

“哦！原来不过是你的主观判断！你之所以这样想，只是因为你觉得他的本性与杀人这种行为没有丝毫连带关系。不过我警告你，这种假设是很危险的，或者说是一种形而上的、不准确的推断。我与你的观点恰恰相反，我认为那个赌徒绝对有可能犯罪。但是，我并不反对理论本身。马克汉，你把主观意识强加在这种无知的暗示上，反而认为我所提出的能够使案子进一步发展的推论是荒诞无稽的。前后一致大概真的是我们小小心灵中的一个妖怪，但即使这样，它仍然是无价之宝。要不要喝杯茶，亲爱的马克汉？”

随后我们走进了棕榈厅，在靠近入口处的一张桌子旁坐了下来。万斯要了一杯乌龙茶，马克汉和我则点了咖啡。舞台上一组非常棒的四人管弦乐团正在演奏柴可夫斯基的《D大调小提琴协奏曲》，我们听着音乐，惬意地坐在舒适的椅子上，没有人说话。马克汉的脸上还带着倦容，整个人没什么精神。万斯则沉浸在思考中，我想他一定在思考从星期二早上到现在那个一直萦绕在他心头的问题。他这样出神的样子可不多见。

我们大约坐了半小时，史伯斯蒂伍德走了过来。打过招呼之后马克汉便邀他坐在我们身边。他一脸沮丧，眼神中还流露出焦虑与不安。

“有一个问题我不太敢问你，马克汉先生，”史伯斯蒂伍德点了一杯姜汁汽水，然后胆怯地说，“我会不会被要求作为目击证人出庭啊？”

“上一次不是和你说过这个问题嘛，”马克汉回答，“事实上，这段期间并没有什么进展，也没什么改变。”

“那你监视的那个人现在怎么样了？”

“还在监视中，没有展开逮捕行动。但是无论如何，我们希望能够在最短的时间内有所突破。”

“这么说你还是要把我留在纽约了？”

“假如你能够照顾好自己的话——我想是的。”

史伯斯蒂伍德沉默了一会儿，说：“我并不想逃避什么责任——也许我这样说显得有些自私。但是，不管怎样，我希望那位接线生出来作证说明欧黛儿小姐曾经求救时，别把我扯进去，好不好？”

“是的，我考虑过这件事。如果进入了诉讼程序，我们可以不让你出庭作证，保证不让你曝光。我想那时你就不必以证人的身份出庭了。不过，事情最终会变成什么样我们也不能预测，若被告辩称关键时刻不在场，而法官又对接线生的证词产生怀疑，或是他的证词不被接受，那时你就必须得出面了。”

史伯斯蒂伍德喝了一口姜汁汽水，听到这话，他脸上的不安与沮丧消失了大半。

“谢谢你，尊敬的马克汉先生。”他抬起头，看着马克汉，“我想你仍然不满我去找欧黛儿小姐。我也知道，你认为我无知而且用情不专，但是她在我的生命中占有十分重要的位置，我无法把她从我生命中排除。即使你不理解也无所谓——连我自己都不明白。”

“我很理解，真的。”万斯的脸上露出了我从来没有见到过的同情，“你不必为此道歉。这种情感我们常常在历史和神话故事里见到。与你的情况最相符的，恐怕是同卡吕普索仙女一起生活在奥巨吉亚岛上的奥德修斯了。自从红发夜妖莉莉丝设计报复她那容易听信别人、受人影响的亚当以来，那双媚惑人的柔软臂膀就开始缠绕在男人的颈间，就像是一条毒蛇。遗憾的是，我们这些凡夫俗子都是那个淫乱男人的后代。”

史伯斯蒂伍德欣慰地笑了笑：“谢谢你向我提供了一些背景。”说完，他转向马克汉，“欧黛儿小姐的遗物要怎么处理——例如她的家具？”

“听希兹警官说，欧黛儿小姐的一位住在西雅图的姨妈过一阵子会来纽约，我想她是来处理这些遗物的。”

“那么这些东西要原封不动地保留到什么时候呢？”

“这个说不好，总之，我们要等她姨妈来了再说。”

“那个屋子里有几件小东西我很想留作纪念。”史伯斯蒂伍德不好意思地说。

和他又随便聊了几分钟后，他便起身说他还有个约会，先走一步。

“我真希望这起凶杀案中没有他的名字。”史伯斯蒂伍德走后，马克汉说。

“是的，他真是一个让人同情的人，”万斯附和着说，“这种事总会使人感到遗憾，但是坏人终究会得到报应的。”

“如果史伯斯蒂伍德在星期一的晚上没有去冬园，此刻应该正和家人团聚在一起，我们也不会遇到这么多麻烦了。”

“的确，”万斯说着，看了一眼表，“刚才你提到冬园，倒提醒了我。我想提前吃晚餐，你介意吗？因为今晚我要去看《丑闻》。”

听到这话，我和马克汉不禁感到讶异，盯着万斯，他就像神志失常的病人一样。

“干吗这么惊讶啊，马克汉。怎么这样没有兴致呢？对了，我希望明天和你一块儿吃午餐的时候，带给你一些好消息。”

丑 闻

九月十四日，星期五，中午

第二天，万斯睡到很晚才起床，因为前一晚我真的陪他看了《丑闻》这出舞台剧。我猜不准他到底在打什么鬼主意，竟然想到去看这出他根本不喜欢的舞台剧。中午的时候，他让司机备好车，随后乘车去了贝拉田旅馆。

“我很希望再次拜访那位迷人的姑娘埃拉，”万斯说，“我还想为这位姑娘带去一束鲜花，可是我又担心曼尼斯先生会反应过敏，质问她花是谁送的。”

福斯特小姐十分沮丧又带着一丝怨恨地走了出来，看上去她并不乐意接待我们。

“我就知道是这样！”福斯特小姐冷笑着说，一副了然于胸的样子，“我猜你这次来是想告诉我，警方并不需要你的帮助，也可以发现我的事。”她表现出的轻蔑态度十分明显，“一定是你告诉他们的吧？你可真是一个绅士啊！当然，也怪我自己太笨了，怨不得别人。”

万斯站在一边静静地听着她的抱怨。福斯特小姐说完，万斯亲切、愉快地向她弯腰致意。

“亲爱的福斯特小姐，我只是路过这里顺便向你致意，并且想告诉你警方已经对欧黛儿小姐熟识的几个朋友进行了调查，而在这份调查报告中并没有你的名字。昨天我感觉你好像很为这件事担心，所以现在过来告诉你调查报告的事，希望能够让你安心。”

听到这话，福斯特小姐的警戒性消失了。

“你没有骗我？我的上帝啊！真不知道路易发现我这么多嘴，我会遭到怎样的惩罚。”

“我向你保证，他一定不会知道的，除非你亲自告诉他。那么现在我可以进去坐一会儿吗？”

“哦，当然，实在对不起。我刚才在喝咖啡，请进来和我一起分享吧。”说着福斯特小姐按了一下服务铃，又点了两杯咖啡。

半小时前万斯刚喝完两杯咖啡，真不知道他什么时候对这种旅馆的劣质咖啡产生兴趣了。

“昨天事情多，我直到很晚才去看《丑闻》，”万斯以一种闲聊的态度说，“但是我还是错过了这出讽刺喜剧的前一部分。你为什么也那么晚才去看呢？”

“我忙得不可开交，”福斯特小姐说，“因为我目前正在彩排一出舞台剧《两个皇后》。可惜这出剧要延期推出了，路易总是订不到他想要的剧院。”

“那么你喜欢讽刺喜剧吗？”万斯问道，“我想对于演员来说，演讽刺喜剧的挑战性要比一般音乐喜剧高一些。”

“没错，”福斯特小姐以一种非常专业的口吻说道，“讽刺喜剧非常难把握，而且演员常常会迷失其中。即使是那些天才演员也不一定能得到真正发挥自己演艺技能的空间，这真叫人郁闷，不知道你是否明白我的意思。”

“嗯，完全明白。”万斯端起咖啡杯，啜了一口，“但是，我觉得《丑闻》里面有几个角色很适合你，而且你会发挥得淋漓尽致，这些角色就好像是特别为你设计的一样。我在看这出剧的时候，一直幻想着这些角色应该由你来演。而且，你一定想不到，这种幻想让我不能很好地欣赏饰演那个角色的女孩的表演。”

“万斯先生，你太抬举我了。不过，我有副好嗓子这倒是真的，这可是我常年苦练得来的；另外，我的舞蹈是马可夫教授教的。”

“真的啊！”当我听到万斯说这三个字的时候，我确定他从来没有听说过这个人物，但是他做作的惊叹声却使人感到，这个马可夫教授是世界上首屈一指的芭蕾舞大师。“这么说，你更应该在《丑闻》里出演几个角色。在我的印象中，那个女演员的演唱毫无感情，舞蹈也不纯熟；除此之外，我认为她的个人气质和魅力也远不及你。说真的，这个星期一的晚上你准备演唱《中国摇篮曲》吗？”

“嗯……这个我也不知道，”福斯特小姐谨慎地回答，“工作人员把灯光打得太低了，而且我的戏服是粉红色的不好看，可是它们都挺可爱的，是不是？”

“当然，穿在你身上会显得更可爱。你钟爱什么颜色呢？”

“我很喜欢淡紫色，”福斯特小姐这时的口气投入了许多，

“其实我穿蓝绿色的衣服也不难看，但是曾经有一位艺术家告诉我，我穿白色的衣服最好看。而且他想为我画一幅肖像，可惜当时和我交往的那位绅士却不喜欢他。”

万斯端详着福斯特小姐。

“我很赞成你那位艺术家朋友的看法。而且，你知道吗？我认为《丑闻》中圣默立兹那场戏最适合你。那位个子娇小、洁白无瑕的黑发美人，唱《雪之歌》时太可爱、太迷人啦！但是说真的，她要是留着一头金黄色的头发就更完美了。黑发美人太过北方气，看到她我就感觉自己身处隆冬时节在缺少火花和生命力的瑞士度假村一样。而你恰恰可以弥补这种缺憾。”

“你说得太对啦！我自己也很喜欢这个角色，而且我最喜欢的皮草就是白狐的皮毛。可惜在讽刺喜剧中，我一旦扮演了戏里的角色，现实生活中的我就不复存在了；而且曲终人散时，没有人会记得你是谁。”她怅然地说。

这时，万斯把手中的咖啡杯放了下来，突然用一种责备的眼光看着她。过了一会儿，万斯厉声说：“亲爱的福斯特小姐，你为什么要隐瞒这个星期一的晚上曼尼斯到你这儿来的时间？这种行为好像和你那高尚的气质不相符啊！”

“你这话是什么意思？”福斯特小姐把身子坐直，惊恐又气愤地大声说道。

“你瞧，”万斯开始解释，“《丑闻》中圣默立兹那场戏直到晚上十一点才上场，而且当时已经不再售票了，所以你根本不可能在看这一幕戏的同时，又在十点半接待曼尼斯。好啦，不要再隐瞒了，说实话，星期一的晚上曼尼斯究竟是什么时间到你这儿来的？”

听到这话，福斯特小姐气得涨红了脸。

“你真是一只狡猾的狐狸！你怎么不去当警察？好吧，就算我是看完戏才回家的，那又怎么样呢？难道我犯法了不成？”

“当然，这是你自己的意愿，”万斯的口气很温和，“只是让我对你，对你所说的很早就回家的话的信任程度大大降低了而已。”说着，万斯诚挚地向前屈下身子，“我到这儿来不是找麻烦的，相反，我是来保护你，使你不受到骚扰的。你可以想一下，警方按照线索一直追查的话，迟早有一天会找到你这儿来；但是，如果我能向检察官提供有关星期一晚上特定事件的正确消息的话，情况就不同了。”

福斯特小姐沉默了一阵，眉头紧锁。

“听我说，万斯先生，我并没有隐瞒什么，路易也没有。只有在路易要我说当天十点半他在哪里的情况下，我才会那样做。你懂我的意思吗？这就是感情。我想他这样做一定有他的理由。但是由于你的智慧和你的责备，我勉为其难：那天，路易是午夜过后才来这里的。不过我只对别人回答过十点半。听清楚了吗？”

万斯向她鞠了一躬，表示感谢。

“听清楚了，因为你的诚实，我更加喜欢你了。”

“不要太得意，”福斯特小姐急切地说，一种热情的光芒从她眼中闪烁出来，“虽然路易是午夜过后才到我这儿来的，但是假如你认为他会知道一些关于玛姬死亡的事，你就错了。早在一年前，他就和玛姬分手了。哼！他根本不了解玛姬是什么样的女人。如果哪个没有大脑的警察认为路易是杀人凶手的话，那我一定会出面作证，证明他当时并不在案发现场——尽管这是我最不愿做的事情。”

“我真是越来越喜欢你了。”万斯在与福斯特小姐告别时说。她向万斯伸出一只手，万斯把她的手轻轻地举到自己的唇边，亲吻了她。

我们离开后，万斯陷入了深思，直到我们的车停在刑事法庭大楼前时，他才开口说话。

“我真的被这个单纯的埃拉迷住了，”他说，“那个花言巧语的曼尼斯根本配不上她，真是一朵鲜花插在牛粪上！女人那么机灵，但同时又很容易上当受骗。虽然女人具有看穿男人心思的本领，但是对于自己的男人，女人又是相当盲目的。眼前这位甜美的埃拉就是这样，她对曼尼斯就是一种盲从。她的路易可能告诉她，说星期一的晚上他正在办公室里拼命工作，她当然不相信；可是她却清楚得很，她亲爱的路易千万不能与金丝雀杀人事件有丝毫的关系。我祝愿她是对的，也希望曼尼斯不会被捕——至少是在他出钱捧红她之前不要被捕。如果我是警察的话，陷在这样的案子里，我真想辞职回家。不说废话了，我坚信福斯特小姐星期一的晚上没有去剧院！”

当我们来到马克汉的办公室时，希兹和马克汉正在里面商量什么事情。马克汉的面前放了一本活页纸，其中几页已经密密麻麻地写满了表格和备注。手中点燃的雪茄冒出一缕浓烟。希兹坐在他对面，胳膊肘撑在茶几上，双手托腮，那张以往充满斗志的脸，此刻透露着一股郁郁寡欢的悲哀。

马克汉看到我们在门口，说：“我正和希兹警官试着把这起案件的所有明确线索整理出来，然后看看这些线索之间是否有哪些被我们忽略掉了。我已经把斯科特医师迷恋金丝雀并威胁她的事告诉给希兹警官了，还有让那位交通警察费普斯指认卡兰佛的事，都告诉他了。现在的线索已经乱如麻了，我们要尽快理清思路。”

说完，马克汉顺手拿起一沓文件，用曲别针固定好。

“目前我们没有掌握任何实质性的证据起诉谁。虽然史比、斯科特医师和卡兰佛的身上有很多可疑之处，但我们按这种思路一路调查，又能得到什么结果呢？我们好像又回到了原点。我们找到了史比的指纹，可以推断是他在星期一的下午留下的；斯科特提供了一个不攻自破的不在场证明，他这个人疯狂而又危险；卡兰佛把车子借给了他的弟弟，却对我们撒谎，让我们一直误以为星期一的午夜他在波士顿；至于曼尼斯，当我们问到他与金丝雀的关系时，他总是拐弯抹角，不肯正面回答我们的问题。”

“听上去你的线索不是没有用啊！”万斯说着，向希兹旁边的椅子走去，“我想只要你将它们恰当地整理，你就会从中发现一些端倪。对我来说，案件最关键的问题就是某些特定的要素至今下落不明。如果我们能够找到它们，我敢保证，所有的疑问都会水落石出的；就像拼图，只要找到失落的缺块，把它们填上，我们就会看到整个图案。”

“‘找到它们’这话说得容易，”马克汉抱怨地说，“你知道去哪儿找吗？”

这时，希兹将熄掉的雪茄重新点燃了，那种不耐烦的表情又出现了。

“你帮不了史比，他就是这起凶杀案的罪魁祸首。如果没有阿比·罗宾，我坚信可以逼他说出实情；还有一点值得一提的是，万斯先生，史比有欧黛儿公寓的钥匙，没错吧。”说完，希兹迟疑地看了马克汉一眼。

“我并不想让你感觉我是在挑剔、抱怨什么，亲爱的长官，但是我认为花这么多时间去追查欧黛儿的这些男性朋友，例如卡兰佛、曼尼斯，还有那位医生，简直就是在浪费时间。”

“也许你说得对，”马克汉表示赞同地说，“但是我想知道斯科特这样做的目的是什么呢？”

“这个问题问得好，也许对我们有帮助，”希兹改口说，“如果斯科特医师因为过于迷恋欧黛儿，而疯狂到威胁她甚至开枪杀死她的地步，又在你要求他给出不在场的证明时突然情绪失控，那他一定是隐藏了一些我们不知道的信息。为什么不吓一吓他？他目前的口供实在没有什么价值。”

“这是个好主意。”万斯表示同意。

这时，马克汉迅速抬起头，开始查阅他的日程表。

“今天下午我有时间。这样吧，警官，你把他带到这里来，如果可以的话，申请一张传票带过去——就看他来不来了。吃完午饭你就去做这件事。”说完，马克汉烦躁地敲着桌子，“要是有时间，我一定要想办法将那些把这起案子搞得如此复杂的浑蛋们一个一个地过滤一遍，先从斯科特开始；我要把现在这些可疑但看上去没用的间接证据变成给他们定罪的有力证据，其他的先排除，到时候具体问题具体分析！”

希兹带着一脸的失望离开了。

“可怜的家伙！”万斯看着希兹的背影叹了一口气，“这个不幸的家伙，他的职位要他背负所有由绝望带来的痛苦和愤怒。”

“换成你也是一样的，”马克汉大声说，“你不知道被一堆记者追着跑的感觉。哦，对了，你昨天不是说今天会带来什么好消息吗？”

“我想我真的带来了一些希望。”万斯坐了下来，“我可以告诉你，曼尼斯的不在场证明是撒谎。至于他在这段时间去了哪里，就要由你来调查了。把曼尼斯作为你下一个要过滤的对象吧。我相信重压之下，他会屈服并且和你谈判的。你要表现得狠一点，让他感觉你在怀疑他就是凶手。对，询问他一些有关那个毛皮大衣模特儿——我忘了叫什么名字——哦，芙丽斯比。”万斯突然停了下来，眉头紧锁好像在思考什么。过了一会儿，他有些激动地说：“哦！天哪，天哪！我怀疑……一定是的，没错，没错！马克汉你一定要问他一些有关那个模特儿的事情。例如，问他上一次看见那个模特儿是什么时候。但是你在问他问题的时候，一定要装作你无所不知，故弄玄虚一点。”

“听着，万斯，”马克汉有些生气地说，“你已经对曼尼斯意有所指地唠叨了三天，到底查出了什么？”

“直觉——仅仅是直觉而已，不骗你，我的心中总有这种莫名的感觉。”

“我现在怀疑自己是否真的认识你十五年了，”马克汉的眼神十分锐利地看着万斯，然后耸了耸肩膀说，“等我忙完斯科特的事，再去考虑曼尼斯。”

被诅咒的医师

九月十四日，星期五，下午两点

中午，我们在马克汉办公室的私人房间吃午饭。大概在两点钟的时候，斯科特医师被叫了来，希兹警官陪他一起来的。从警官的表情来看，他一点也不喜欢这个人。

马克汉示意让斯科特医师坐在自己对面。

“这算什么？”斯科特医师狠狠地说，“难道国家规定的公权力，就是使市民被迫放下手上的工作，到这里受你们羞辱吗？”

“我们的职责是让罪犯伏法，”马克汉以同样的语气回答，“如果市民认为协助司法机关办案是被侮辱的事情，那么他就是失职；如果你对我们提出的问题感到害怕，或者很难回答的话，你有权请出你的律师。需要给他打电话吗？”

斯科特医师犹豫了一会儿，说：“没有这个必要，检察官。但是请告诉我，这次把我叫过来到底是为什么？”

“好的。我们发现一些有关你和欧黛儿小姐之间的问题，希望你能够解释一下，而且最好说清楚。首先我想知道，为什么上次问到你们的关系时你要欺骗我？”

“我只是感觉你们一直都在窥视我的隐私，听说在俄国有一段时间这种行为很常见。”

“斯科特医师，如果窥视行为是不道德的，那么你完全可以用回答刚才那个问题的方式轻易地说服我，这样一来，我们就会马上忘掉所有与你有关的事情。事实上，你对欧黛儿小姐的爱远不是父女之情，是不是？”

“难道我们这个国家的警察都不懂得如何尊重别人的感情问题吗？”斯科特医师的语气十分无奈和不满。

“在某些特殊情况下是这样的，但在其他情况下就未必了。”马克汉强忍着怒气回答道，“当然，你也可以拒绝回答我这个问题。不过你选择说出实情的话就可以免去在法庭上面对公开审问时所带来的侮辱了。”

斯科特医师并没有立即回话，而是在思索了一阵后，说：“即使我承认对欧黛儿小姐的爱远高于父爱，那又怎样呢？”

马克汉得到了满意的回答，接着问道：“你是不是很爱吃醋啊？”

“吃醋？”斯科特医师讽刺地说，“这东西是爱恋中极其正常的事。那些大师级人物，克拉夫特、埃滨、莫尔、弗洛伊德、法兰兹，还有阿德勒，都将吃醋看做是在相互吸引的爱恋中产生的一种亲密的心理反应。”

“真是受益匪浅。”马克汉点着头说，“那么，我想你迷恋欧黛儿小姐，或者说她深深地吸引着你，那你就会偶尔显露出这种在爱恋中产生的那种吃醋的心理反应喽？”

“你爱怎么想就怎么想好了，真不明白我的感情与你何干？”

“若不是因为你的感情使你的行为具有高度嫌疑，我才懒得打听这些呢。现在我已经完全清楚了，这种感情冲昏了你的头脑，使你威胁欧黛儿小姐，甚至杀死她包括你自己；而从这位女子被杀的事实来看，法律上对你的嫌疑不仅是自然合理的，而且你的嫌疑最大。”

斯科特医师的脸原本就是苍白的，现在听到这话，脸上基本没了血色。他那修长的手指紧紧地握在坐椅的扶手上，坐在那儿一动不动，直勾勾地看着马克汉。

马克汉接着说：“我想你不会否认这一切从而增加我对你的怀疑的。”

万斯身体前倾，与斯科特医师靠得很近，问道：“斯科特医师，现在来讲一讲你是用什么方法威胁欧黛儿小姐的？”

斯科特医师好像被吓了一跳，猛地把头转向万斯。他整个身体僵直着，脸涨得通红，嘴角开始痉挛，脖子上也出现了青筋。刚开始我还担心他会失控，但过了一会儿，他镇定了下来。

“你认为我威胁说要杀了她我就真的会这样做？”由于愤怒和激动，斯科特医师说的每一个字都在颤抖，“你想用这个理由把我送到刑场？呸！”他停了一会儿，等他再开口说话的时候，语气已经恢复了平静，“我承认我说过那样的话，但只是吓吓她。如果你掌握的消息真的像你所说得那么正确，你就应该清楚，当我威胁她时我手里拿的是一把左轮手枪。一般情况下，拿那种手枪的人都只是把它拿出来吓唬人而已。相信我，我真的没有开枪，虽然当时我真想那样做。”

“我相信你，”万斯点点头，“你的解释听起来也合理。”

受到万斯鼓舞的斯科特医师转过头，对马克汉继续说：“我想你应该知道，威胁并不是暴力行为的前兆。即使对人类心理进行最简单的研究，也可以得出威胁只是表面证据的结论。通常情况下，威胁只是出于愤怒，而内心却扮演着安全阀的角色。我是个没结过婚的男人，感情生活还不稳定，我经常接触的人大都是高度敏感、神经兮兮的。有一段时间，我被这位年轻漂亮的女人迷住了，虽然我知道她的回报远不及我对她的付出。我为此深受折磨，而她却丝毫没有要抚慰我这颗受伤的心灵的意思。我承认，我曾多次怀疑她是有意这样折磨我的——告诉我她和其他男人有染，对她的不忠丝毫不加掩饰。有几次我几乎发狂了，为了使她感到害怕从而改变对我的态度，我真的威胁过她。我想你是一个拥有判断人类本性能力的人，你会相信我说的话的。”

“先不说这些，”马克汉没有对他的话作出承诺，“你能够明确交代一下你在星期一晚上的行踪吗？”

这个男人的脸上又一次没了血色，但是语气依旧是那么温文尔雅。

“难道我上次的回答没有令你满意，我遗漏了什么吗？”

“那晚你看诊的病人叫什么名字？”

“安娜·布里顿夫人。她是新泽西朗布蓝崎区布里顿国家银行已故总裁阿玛斯·布里顿的遗孀。”

“我记得上次你说，从晚上十一点到第二天凌晨一点，你都一直和她待在一起？”

“是的。”

“这么说，布里顿夫人就是唯一一位能够证明你当时在疗养院的人啦？”

“我想是的。我通常在晚上十点以后不按门铃，用自己的钥匙开门进去。”

“我可以和布里顿夫人聊聊吗？”

斯科特医师表示反对，说：“布里顿夫人现在病得不轻，去年夏天她先生过世使她受到了巨大的打击，从此她就一直处于神志不清的状态。有时候连我都感到害怕，现在的她哪怕受到一点干扰或刺激，都会造成难以想象的后果。”

说完，斯科特医师仿佛经过预演一般从一只镶着金边的皮夹子里掏出一张剪报，递给马克汉，解释道：“这上面记载了她由于悲伤过度而被送到一家私人疗养院治疗的情况。我已经担任她的主治医师好多年了。”

看完剪报，马克汉把它还给了医师。屋内出现了短暂的沉寂，但随即被万斯的一个提问打破了。

“顺便问一句医师，那天晚上在疗养院值夜班的护士叫什么名字？”

斯科特医师的目光立刻转向万斯。

“值夜班的护士？怎么问起她了，她和这件事没有什么关系啊？星期一的晚上她可是忙得不可开交。好吧，既然你要知道她的名字，那么我就告诉你，她叫芬葛——阿美妮雅·芬葛小姐。”

万斯将这个名字记了下来，然后站起来将这张写有名字的纸条交给了希兹。

“警官，麻烦你在明天上午十一点的时候，将芬葛小姐带到这儿来。”马克汉说，同时向希兹轻轻眨了一下眼睛。

“我会照做的，长官。”希兹的表情好像在说芬葛小姐将要倒霉似的。

斯科特医师则是满脸疑虑。

“很抱歉，你们这种锲而不舍的追问让我很疲乏，”他的傲慢已经消失了，“到此为止，好吗？”

“那就到此为止吧，”马克汉十分礼貌地说，“需要我为你叫一辆计程车吗？”

“非常感谢，但是我的车就停在楼下。”说完，斯科特医师高傲地走了。

这时，马克汉吩咐史怀克把崔西找过来。崔西警探立刻赶到了。他先擦了擦眼镜，然后向我们殷勤地鞠了一躬。不知情的人还以为他是一名演员呢，但是他办案细心的那股劲儿却是局里人人皆知的。

“我要你再去把路易·曼尼斯先生带过来，”马克汉对他说，“马上，我就在这儿等他。”

接到命令后，崔西又殷勤地鞠了一躬，然后扶了扶眼镜离开了。

“那么现在，”马克汉用责备的眼神盯着万斯，“你来说一说，你怎么又让斯科特对那名值夜班的护士产生戒心了，你的脑袋是不是坏掉了，你以为我没有考虑到那名护士吗？现在你这样做已经打草惊蛇了。从现在到明天上午十一点，他可以在这么长的时间里教会那名护士如何回答我们的问题。万斯，我们的目的是查证他的不在场证明，这下子都被你破坏了。”

“是的，我是提醒他让他警觉，”万斯得意地笑着，“当你的对手用一种极其夸张的表情说明自己的精神已经崩溃到无法承受你的问题时，事实上，他的这种焦躁不安早就消失得无影无踪了。马克汉，我的脑袋怎么会坏掉呢？既然我们俩都想到了那个护士，难道那位奸诈狡猾的医师就不会想到吗？如果芬葛护士是那种容易被人收买作伪证的人，那么两天前她就已经被人收买了，斯科特医师就会在上次讯问时主动提起这位护士，这样一来，他便有了周一晚上自己在疗养院里的证人了。但是，自始至终斯科特医师都没有提到那名护士，很显然芬葛护士并没有被谁收买作伪证。马克汉，其实我是故意让他提高警觉的。现在，我来问你个问题，你认为在我们讯问芬葛小姐之前，斯科特医师会做什么？此刻我的脑袋已经空空的没有思路了。”

“等一下，”希兹插话说，“我想确定一下，明天上午我到底要不要把芬葛护士带到这儿来？”

“没有这个必要了，”万斯回答，“我们不找那位南丁格尔了，斯科特医师最不愿见到的事就是我们和她碰面。”

“这话不假，”马克汉表示同意地说，“但是也有可能他在星期一的晚上做了什么见不得人的事，可是与这起案子没有关系。”

“没错，似乎每个认识金丝雀的家伙都在星期一的晚上做了些见不得人的事，这真让人费解。史比绞尽脑汁地想办法让我们相信当时他正在乐此不疲地打牌；卡兰佛，你会相信这个人喜欢深夜到新泽西大湖附近的郊区游荡吗？斯科特努力地希望得到我们的信任，要我们相信他当时正在安慰一名身心受创的病人；而曼尼斯为了躲避我们的追问，不辞辛劳地制造出一个不在场证明。其实，这些人当时都在做着一件不愿让人知道的事情。那么究竟是什么事呢？为什么他们会不约而同地选择同一时间，即谋杀夜这晚神秘地做一些事情，却又不敢声张呢？甚至都不愿意说出来为自己洗刷嫌疑，难道那晚这座城市的上空有魔鬼游荡？难道是人们被诅咒，做了见不得光的事？是邪术吗？我真不知道还有什么原因了。”

希兹顽固地宣称：“不用想了，一定是史比干的，我第一眼看到这起凶杀案的时候，就知道这是惯窃所为，并且凶手的指纹就摆在眼前，还有伯纳关于凿刀的鉴定报告，足以说明问题。”

此时的马克汉已经被弄糊涂了。起先他也认为史比就是凶手，但是后来又被万斯说服了，相信这起凶杀案是一个非常有头脑，而且是受过高等教育的人有计划的预谋。可现在，他好像又站回了希兹那边。

“不得不承认，”马克汉说，“斯科特、卡兰佛还有曼尼斯，他们是有嫌疑的，但是他们都有证明自己不在场的证据；然而史比却是唯一一位合乎逻辑推理的嫌疑人，他既有行凶动机，又是唯一一位被不利证据指向的人。”

万斯疲惫地叹了口气，说：“是的，指纹和凿刀。如果你这么相信这些不会说话的证物，那么史比的指纹是在欧黛儿的公寓里发现的，这样一来，我们想都不用想，一定是史比杀了那个可怜的女人。这是多么简单的事情啊，我们没有必要如此大费周章调查这起案子，把史比按在电椅上，不就一了百了了。这样我们的工作效率多高啊！但是，你认为这样做就够了吗？这是我们的工作吗？”

“我知道你一直对我们推断史比是凶手不以为然。”马克汉不耐烦地打断万斯。

“哦，不要激动。我承认，你们推断史比是凶手也是合乎逻辑的，而且你们的这种推论令我无法反驳。但是，不要忘了，多数司空见惯的真理往往只是表面上的合情合理——那也就是为什么它们经常会出错的原因。虽然你的推论可以说服一般人，但它并不是既成事实啊！”

希兹一动不动地坐在桌子旁皱着眉，我真怀疑他没有听到马克汉和万斯之间的对话。

“马克汉先生，”希兹突然没头没脑地说，“如果我们能找到证明史比是如何进出欧黛儿公寓的证据，那么我们就可以指证他是凶手了。但是我一直想不通这点，我想我们还是找个建筑师看看这栋老房子——鬼知道它是什么时候建造的——里面一定有可以进出的暗道。”

“我的上帝啊！”万斯无奈地看着他，然后以一种怀疑的语调说，“你真天真！暗道——隐藏在墙壁之间的机关门？可爱的警官，你是不是科幻电影看多啦，这种东西可是会腐化人的。有时间还是看看歌剧吧，虽然无聊，但却不会腐化你。”

“好，好，就当我什么都没说，万斯先生。”很明显，希兹警官对自己的想法也没什么把握，“但是我们弄不清楚史比进出的方式，就没有办法证明他来过。”

“我同意这个看法，警官，”马克汉说，“我现在就叫人找一个优秀的建筑师过来。”说完，马克汉按了一下铃，把史怀克叫了进来，向他交代了任务。

此时的万斯略微放松了些，伸了伸腿，打了个哈欠。

“这么说，我们现在能稍微轻松一会儿啦，叫几个人进来为我们扇扇风吧，让我们享受一下美妙的音乐。

“你是在说笑吗？万斯先生，”希兹将一根雪茄点燃，“即使建筑师没有看出什么名堂，史比也难逃嫌疑，而且他还是嫌疑最重的一个。”

“这个凶手嘛，我倒认为是曼尼斯，”万斯提出意见，“至于我为什么会这样想，我也说不清，但是我认为他绝不是一个好人，而且我感觉到他在试图隐瞒什么。马克汉，你敢在他交代完星期一晚上的行踪之后，放他走吗？哦，千万别忘了要故作神秘地暗示他一些有关那个毛皮大衣模特儿的事。”

午夜访客

九月十四日，星期五，下午三点三十分

不到三十分钟，曼尼斯就出现在了门口。希兹站了起来，将座位让给曼尼斯，自己转身坐在了靠窗的大椅子上。万斯仍然坐在马克汉右边的小桌子上，这个位置正好可以斜斜地看到刚来的这个人。

我可以清楚地从曼尼斯的眼神中感受到他并不喜欢这次会面。他用那双小小的眼睛迅速地扫视了整间屋子，然后把目光停留在希兹的身上，狐疑地看着他，最后他的视线落到了马克汉身上。他的一举一动比第一次谈话时小心得多，当他对马克汉谄媚地问候时，他的声音有些颤抖，好像马克汉令他感到不舒服一样，但是最后还是这位令人生畏的检察官示意他坐下来。曼尼斯将自己的帽子和手杖都放在桌上，自己只坐在了椅子的边缘，背部绷得笔直。

“我对你在星期三对我所说的一切表示很遗憾，当时你说的每一句话都没有使我感到满意，曼尼斯先生。”马克汉开门见山地说，“当然，我深信你不希望我采取一些激烈的手段逼你说出关于这起凶杀案你所知道的一切。”

“你认为我知道什么？”曼尼斯努力地微笑着，试图消除彼此的敌意，“亲爱的马克汉先生！”他好像很绝望，将手一摊，但这正是他狡猾的掩饰，“假如我知道什么，请相信我，我一定会全部告诉你的，我发誓！”

“真高兴听到你这句话。感谢你对我们工作的支持，这会使我们的工作轻松些的。那么我想知道星期一午夜，你在哪里？”

曼尼斯眯缝着眼睛端坐在那里，片刻之后，他说话了。

“我要告诉你我在星期一晚上的行踪吗？我为什么要这样做呢？难道我是被怀疑的对象，是这样吗？”

“不是，至少现在没有怀疑你；但是你那种不愿回答问题的态度确实可疑。为什么你如此在意，不让我们知道你的行踪呢？”

“当然对于这一点，我没有理由不让你知道，”曼尼斯耸了一下肩膀，接着说，“我也没有什么好丢脸的，绝对没有！那晚，我有一堆账目要处理，所以我一直在办公室工作到十点钟才离开——大概更晚一点，然后大约在十点三十分……”

“好了！”万斯突然打断他说，“不必把其他人扯进来。”

万斯的这句话好像能引起人们的好奇心，所以曼尼斯机灵地揣摩着他的这番话，试图破解其中的奥秘。虽然他并没有从万斯的语言中获得一丝启发，不过这也够让他费神的了。

“你不想知道我当晚十点三十分时在哪里吗？”

“没有这个必要，”万斯回答，“我们想知道你在这个时间之后去了哪里，所以我们对你在这段时间里见过什么人没有一点兴趣。但是，我们也不是好骗的。”万斯的这番话使屋子里充满了智慧和神秘，这种气氛正是他希望的。他没有破坏福斯特小姐对他的信任，而是在曼尼斯的心里悄悄地种下了一颗疑惑的种子。

就在曼尼斯准备回答这个问题之前，万斯站起来倚在马克汉的桌旁，说：“我们了解到，你认识一位叫芙丽斯比的小姐，她现在住在七十一街一百八十四号——说得清楚一些就是欧黛儿小姐居住的那栋公寓大楼，她的门牌号是二号。这位小姐是你以前的一名模特儿，她是一位很友善的女孩，我们还知道她对自己的前任雇主，也就是曼尼斯先生你充满了关爱。那么你还记得上一次见到她是什么时候吗？你不必急着回答，我想你需要好好回忆一下。”

曼尼斯真的开始回忆起来。一分钟过后，他开口反问了一个问题：“难道我没有拜访芙丽斯比小姐的权利吗？”

“不，你当然有这种权利。但是令我疑惑的是，为什么你会因为这个如此明了又不难回答的问题而焦躁不安呢？”

“我焦躁不安？”曼尼斯掩饰着自己的神态，勉强地笑了一下，“我只是在想你们为什么要打探我的个人隐私。”

“那好，让我告诉你，与芙丽斯比小姐住在同一所公寓里的欧黛儿小姐大约是在星期一的午夜被人杀害的。从现场的环境来看，大楼的前门是没有人进出的，而侧门又是锁着的，所以凶手唯一进出她公寓的途径就是二号公寓。由此说来，当天除了你以外，并没有其他认识欧黛儿小姐的人到过二号公寓。”

听到这话，曼尼斯的身子向前探了探，两只手紧紧地握着桌子的边缘；他的眼睛睁得很大，厚厚的双唇微微张开着，从他的神情看，他一点都不害怕，而是十分诧异。曼尼斯只是呆呆地坐在那里看着万斯，不相信会有这种事。

“那么你们查到的情况就是，除了二号公寓，真的就没有其他什么地方可以进入欧黛儿的房间，难道只是因为那个侧门是锁着的？”曼尼斯冷笑着说，“如果星期一的晚上那个侧门恰巧没锁好，那我现在还会出现在这里吗？会吗？”

“我想你还是会和我们在一起，和马克汉在一起的。”万斯看着他说。

“我想我也会在这里看到你们的！”曼尼斯随口说出了这句话，“让我告诉你吧，这里绝对是我能够出现的地方！”说完，他突然转向马克汉，“我自认为是一个好人，这一点你是知道的，但是我已经忍了太久了。其实星期一的晚上，那个侧门根本就没有锁，而且我还知道那天晚上十一点五十五分的时候，是谁偷偷地溜出了欧黛儿的房间。”

“说下去！”万斯急切地说。他坐下来静静地点了一根烟。

马克汉一直处在惊讶之中，没说一句话；希兹则静静地坐在一边，叼着半根雪茄。

过了一会儿，马克汉向后靠了靠，两只胳膊交叉着端在胸前。“曼尼斯先生，我想你最好把你知道的全部都告诉我们。”马克汉的语气中透露着一股强迫的意味。

这时，曼尼斯也向后靠了一下。

“我会告诉你的，请相信我。刚才你说得很对，我那天整晚都和芙丽斯比小姐待在一起。但这真的没什么。”

“那你当天是几点到达公寓的？”

“大约下午五点四十五分。我先搭的地铁，在七十二街下了车之后就走了过去。”

“你是从公寓的前门进去的吗？”

“不是的，同往常一样，我是从大楼旁边的巷子走进去的——也就是说，是从侧门进去的。我找谁与别人无关，而且只要不被前厅的接线生看到就好。”

“这么说前厅的接线生一直没有发现你，”希兹说，“管理员在六点之前还没有闩上侧门啦。”

“那么你那天整晚都待在那里吗，曼尼斯先生？”马克汉问道。

“是的，一直待到午夜。芙丽斯比小姐煮了美味的晚餐，我又带了一瓶酒。当时我们就好像是在举办一个小型的联谊会——虽然只有我们俩。十一点五十五分之前我还没有离开公寓，这一点你可以问芙丽斯比小姐。我现在就可以给她打电话，证实我刚才说的话。我说的每一句话都是实话，没有半句谎言。”

“那么十一点五十五分到十二点这段时间发生了什么事？”

曼尼斯开始犹豫了，他好像不太乐意说到这一点。

“你知道我是个好人。但是，请问为什么要把我无缘无故地扯进和自己毫不相关的事情里呢？”

曼尼斯停下来等待着回答，但是并没有人回应他，他只好继续说：“当然，你是对的，真的发生了一些事情。午夜之后，因为我还有一个约会，所以我大约在午夜前的几分钟便向她道别了。当我打开门正要向外走的时候，我看到有个人偷偷摸摸地从金丝雀的寓所出来，穿过后厅的通道，向侧门走去。当时大厅的灯亮着，而且二号公寓的门正好与侧门相对，所以我看清了那个家伙的脸，就像我此刻看见你的脸一样清楚。”

“他是谁？”

“如果你想知道的话，我就告诉你，他就是卡兰佛老爹。”

马克汉的头微微动了一下。

“然后你做了什么？”

“什么也没做，马克汉先生。我没有多想，因为我知道卡兰佛老爹正在追求金丝雀小姐，所以他一定是来找金丝雀的；并且我也不希望被老爹看到——我在哪儿与他无关。所以我只是静静地等他离开了我才走。”

“你也是从侧门离开的吗？”

“当然啦，然后我便从相同的地方离开了。其实当时我想从前门走的，因为我知道通常情况下，侧门总会在午夜时被管理员锁上。但是，当我看见卡兰佛老爹可以通过那里时，我就告诉自己跟着做准没错。这样一来就不必打扰接线生了。所以我选择还是从进来的地方出去。我走到百老汇大道上，叫了一辆计程车，去了——”

“可以了！”万斯再一次打断了曼尼斯的话。

“哦，好吧，”曼尼斯好像要结束他的陈述，“但是我不希望你们认为——”

“我们不会的。”万斯又一次打断了曼尼斯的话。

马克汉十分疑惑地看着万斯。

“为什么你不立刻将这条线索告诉警方呢？”

“我为什么要蹚这个浑水呢！”曼尼斯抱怨地大叫道，“我招惹的麻烦已经够多了，而且多得不得了啦！”

“你的顾虑真是伟大啊！”对于他的这种说法，马克汉颇为厌恶，“但是，当你得知这起凶杀案的时候，你告诉过我欧黛儿小姐勒索过卡兰佛。”

“是的。这正好说明我做对了一件事——为你提供了一个宝贵的线索！”

“当晚，你还看见其他什么人出现在大厅或巷子里吗？”

“没有，绝对没有。”

“那么，你注意到欧黛儿小姐的寓所里有什么动静吗？”

“一点声音都没有。”曼尼斯确定地摇着头说。

“十一点五十五分，你确定卡兰佛是这个时间离开的吗？”

“这一点毫无疑问，因为当时我看了一眼手表，然后对芙丽斯比说：‘我要在我来的这一天离开，尽管还有五分钟就是明天了。’”

对于曼尼斯所说的话，马克汉仔细地揣摩着每一个细节，试图用各种方法使他说出更多的事情来。可是，曼尼斯不仅没有再多说什么，而且也没有修改任何细节。半小时的交叉盘问后，曼尼斯获准离开了。

“不管怎么样，我们现在已经找到了那块遗失的拼图，”万斯说，“但是它是否能够填进图上空缺的部位，我还不敢确定；可是它还是有一些帮助的，而且我要说的是，我对曼尼斯的直觉被证实了！”

“是啊！你那分毫不爽的直觉是无人能及的，”马克汉的眼神有些疑惑，“可是当他要告诉我一些事情的时候，你为什么要打断他，而且还打断了两次？”

“亲爱的马克汉，对于这一点我现在还不能告诉你，请原谅。”万斯说。

虽然万斯在说这句话时的态度不寻常，但是马克汉知道，在这种时刻，万斯一定是认真的。所以马克汉没有再追问下去。这时我在想，福斯特小姐是否能感觉到她对万斯真诚的信任是多么的安全无虞啊！

曼尼斯所说的事令希兹感到震惊。

“我真的不知道侧门没有锁，”希兹抱怨道，“但是我不明白，在曼尼斯离开后，是谁把它再度锁上的呢？六点以后又是谁将它打开的呢？”

“我的警官，不要着急，时机一到，这些疑问都会水落石出的。”万斯说。

“大概——但也未必。如果我们真的有了新发现，那么你就会相信我说的话，问题就出在史比身上——他就是那个被我们掌握了大量证据的家伙。卡兰佛不是撬开铁盒的行家，曼尼斯也不是。”

“那晚还有一个专家在场，而且并不是你那位绰号为‘公子哥儿’的史比，虽然他在雕凿首饰盒方面的技术能够与雕刻大师米开朗基罗媲美。”

“有两个人在那里？这就是你的看法，亲爱的万斯先生？你曾说过这一点，当时我并没有否认你的看法。但是假如我们能够紧紧抓住史比这个主要线索，那么我们就能找出他的同党。”

“不是同党，警官。这个人更像是个陌生人。”

此时的马克汉只是静静地坐在那儿，凝视着屋角。

“如果这起凶杀案在卡兰佛身上就宣告结束，我会感到很难过。”他说。

“我说马克汉，”万斯说，“那位绅士编造的不在场证明不正好暴露出一些可疑之处嘛。我想你现在应该明白昨晚在俱乐部里，我为什么执意要你问他这件事了。我的想法就是，假如你能够让曼尼斯向你倾吐真话，使大家站在强有力的立场上，那么你自然而然地就可以使卡兰佛招供。你看，这次直觉又赢了！其实以你对他的了解，你完全可以在不知不觉中使他陷入一种困境，不是吗？”

“你说得没错，这正是我要做的。”马克汉按铃将史怀克叫了进来，“立刻把查尔斯·卡兰佛抓来，”马克汉急躁地命令道，“打电话到史蒂文森俱乐部，或者往他家里打电话——他住在西二十七街拐角处的那家俱乐部里。告诉他，我要他在半小时之内赶到我这里来，不然的话我会派几名干员用手铐把他抓来。”

说完，马克汉抽着雪茄，站在窗前，他心浮气躁地看着窗外；而万斯却坐在一边愉快地阅读《华尔街日报》；希兹为自己倒了一杯水，随意看着房间里的摆设。没多久，史怀克进来了。

“很抱歉，长官，没找到卡兰佛。没人知道他去哪儿了，听说他在今天深夜以后才会回来。”

“该死的家伙！那好，晚上再说。”马克汉转身对希兹说，“今晚你的任务就是逮捕卡兰佛，然后明天早上九点把他带到这儿来。”

“好的，明天我会准时把他带来的！”但是希兹仍然心存疑惑，“有件事在我心里盘旋了很久，我一直弄不明白。你还记得那个摆在客厅桌子上的黑色文件盒吗？它竟然是空的，但是大部分女人都会用那种盒子装信件或类似的东西。而困扰我的是：那盒子并不是被撬开的，而是用上面的钥匙打开的。不管怎样，一个惯窃也不会对信或文件感兴趣的。你明白我的意思吗，长官？”

“我的警官，我好崇拜你啊！”万斯大叫，“我真是感到羞愧！太佩服你了！黑色文件盒——那是一个被打开了却没有丝毫破损的、空无一物的文件盒！当然！我确定它不是史比打开的！这是另一个家伙的杰作。”

“那么你对这个盒子有什么看法，希兹警官？”马克汉问。

“就是这样，长官。就像万斯先生一直坚持的：那晚除了史比，大概还有一个人待在屋里。而你告诉过我，卡兰佛曾在你面前承认，他在六月份的时候付给欧黛儿一大笔钱，只是为了拿回他的信。但是，假设他并没有付这笔钱，又或者他在星期一的晚上取回那些信。他不是告诉过你要花钱买回那些信的吗？也许这就是为什么曼尼斯会在那里看见他的原因了。”

“听上去很有道理，”马克汉说，“那我们下一步要怎么走呢？”

“长官，如果卡兰佛在星期一的晚上把它们拿走了，那么他大概还保存着；如果那些信中有任何一封的日期是在他说拿回信件的六月份以后，那么我们就掌握了指控他的证据了。”

“然后呢？”

“然后？就像我说的，长官，我在想卡兰佛今天出城，假如我们能够得到那些信的话……”

“说得没错，它们对我们会有一些帮助，”马克汉冷静地说，并直视着希兹，“但是这种事你连想都不要想。”

“可是长官，”希兹喃喃地说，“这样做，卡兰佛的真实面目就会暴露出来。”

扭曲的时钟

九月十五日，星期六，上午九点

第二天早上，马克汉、万斯和我在乔治王子俱乐部一起吃了早餐，然后在九点左右来到了马克汉的办公室。这时候希兹正陪着卡兰佛在接待室等着我们。

从卡兰佛走进办公室后的态度看，显然希兹警官没有热情地招待他。卡兰佛气势汹汹地向马克汉的桌子走去，愤怒地看着马克汉。

“我这算是被捕了吗？”卡兰佛的语气中带着一种压抑的不安和愤怒。

“目前还不算，”马克汉简单地回答道，“但是如果你被逮捕了，也是你自找的——请坐吧！”

卡兰佛先是犹豫了一阵，然后就近坐在了一把椅子上。

“你这位警官为什么一大早七点半就把我从床上硬拉起

来？”说着，卡兰佛指指希兹，“还用囚车、拘捕令威胁我，难道就是因为我对这种高压不合法的方式抗议吗？”

“如果你拒绝了我的邀请，那么你必然会受到合法程序的威胁。今天我只上半天班，所以希望你能立刻为我作出合理的解释。”

“让我在这种情形下解释，想得美！”与先前的冷静相比，此刻的卡兰佛已经暴跳如雷了，“无论你来软的还是来硬的，都休想从我这儿得到什么。”

“正合我意，”马克汉不怀好意地说，“既然身为自由公民的你拒绝作出任何解释，那么我只好改变你目前的身份了。”说着马克汉转向希兹，“警官，让班申批一张查尔斯·卡兰佛的拘捕令，然后把这位先生关起来。”

卡兰佛目瞪口呆，倒吸了一口凉气。

“你凭什么抓我？”卡兰佛问道。

“玛格丽特·欧黛儿谋杀案。”

卡兰佛一跃而起，脸色惨白，下巴的肌肉不停地抽搐着。他咆哮道：“等等！这不公平，你休想把这项罪名强加在我身上。”

“或许吧。但是如果你不愿意在这里说的话，我们可以在法庭上谈。”

“不用了，我在这儿说。”卡兰佛再次坐下，略微平静了一些。“你到底想知道什么？”

马克汉拿出一根雪茄，不慌不忙地点着烟。

“首先，你为什么撒谎说你在星期一的晚上去了波士顿？”

对于这个问题，卡兰佛显然早有准备。

“当我听说金丝雀被杀时，我认为自己需要一个不在场证明，而我的弟弟恰巧给了我一张他在波士顿的罚单，它就成了我的不在场证明。”

“你为什么要虚构一个不在场证明呢？”

“其实我并不需要，但是我认为这能够为我减少一些麻烦。因为很多人都知道我当时正在追求欧黛儿小姐，而且这些人之中也有人听说她一直在勒索我——事实上是我告诉他们的，我真是笨啊！例如，我告诉过曼尼斯——我们俩都被她勒索过。”

“这就是你虚构不在场证明的唯一理由吗？”马克汉用锐利的眼神看着他。

“这个理由还不够吗？勒索是构成动机的前提啊，不是吗？”

“但是只有动机并不一定会使一个人有嫌疑。”

“或许吧。我只是不希望自己与这件事有任何瓜葛。你不会因为急着破案就污蔑我与这起案子有关吧？”

马克汉带着威胁的笑容说：“事实上，欧黛儿小姐勒索你的事并不是你撒谎的唯一理由，甚至不是你的主要理由。”

若卡兰佛没有眯起眼睛，他的外形真像一座雕像。

“看来你知道得比我多啊。”他刻意将话说得轻松了些。

“怎么会比你多呢，卡兰佛先生？”马克汉纠正道，“但也不算少——星期一晚上十一点至午夜，这段时间你在哪儿？”

“我想你是知道的。”

“是的。你在欧黛儿小姐的公寓里。”

虽然此时的卡兰佛不停地冷笑，但是笑声却掩饰不住马克汉的指控带给他的惊吓。

“如果这是你的猜测，那么很明显，你仍然一无所知。其实我已经有两个星期没踏进她的公寓了。”

“你的说辞我可以轻易地驳斥掉，因为我有可靠的证人。”

“证人！”这两个字好像是从卡兰佛的嘴里蹦出来的一样。

马克汉点点头，说：“有一个人看见你在星期一的晚上十一点五十五分从欧黛儿小姐的公寓里出来，而且还是从侧门离开的。”

卡兰佛有些惊慌，张着嘴，呼吸也变得沉重了。

“恰好就在十一点半至十二点之间，”马克汉冷漠地继续说道，“欧黛儿小姐被勒死了，她的房子遭到洗劫。对此你有什么话要说吗？”

办公室里顿时一片沉寂。过了一段时间，卡兰佛开口了：“我要好好想一想。”

马克汉表现得很有耐心。

几分钟后，卡兰佛将身子坐正，说：“我会告诉你那晚我都做了什么，但是信不信就由你了。”说完，他又恢复到那个冷静自信的赌徒模样，“我并不在乎你有多少证人，也不管他们是谁。这是你从我这里得到的唯一信息。其实我应该早点告诉你，但是在没有人推我下水之前，有什么理由值得我去蹚这个浑水呢？在星期二之前，你还可以相信我，但是目前，你已经有了先入为主的想法，而且你也希望能够捉到这名凶手封住媒体的嘴。”

“不要管这些，先说你自己的事吧。”马克汉命令道，“如果你说的是真的，就没有必要担心报纸。”

卡兰佛心里十分清楚，这是无法改变的事实。即使是最尖刻的政敌，也不曾抨击过马克汉用不恰当的手段沽名钓誉，哪怕只是很不起眼的手段。

“事实上，我所说的只是一点点。”卡兰佛开始叙述，“当天，我在午夜之前来到了欧黛儿小姐所住的公寓大楼，但是我并没有进入她的公寓，我甚至都没有按她家的门铃。”

“难道这是你惯有的拜访方式？”

“你不信，是吗？但是它是事实。当时我是很想见她，但是当我走到她家门口的时候，我改变了主意……”

“等一下，我想知道你是怎样进入那栋大楼的？”

“从侧门——就是巷子旁的那个侧门走进去的。只要它开着，我都会从那里进去。当然，欧黛儿小姐也要我从那儿进去，这样接线生就不会发现我常去找她了。”

“星期一的晚上，都那么晚了，侧门还没锁吗？”

“当然，要不我怎么可能进去！即使我有钥匙也没有用，那扇门是从里面闩上的。但是在我的记忆中，我还是第一次发现这扇门在那么晚的时候还没锁。”

“好吧，你从侧门进去，然后呢？”

“然后我顺着后厅走到欧黛儿小姐公寓的门前，当时我停留了大约一分钟。我想大概有人和她在一起，除非她一个人在家，否则我是不会按门铃的……”

“请原谅，卡兰佛先生，”万斯打断了卡兰佛的叙述，“为什么你认为当时屋里还有其他人呢？”

卡兰佛开始犹豫起来。

“难道是因为，”万斯提示他说，“你在来之前给欧黛儿小姐打过电话，但接电话的却是个男人？”

卡兰佛缓缓地点了点头，说：“我找不到其他特别的理由否认你的说法。的确，就是这个原因。”

“在电话里那个男人对你说了什么？”

“只说了一点点，他说‘喂’之后，我说我要找欧黛儿小姐，他告诉我欧黛儿小姐不在，然后没等我说话就挂断了。”

万斯转过头看着马克汉：“我想，这正好解释了杰苏所说的：十一点四十分时欧黛儿家的电话响了。”

“也许。”马克汉不感兴趣。现在的他急于从卡兰佛的口中知道接下来的事情，于是他从被万斯打断的部分接着问：“你说当时你在公寓门口站了一会儿，那你为什么不按门铃呢？”

“因为我听到屋子里有男人说话的声音。”

马克汉立刻振奋起来：“男人的声音？你确定？”

“当然确定，”卡兰佛肯定地说，“真的有男人的声音，不然我会按门铃的。”

“你听出他是谁了吗？”

“这个很难。声音非常模糊，而且有点沙哑。我熟悉这个声音，我想这个声音和接我电话的声音是同一人的。”

“你还记得你都听到了什么吗？”

卡兰佛眉头紧锁，看着马克汉身后敞开的窗户。

“我还记得那些话，”他慢慢地说，“当时我没有太在意，但是当我第二天看到报纸时，前一晚我所听到的那些话才突然浮现在我的脑海里……”

“什么话？”马克汉急切地问。

“嗯，我听到的是：‘哦，我的天！哦，我的天！’这声音好像重复了两三遍。”

卡兰佛的描述使这间陈旧的办公室笼罩着一股恐怖的气氛，而且还是一种震慑人心的恐怖气氛，其中包含着卡兰佛不经意的、冷漠的、重复的痛苦尖叫声。

沉寂了片刻后，马克汉问道："听到男人的声音后，你又做了什么？"

"我轻轻地转身向后厅走去，出了侧门，直接回家了。"

又沉寂了一会儿。卡兰佛的供述使人惊讶，但是它与曼尼斯的说辞完全吻合。就在这时，万斯坐直身子，说："我说，卡兰佛先生，从十一点四十分你给欧黛儿小姐打电话，到十一点五十五分你从侧门离开她所住的公寓，这段时间你都在做什么？"

"我在二十三街搭了地铁前往上城。"卡兰佛停顿片刻后才回答道。

"奇怪——真是奇怪，"万斯看着手中燃烧的烟头，"十五分钟之内你好像不太可能给任何人打电话吧？"

这时，我突然想到埃拉·福斯特小姐说的，卡兰佛曾在星期一晚上十一点五十分给她打了一个电话。万斯并没有向他透露他所知道的事情，单单这个问题就让对方够受的了。卡兰佛开始担心情况会变得对他不利，从而闪烁其词。

"假如我在七十二街下地铁，然后在走到欧黛儿小姐的公寓之前给别人打电话，是完全有可能的，不是吗？"

"当然。"万斯喃喃地说，"但是，严格来说，假如你在十一点四十分给欧黛儿小姐打电话，然后走进地铁，坐到七十二街，然后又走到七十一街，来到公寓大楼，在她门口驻足片刻，最后在十一点五十五分离开——全程你只花了十五分钟，我想你很难有时间停下来给谁打电话吧。不过，这个我不想追问了，我想知道的是从十一点到十一点四十分你给欧黛儿小姐打电话的这段时间里，你到底在干什么？”

“说实话，那晚我十分沮丧。因为我知道欧黛儿小姐和别的男人出去了——她说好和我约会的。于是我气急败坏地在街上闲逛了一小时，或者更久。”

“在街上闲逛一小时？”万斯皱着眉头问。

“是的，”卡兰佛充满敌意地说，然后转身仔细打量着马克汉，“你还记得我曾建议你从斯科特医师下手吗？你在他那里追查到什么线索了吗？”

“哦！斯科特医师！当然！那么卡兰佛先生，你怎么会在街上闲逛？‘街上’，请注意！对于你刚才陈述的事情，我所强调的是‘街上’这两个字，但是你却出乎意料地提起了斯科特医师。你怎么会想到他？现在可没有人提到他。很好，非常好！现在我已经找到另一块拼图了。”

马克汉和希兹奇怪地看着万斯，他好像疯了一样。万斯慢慢地从烟盒中抽出一根瑞奇烟点上，然后对卡兰佛微笑着说：“亲爱的朋友，你可以告诉我们，当你在街上漫步时，你是什么时候、在哪里遇见斯科特医师的？你不想说的话，我可以替你说。”

卡兰佛沉默了整整一分钟，冰冷的目光注视着马克汉。

“我所知道的基本上都告诉你们了。那好吧，我把剩下的事也告诉你们。”卡兰佛苦笑着说，“我是在将近十一点半时前往欧黛儿小姐那里的，我认为那个时候她会在家。当我走到巷口时，我看到斯科特医师站在那里。他和我打了个招呼，然后告诉我，欧黛儿小姐正和另一个人在一起，于是我向街角的安索尼雅旅馆走去。大约十分钟以后，我给欧黛儿小姐打了一个电话，就像我前面说的，是一个男人接的电话。又过了十分钟，我给欧黛儿小姐的一个朋友打电话，希望她能够安排一个聚会，但是人家不愿意，所以我又回到她的公寓。我回去时，医师已经走了。然后我顺着巷子向前走，从侧门进去，在她家门前驻足了一分钟，就像我刚才说的，我听到了一个男人的声音。接着我就转身回家了。这就是整个经过。”

就在这时，史怀克进来和希兹耳语了一阵。只见希兹立刻站了起来，跟着秘书向门外走去。但是不久他又回到办公室，并且带了一包鼓鼓的吕宋纸袋。希兹将纸袋交给马克汉，小声地向马克汉报告着什么，音量低得我们都听不到。马克汉的脸上顿时浮现出一种惊讶，然后挥手要希兹坐回到他的位子，转向卡兰佛说：“对不起，你现在要在接待室里等上几分钟，我现在有一件要紧事要办。”

卡兰佛没说一句话就离开了，然后马克汉将那个纸袋打开。

“我很讨厌这样做，警官。我昨天就告诉过你。”

“是的，我知道。”希兹的语气与马克汉截然不同，他并不认为自己有什么不对的地方。“如果这些信件没有什么问题，而卡兰佛又没有撒谎的话，那么我会派人把它们放回原处，也就没有人知道它们被动过了；但是如果它们证实卡兰佛是一个骗子，那么我们就可以名正言顺地得到它们。”

马克汉没有多说什么，只是带着厌恶的表情开始检查这些信件，并特别留意了信封上的日期。里面有两张照片，马克汉只是瞄了一眼便放回去了，并且将一张好像画有钢笔素描之类的纸撕碎，扔进了垃圾桶里。我注意到他挑出三封信放在一边。马克汉花了五分钟将其他的信看了一遍，把它们放回了纸袋，然后向希兹点头。

“把卡兰佛带进来吧。”马克汉站了起来，转身向窗外看去。

当卡兰佛重新坐到桌前的椅子上时，马克汉头也不抬地说：“你说你在六月份的时候，从欧黛儿小姐那里将你的信买了回来。你还记得是哪一天吗？”

“记不清了，”卡兰佛轻松地回答着，“我想应该是六月初吧——好像是第一个星期。”

马克汉指着那三封被他放在一旁的信，问道：“那么，这堆信中怎么刚好有你在七月下旬从阿第伦达克山写给欧黛儿小姐的一封和解信呢？”

卡兰佛此时的自控能力很强。经过一阵冷静的思考后，他温和而又平静地说：“看来你已经合法地取得了这些信。”

马克汉好像被针刺了一下，同时也因为卡兰佛的谎言而愤怒了。

“很抱歉，我不得不承认，”马克汉说，“它们都是从你的住处拿来的——但是这并不是我的意思。不过既然它们已经意外地来到了我的桌子上，我想你最好还是解释一下。在欧黛儿小姐的尸体被发现的那天早上，她的公寓里有一个空的黑色文件盒，而且种种迹象表明，它在星期一的晚上被人打开过。”

“现在我了解了，很好。”卡兰佛的笑声很刺耳，“事实是——虽然我并不希望得到你们的信任——直到八月中旬，也就是三个星期以前，我才将欧黛儿小姐勒索我的那笔钱付给她，那是我拿回所有信件的最后时间。我在前面说是六月，是为了把日期尽量向前推。因为我想事情发生的时间离这起案子越久，我的嫌疑就越小。

马克汉只是站在那儿呆呆地摸着信，万斯倒是帮他解决了这个难题。

“我认为，”万斯说，“你应该相信卡兰佛先生的解释，然后将这些情书还给他。”

马克汉犹豫着，将那三封信放进吕宋纸袋里，交给了卡兰佛。

“我希望你能明白，这种窃取信件的行为我并不赞同，你最好把它们带回家销毁——我不会拘留你，但是希望你能待在我找得到你的地方。”

“放心，我不会逃的。”说完，他跟随希兹向电梯走去。

铃声响起

九月十五日，星期六，上午十点

希兹重新回到马克汉的办公室时，失望地摇了摇头，说：“欧黛儿死亡的那晚应该有一些迹象可循啊！”

“你说得没错，”万斯说道，“那是爱慕欧黛儿小姐的男人们的午夜秘密聚会。不用猜，曼尼斯一定也在那里。他看见了卡兰佛，卡兰佛又看到了斯科特，而斯科特看见的是史伯斯蒂伍德……”

“怪事！怎么没有人看到史比呢？”

“但是，”马克汉说，“我们目前还不确定卡兰佛的话是否全部属实。对了，万斯，你真的相信他是在八月份将这些信买回来的吗？”

“我真希望我知道！我现在也是一头雾水。”

“不管怎样，”希兹说，“卡兰佛坚持说自己在十一点四十分时给欧黛儿打了电话，有关那个接电话的男人的事，杰苏的口供是可以证明的。我认为卡兰佛的确在当晚看到了斯科特，因为是他暗示我们要留意这位医师的。他先发制人，说自己看到了斯科特医师，他认为如果自己不说，医师也会说自己看到了卡兰佛。”

“假如卡兰佛真的有不在场证明的话，”万斯说，“那么他完全可以说斯科特医师在撒谎。但是，无论你相不相信卡兰佛的口供，你都应该相信我的说法，那就是，当晚除了史比，欧黛儿的公寓里一定还有另一名访客。”

“大概是吧，”希兹勉强承认，“但是，即便这样，也只是一个对史比不利的证据而已。”

“或许是这样，警官。”马克汉皱起眉头说，“现在我唯一想知道的是，侧门是怎么被打开的，然后又是怎样被人从里面锁上的。我们知道它在午夜左右并没有锁，而且曼尼斯和卡兰佛都曾从那儿经过。”

“你是不是对这些琐事太过计较了，”万斯冷淡地说，“我认为我们只要找出那个和史比同时待在金丝雀那个金碧辉煌的笼子里的人，你所说的门的问题就水落石出了。”

“我想应该是曼尼斯、卡兰佛、斯科特这三人中的一个。目前这三个人的嫌疑最大。如果我们认为卡兰佛说的是实话，那么这三个人都有可能在十一点三十分至午夜这段时间进入过欧黛儿的公寓。”

“是的。但是目前你只是从卡兰佛那儿了解到当时斯科特也在附近，可现在他这种说法还没有得到证实。”

这时，希兹突然看着墙上的钟大叫起来：“哦，我的天，你昨天不是说十一点要找那个护士过来吗，到底要不要找？”

“她的事已经让我大伤脑筋啦，”万斯抱怨道，“我真是一点都不愿意见到她。我期盼着出现奇迹。十点半之前我们还是等着斯科特医师到来吧，警官。”

话音刚落，史怀克就进来向马克汉报告说，斯科特医师已经赶过来了。马克汉被这种情形逗乐了，而希兹却用一种无法理解的惊讶表情看着万斯。

“我承认自己不是聪明人，警官。”万斯笑着说，“斯科特医师昨天就意识到我们会抓住他说谎的把柄，因此他一定会亲自过来向我们解释的。”

“你说得没错。”希兹脸上的那种惊讶消失了。

当斯科特医师走进办公室时，我发现他那惯有的优雅气质已经荡然无存，取而代之的是歉意和焦虑。很明显，过度的紧张使他陷入了烦恼的深渊。

“长官，我这次来是想，”医师一边说，一边在马克汉的示意下坐了下来，“告诉你那晚的真相。”

“我们最欢迎的就是真相，医师。”马克汉笑着对他说。

医师同意地点了点头。

“对于我先前对你撒谎的事，我很后悔，因为当时我没有正确衡量过这件事的严重性。我想只要我说了谎话，我就会毫无选择地继续欺骗下去。但是，经过一段时间的深思熟虑后，我得出一个结论：坦白是通往智慧的必经之路。

“真相是这样的：星期一晚上我提到过的那几小时里，我并没有和布里顿夫人待在一起。当晚十点半之前我一直待在家里，然后去了欧黛儿小姐住的那栋公寓。我到达那里时大约是十一点，但是我在十一点半之前一直站在大楼外的街道上，之后便回家了。”

“这么简单的叙述好像不需要再解释什么了。”

“不，长官，我了解。我正准备解释呢。”斯科特医师吞吞吐吐地说，他那白皙的脸上露出紧张的神情，两只手紧紧握在一起，“我知道当晚欧黛儿小姐要同一位叫史伯斯蒂伍德的男人共进晚餐，然后去剧院，这让我十分心痛。因为就是这个男人令欧黛儿小姐对我越来越冷淡，所以我开始威胁这个美丽的女人。那晚我一个人在家，脑海里不断涌出他俩在一起的情形，突然产生了报复的想法。我问我自己，为什么不立刻结束他们这种让人无法容忍的情形呢？史伯斯蒂伍德应该和她一起下地狱！”

医师越说越激动，全身颤抖得厉害，甚至连眼睛里的神经都开始抽动。

“长官，请不要忘了，此刻我正饱受煎熬，对史伯斯蒂伍德的憎恨使我失去理智，根本不知道自己在做什么，甚至在失去自控能力的情况下，将手枪放进了口袋飞奔出家门。当时，我认为他们俩就快从剧院回来了，所以我计划强行进入她的公寓，并开始行动。我在大楼对面的街道上看到他俩走了进去——那时大约是十一点——可是，当我准备和他们摊牌的时候，我却犹豫了。我并没有立刻执行我的报复计划，我先把报复的念头搁在了一边，享受着一种令我疯狂满足的快感，即他们的生死此刻已经操控在我的手里了。”

医师的手抖得更厉害了。

“我站在那儿，暗自高兴着，大约站了半小时，就在我决定和他们作一了断时，一个叫卡兰佛的男子突然走到我面前。他停下来和我打了个招呼，我知道他一定也是来找欧黛儿小姐的，所以我直接告诉他欧黛儿小姐正在会客呢，他就转身离开向百老汇大道走去了。当卡兰佛转进街角时，那个史伯斯蒂伍德从公寓里走了出来，跳上一辆车……我的伟大计划因为拖得太久失败了。这时我好像刚从噩梦中醒来，精神几乎崩溃，但是我还是设法回了家。这就是事情的全部经过，我对上帝发誓这都是真的！”

说完，医师全身瘫软地陷在椅子里。此时的他已经不再被当初那种压抑的紧张和激动所折磨，只是显得无精打采并且有些冷漠。他喘了一会儿气，用手揉搓着前额。很明显，他的身体状况已经不适合继续问下去了。马克汉便派崔西将医师送回了家。

“这是一种歇斯底里后的短暂虚脱，”万斯说，“所有偏执狂的神经都会过早衰弱。我想他明年就会住进精神病院。”

“大概是的，万斯先生。”希兹对这种有关病态心理学的话题一点兴趣都没有，反而感到厌烦，“我目前只关心怎样把这些事情联系在一起。”

“你说得很对，”马克汉同意地说，“不可否认的是他们的叙述中存在一些事实根据。”

“但是，我们不能忘了，”万斯提示说，“他们的叙述并没有排除他们其中任何一个人是凶手的可能。就像你说的，时间上非常吻合，但即使分毫不爽，他们当中任何一个人都有可能在当晚进入了欧黛儿的公寓。举例来说，曼尼斯大概会在卡兰佛进入公寓、在她家门前驻足的时候，从二号公寓进入到她的公寓；而曼尼斯离开时，也有可能正好看到卡兰佛离去；卡兰佛或许在十一点半时和医师见过面、说过话，然后向安索尼雅旅馆走去，接着在十二点之前回来，进入欧黛儿的公寓，他出来的时候，曼尼斯正好将芙丽斯比小姐的门打开了；再有，那位颤抖的医师很有可能是在十一点半，也就是史伯斯蒂伍德离开后进入公寓的，大约待了二十分钟，然后在卡兰佛从安索尼雅旅馆回来之前离开的。不！他们吻合的叙述一点都不会使任何一个人免于杀人的嫌疑。"

"而且，"马克汉补充道，"还有那句'哦，我的天'的叫声，我想是曼尼斯或者斯科特发出来的——如果卡兰佛真的听到这句叫喊声的话。"

"毫无疑问，他真的听到了。"万斯说，"当晚，欧黛儿公寓里的确传出了这样的叫声。卡兰佛还没有如此丰富的想象力去捏造这种令人毛骨悚然的情境。"

"但是，如果他真的听到了，"马克汉说，"他就自动排除了嫌疑啊！"

"也不尽然，亲爱的马克汉。他很可能是在离开公寓时听到的，然后发现，原来在他造访欧黛儿的同时，屋子里还有别人。"

"你想说，衣橱里躲着一个人。"

"是的，就是这样。你知道的，这个人很可能就是那个受到惊吓的史比。当他从衣橱里出来，看到令人毛骨悚然的景象，自然地叫了起来。"

"可是，"马克汉讽刺地说，"史比并没有让我感觉到他有什么特别的宗教信仰。"

"是吗？"万斯耸了耸肩，"事实证明，那些没有宗教信仰的人往往比基督徒更爱呼喊老天。难道你不知道，真正言行一致的神学家大都是无神论者？”

此时，希兹正坐在一旁沉思着，他将叼在嘴里的雪茄拿了下来，深深地叹了口气。

“好吧，”他说，“我愿意承认，除了史比，当晚还有其他人进入过欧黛儿的公寓，而且同意史比就躲在衣橱的说法。但是，如果这样推测的话，那么另外一个人就不会看见史比，即使我们找到他，对我们也没有多大的帮助。”

“不要这么担心嘛，警官，”万斯笑着开导他，“当你找到这个神秘人物时，我敢保证，你这些忧虑会一扫而空，你会欣喜若狂、手舞足蹈。”

“我他妈的一定会的。”希兹愤愤地说。

这时，史怀克拿着一张字条进来，将它放在马克汉的桌上。

“那位建筑师刚刚打来电话，这是他的报告。”

马克汉瞄了一眼，报告很短。“没什么特别的，上面说墙是实心的，而且没有其他空间或暗门。”

“那太不幸了，警官，”万斯叹气道，“看来你真的要放弃看那种科幻电影了，里面的情节对你的影响真大啊！”

希兹郁闷地哼了一声：“就算只有侧门可以进出又怎样？我们目前已经确定了星期一晚上侧门没有锁，难道这还不能给史比定罪吗？”

“或许可以。但是我们现在没有足够的证据说明那扇门往常都是锁的，而且我们现在还不知道在史比离开后，那扇门又是如何闩上的；阿比·罗宾也会注意到这一点。依我看，我们最好还是再等一等，看看会不会有什么进展。”

事情果真立刻有了进展。史怀克进来报告：史尼金警探希望马上见到马克汉。

史尼金一脸兴奋地走了进来。他的身后跟着一个衣衫褴褛、年纪约六十岁的小老头，脸上布满了惊吓与惶恐。史尼金探员拿着个用报纸包着的小包裹，得意扬扬地将包裹放在马克汉的桌子上，说："这里是金丝雀的珠宝首饰，我对照过女仆给我的首饰遗失清单，它们全在这里了。这位是帕司先生。"

希兹走上前瞅了瞅，马克汉迫不及待地把包裹打开了。一堆璀璨夺目的首饰出现在我们眼前——几枚制作精巧的戒指、三只华丽的手镯、一条镶有钻石的项链和一副精美的有柄望远镜。宝石不仅大而且切割制作得不落俗套。

马克汉疑惑地抬起头看着史尼金，还没等他开口，史尼金便给出说明："这些东西是帕司先生发现的。他是一位清道夫，他说他是在昨天下午，在二十三街菲奇格大厦附近的垃圾桶里发现的，然后就把它们带回家了。他把这些东西带回家后，总觉得害怕，于是今早就把它们送到局里来。"

帕司先生看起来很不安。

"是、是的，长官——是，"他的嘴唇颤抖着，"我有个习惯，总爱翻看捡到的包裹之类的东西。我不想把它们带回家，长官，它们让我担惊受怕，睡不好觉。所以今早一逮到机会，我就赶快把它们送了过来。"看着他不停地颤抖，我真担心他会崩溃。

"谢谢你，帕司先生。"马克汉亲切地说，然后他对史尼金说，"带他出去吧，把他的姓名和地址留下来就可以了。"

这时的万斯仍然在对着那包珠宝发呆。

“喂，伙计，”马克汉问，“你发现它时它就是这样包着的吗？”

“是的，长官。我一点都没动过。”

“好的！”

帕司如释重负地拖着蹒跚的脚步，跟随史尼金离开了。

“菲奇格大厦隔着麦迪逊广场，正好和史蒂文森俱乐部相对。”马克汉紧皱着眉头说。

“是的，”万斯指着报纸左侧边缘说，“你看，在这张昨天的《前锋报》上有三个明显的孔，这些孔是木头报夹弄出来的，而这种报夹往往只出现在俱乐部的阅览室。”

“你的眼睛真尖啊，万斯先生。”希兹略显敬佩地说。

“我知道了。”马克汉突然按了一下铃，“史蒂文森俱乐部会保存一周之内的报纸。”

当史怀克再次出现时，马克汉要他马上打电话与俱乐部的经理联系。没过多久电话接通了。马克汉大约讲了五分钟，挂上话筒后，困惑地看着希兹。

“史蒂文森俱乐部里有两份《前锋报》，而昨天的那两份现在都在报架上。”

“卡兰佛不是告诉过我们，他只看《前锋报》和什么赛马新闻报吗？”万斯随即提示说。

“他的确这么说过，”马克汉肯定地说，“但是，俱乐部里的两份报纸已经证明了一切。”他转向希兹说，“你在调查曼尼斯时，是否发现他还是其他俱乐部的会员？”

“当然！”希兹将他的记事本拿了出来，翻了一会儿说，“他还是佛伊儿和大世界两家俱乐部的会员。”

马克汉把电话递给他。

“看看你会有什么发现。”

希兹用了十五分钟给这两家俱乐部打了电话。

“一无所获啊，”希兹说道，“佛伊儿不用报夹，而大世界不留过期的报纸。”

“不知道史比先生是不是俱乐部的会员，警官？”万斯挑衅地问。

“哦，我知道这些珠宝早晚会将我对史比的看法推翻，”希兹不是滋味地说，“你何必如此挖苦我呢？但是，假如你单纯地认为欧黛儿的珠宝首饰是在垃圾桶里找到的，而我就会认为史比是清白的，那么你就错了。不要忘了，我们一直暗中监视着这个家伙，他很机灵，有可能是察觉到了什么，借此警告了某个帮他保管赃物的朋友。”

“我倒认为那位经验颇多的史比会把自己的战利品转卖给专门销赃的人。但是即使把赃物交给朋友，难道那位朋友还会因为史比的害怕而扔掉它们吗？”

“可能不会这么做。我想这些珠宝一定另有隐情，除非我们找到真正的原因，否则史比的涉案嫌疑不会被排除。”

“当然，这件事是不会排除史比的嫌疑的，”万斯肯定地说，“但是，哎呀，糟糕！它会使他的处境发生变化。”

希兹以一种锐利的眼神看着万斯。因为万斯的话激起了他的好奇心，也使他感到诧异。希兹已经领略了万斯过人的分析能力，尤其是对人和事的分析，此时再也无法忽视他的意见。

正当他要回应时，史怀克匆匆忙忙地走了进来。

“托尼·史比打来电话，长官，他说希望和您谈谈。”

马克汉平素个性沉稳，但他听到这话还是吓了一跳。

“喂，警官，”马克汉不假思索地说，“把桌上的那个分机拿起来一起听。”说完，他向出去把电话转进来的史怀克示意，随即将自己的话筒拿了起来同史比说话。

他大约讲了一分钟，在短暂的争论后，他们最终达成协议，然后挂断电话。

“我猜史比一定急着要告诉你什么，”万斯说，“我一直等他这么做呢。”

“你猜对了，他明天上午十点会到这儿来。”

“而且他刚才在电话里暗示他知道凶手是谁，是吗？”

“是的，你真聪明。他答应明天过来后告诉我一切。”

“他一定会的。”万斯自语道。

“但是，马克汉先生，”希兹说着，他的手仍然停留在话筒上，眼神总是充满了困惑，“我还是不明白，你为什么不今天就派人把他带过来呢？”

“就像你听到的，希兹警官，史比坚持要等到明天才来，而且威胁说如果我强迫他今天来，他半个字都不会透露。我认为现在最好的办法就是顺着他，如果我强迫他今天过来，恐怕我们会失去破案的良机；而且明天我有时间，到时候这里也会十分安静；再有，你的手下正监视着史比，他逃不掉的。”

“也许你是对的。史比可是个不好对付的家伙，他要是感觉不爽说不定真的会什么都不说。”希兹体谅地说道。

“明天我会让史怀克记录他的口供，”马克汉继续说道，“星期天电梯操作员休息，你最好在电梯旁安排个人；还有，大厅外也要安排一个人，史怀克的办公室里也要有一个人。”

万斯轻松地伸了个懒腰，然后站起来说：“这一刻真令人振奋！我原计划今天下午去杜兰诺美术馆看莫奈的画展的，但又怕这件吸引人的案子使我脱不开身。现在这个关键时刻被安排到了明天，这么说我有时间将自己沉浸在印象派里啦！各位保重，马克汉再见。”

失 约

九月十六日，星期日，上午十点

第二天早上，我们起床时，外面正下着毛毛细雨。空气中弥漫着一丝丝寒意，冬天离我们一步步近了。八点半，我们在万斯的书房吃了早饭。九点钟，万斯的车——前一晚交代好的——准时来接我们。我们沿着第五大道行驶着，我们的车几乎是笼罩在一片黄蒙蒙的薄雾里，然后我们来到西十二街马克汉的家接他。当时他正站在门口等我们，他几乎没和我们打招呼就径直上了车。透过他那焦急严肃的表情，我知道他一定期待着史比的说法。

在车子转进高架铁路下方的西百老汇大道前，车上没有一个人说话，后来还是马克汉先开了口，他的声音中透露着一种疑虑。

“我怀疑那个史比是否真的会向我们提供一些重要信息，因为他昨天的那通电话有些古怪，可是他又说得很自信，不仅没有拐弯抹角，而且没有要求免刑，只是开门见山地说自己知道凶手是谁，并坚持要过来说明一切。”

“但是可以肯定的是，他并没有杀害金丝雀。”万斯说，“你知道，我一直猜测案发时，躲在衣橱里的人就是他，而且我现在还相信他就是那个目睹全过程的秘密证人——因为衣橱的钥匙孔刚好和陈尸的沙发成一直线。如果凶手正巧在他躲在衣橱里的时候杀害了欧黛儿的话，他从钥匙孔窥视的推论就非常合理了，是不是？还记得吗？我问过他这个问题，当时他很排斥。”

“可是，如果这样的话——”

“我知道，这样会产生更多的疑问——为什么他不事先示警？为什么他不早告诉我们？为什么这样？又为什么那样？我又不是神仙，不会掐指一算什么都知道，我甚至没有刻意为我的想法找一个合理的解释，我只是像平时一样将我的想法说出来。但我深信，这家伙知道真凶是谁，又是谁将公寓搜刮一空的。”

“但是，那晚可能进入欧黛儿公寓的三个人当中——曼尼斯、卡兰佛以及斯科特——史比只认识曼尼斯啊！”

“是的，而且好像只有曼尼斯认识史比。这就有意思了。”

希兹和我们在刑事法庭大楼的法兰克林街的入口处相遇。他也表现得非常心急，只是匆忙地和我们打了个招呼，平日的客套少了许多。

“我派史尼金负责操作电梯，”希兹说，“厄布里和波克在楼上大厅招待，并等候指示到史怀克的办公室去。”

我们的脚步声打破了大楼的寂静。很快我们就来到了四楼。马克汉拿出钥匙打开了办公室的门，我们随即跟进去。

“跟踪史比的高佛尔，”我们刚坐下，希兹便开口说，“只要史比一离开家，他就会向刑事组报告。”

现在是九点四十分。大约过了五分钟，史怀克带着他的速记本来了，坐在马克汉办公室的旋转门后，在那里他不仅可以听见大伙的谈话，而且还不容易被人发现。马克汉坐在那儿点了一根雪茄，希兹也跟着点了一根。万斯的烟早已抽了一半了，他舒服地靠在一张大皮椅上，一句话也不说，好像满不在乎似的。但是从他小心翼翼地弹烟灰的样子，我可以感觉到他并不轻松。

大约沉寂了五六分钟后，希兹警官焦躁地说：“不，长官，”他似乎在说马克汉刚才没有说出来的问题，“我还是有些不明白。那些珠宝包得好好的，这个家伙又表示要全盘托出当时的情形，这实在说不通啊！”

“我也感觉很奇怪，警官，但是我认为这并不是完全没有道理。”万斯懒洋洋地看着天花板说，“搜刮这些珠宝的家伙其实并不需要它们，而且他不愿意把这些东西留在自己身边。事实上，这些珠宝令他感到恐惧。”

对于希兹来说，这一点好像有些复杂并难以理解，因为前一天案情的新进展已经将他的所有观点都粉碎了，这一次他又陷入了沉思之中。

十点整，希兹实在没有耐性了，他站起来走到大厅门口向外张望。回来后，他把手表和办公室的钟对了一下，焦躁地在办公室里走来走去。马克汉原打算整理一下桌子上的报告，后来也不耐烦地把它们胡乱推到一旁。

“时间到了，他应该来了。”马克汉强颜欢笑。

“他必须来，”希兹有点愤怒地说，“否则我会用八人大轿把他抬来。”说完他又开始踱步。

又过去了几分钟，希兹突然转身走向大厅。我们听到他冲着站在电梯旁的史尼金大叫，但是当他再次回到办公室时，他的表情告诉我们，史比还是没有出现。

“我要给警局打个电话，”他坚决地说，“看看高佛尔那边有什么新的消息，至少我们可以知道史比什么时候出来。”

可是高佛尔那边并没有什么动静。

“真他妈的奇怪！”希兹气愤地挂了电话。

已经十点二十分了，史比还没出现，马克汉开始烦躁起来。以前这起凶杀案因为迟迟找不到破案线索而使他挫折不已，此刻他把所有的希望都寄托在史比身上，希望他今天能够解开谜团，或者可以提供一些能让警方展开行动的消息。可现在随着史比的迟到，屋子里的气氛越来越紧张了。

马克汉焦急地把椅子推了回去，起身向窗边走去。当他转身回到桌子前时，依然面无表情。“我只等到十点半，”马克汉冷冷地说，“如果到时候他还没来，警官，你可以通知当地分局，让他们用警车专程把他接过来。”

说完，屋子里又是一片寂静。万斯眼睛微闭着靠在椅子上，我注意到，他的手上虽然拿着烟，但是其实一口都没有抽。他眉头紧皱，整个人十分安静。我知道他此时正在思考一个非比寻常的问题。他的安静表示他的专心。

我正出神地看着他时，他猛地坐直了身子，睁大眼睛。通过他将烟蒂丢进烟灰缸的动作，我看出他的内心非常激动。

“哎呀！”他叫道，“这是不可能的，但是……”万斯脸一沉，

“该死，是这样！我真是一个超级大笨蛋，不折不扣的大笨蛋！”

万斯一跃而起，站在椅子前看着地板，好像被自己想到的事情吓到了。

“马克汉，我真不喜欢这样——一丁点都不喜欢，”万斯的样子像受到了惊吓，“我告诉你，现在发生了一件可怕的事情，我们都疏忽了。”万斯故作轻松地说，可是他的眼神却与他的语调不符，“为什么我昨天就没想到这件事呢？唉！我竟然让它就这么发生了。”

我们惊讶地看着万斯，现在的他一反常态。

过了一会儿，万斯好像从恐惧中解脱出来了似的，轻轻抖了抖身体，走到马克汉桌前，双手撑在桌边，说：“现在，你还不明白吗？”他问，“史比不会来了。我们不用等了——等也没用。我们现在必须去他那儿，因为他正在那儿等着我们呢。快！戴上你的帽子。”

马克汉莫名其妙地站了起来，万斯紧紧地抓着他的胳膊，说：“不要和我辩解，你早晚都要去他那里的。所以你现在去就合适。唉！真想不到会这样！”

万斯一只手拉着糊涂且有些不情愿的马克汉，另一只手召唤希兹。

“希兹警官，你也一块来。真抱歉给你添麻烦了，这都是我的错。我早应该猜到的，都怪我昨天下午只想着莫奈的画。你知道史比的地址吗？”

希兹迟钝地点点头，他已经被万斯奇怪的要求弄得不知所措了。

“不要等了，警官。你最好把波克或史尼金一道带去，这里不用留人。”

希兹满脸为难地看着马克汉，等着他的指示。马克汉向他点了点头，表示赞成万斯的意见。于是大家二话不说穿上了雨衣。几分钟后，我们四个人加上史尼金一起坐上了万斯的车，向上城开去。史怀克回家前将办公室的门锁上，波克和厄布里则回到了刑事组，等候下一步的指示。

史比住在离东河很近的三十五街上的一栋公寓里，这里曾经住着一些上流社会的古老家族。但是现在这所公寓四周透着荒废、颓败的气息，街道上垃圾随处可见，一楼的窗户上贴着一张偌大的出租告示。

司机把车子停在这栋公寓的前面，希兹先跳下车，四处留意张望了一阵。然后他向站在对面杂货店门口的男子招了招手，只见这个邋遢的男人鬼鬼祟祟地走了过来。

“高佛尔，你现在可以休息一会儿了。”希兹对他说，“我们亲自去找这个家伙。有什么麻烦吗？有没有什么情况要报告？”

高佛尔惊讶地看着他：“我得到的指示是在他离开后给局里打电话报告，但是，长官，他一直没有出来。莫勒里昨天晚上十点左右跟踪他回家，而我是今天早上九点接他的班。这个家伙现在还在里面。”

“他当然还在里面，亲爱的警官。”万斯不耐烦地说。

“他的房间是哪一个？”希兹问道。

“二楼，后面的那个。”

“好，我们现在进去，你在这儿待命。”

“小心点，”高佛尔警告他们说，“这个家伙有枪。”

希兹率先走上了通往玄关的破损阶梯。来到门前的时候，希兹并没有按门铃，而是直接转动门把儿。门没有锁，于是他带头走进了矮得令人压抑的玄关。

一名穿着肥大的破烂衣服、浑身脏兮兮的中年妇人，披头散发地出现在后门，一摇一晃地向我们走过来。她的目光除了有些迟钝外，还带着恶意和不满。

“喂！”这名四十多岁的妇女发出了刺耳的声音，“你们擅自闯进来是什么意思？”说完又乱骂了一气。

当时希兹离她最近，他把大手放在妇人的脸上，轻轻地向后一推。“没你什么事，太太！”然后便向楼上走去。

二楼的走廊上点着一盏小煤气灯，光线有些昏暗，不过我们还是可以分辨出墙上有一扇门。

“我想那就是史比住的地方了。”希兹说。

他一边说一边向那扇门走去，一只手还放在外套右边的口袋里，另一只手握住门把儿，可门是锁着的。随后希兹用力敲门，并把耳朵贴在门上探听里面的动静。而史尼金正站在他的后方，一只手也同样放在口袋里。我们则站在他们俩身后不远处。

就在希兹第二次敲门的时候，万斯突然说：“我说，希兹警官，你这是浪费时间。”

“我想你说得对。”希兹的回答从令人窒息的沉寂中蹦了出来。

希兹弯下身看了看锁，然后从口袋里掏出一串工具插进了钥匙孔。

“你是对的，”他重复道，“怎么打不开？”

希兹向后退了几步，双脚摆出一副准备起跑的样子，然后用肩膀猛地向门撞去。可是门还是没开。

“来吧，史尼金，帮把手。”他命令着。

两名警探开始向门撞去。就在他们第三次撞击时，门板被撞裂了，门闩也断裂了，整个门摇摇欲坠地向里倾斜着。

屋子里黑漆漆一片。我们站在门口犹豫了一会儿。史尼金小心翼翼地推开一扇窗，窗户上的合叶嘎嘎作响。街道上的灯光微微渗透进来，视线变得明朗了一些。墙上投映着一张老式大床的影子。

“你们看啊！”史尼金指着什么大叫着，声音让人不寒而栗。

我们向前走了几步，就在朝门方向的床脚边，我们看到史比的尸体斜楞着躺在那里。他的形态与金丝雀死的时候一样，都是被人勒死的。史比的头向后垂在床脚边，他的脸则扭曲得令人惨不忍睹，他的双臂已经僵直，一只脚靠在床垫边缘，垂到地板上。

“一定是谋杀！”万斯喃喃地说，“到底是怎么回事？”

希兹盯着尸体，耸了下肩，脸上的红润消失了，看上去他好像被谁催眠了。

“我的上帝！”他深深吸了口气，在胸前画了一个十字。

马克汉也被这种场景吓到了。

“你是对的，万斯。”马克汉的声音紧张且不自然，“这里真的发生了一件可怕的事……城市中出现了恶魔。”

“我可不这么想，老伙计，”万斯看着史比的死尸说，“不，不是恶魔，只是一个狗急跳墙的极端分子——但是这个人相当理智且拥有清晰的思路——哦，应该说他的思路异常清晰。”

被捕的羔羊

九月十六至十七日，星期日下午至星期一凌晨

调查史比死因的工作已经全面展开了。很快，抵达案发现场的法医德瑞摩斯先生宣布，案件大约是在夜里十点到十二点这段时间发生的。万斯随即建议讯问与欧黛儿接触的有关人士，让他们说明昨晚这段时间的行踪，曼尼斯、斯科特、卡兰佛，还有史伯斯蒂伍德都在此列。马克汉立即对希兹警官下达了这项命令，希兹分派了四名手下去完成这项任务。

昨晚负责监视史比的莫勒里，也被派去调查访客情况。然而这栋房子里的住户至少有二十人，他们进进出出的也是常事，因此很难从这一方向入手。不过史比十点左右回到家后，就没有再出门，这一点是可以确定的。当然了，租房中发生惨案，房东太太的心情也不会好到哪儿去，但她表示对此事一无所知，只是说昨天晚饭过后身体感到不适，很快就回房去了，一直到今早因为

我们的到来而被扰醒。房子一般不锁前门，因为房客们认为这样做会很不方便。同时，也对入住的房客们进行了讯问，但没有找到一点线索。即使房客们真的知道些什么，也不会向警察打小报告的。

指纹专家对房间进行了认真搜索，只发现了史比一个人的指纹。经过几小时的彻查，案件仍然毫无头绪，只在死者的枕下发现了一把点三八柯尔特式自动手枪，已经上了膛；在空心的铜制窗帘杆里，搜出了十一张面额为一百元的钞票。此外，在大厅一块松动的木板下发现了一把凿刀，刀刃处有些破损，显然这正是撬开欧黛儿首饰盒的那把刀。可这一切仍然无助于警方解开命案的谜团。到了下午四点左右，现场被封锁，并派了警员看守。

自从发现尸体之后，马克汉、万斯和我在命案现场已经待了好几个钟头了。这个案子由马克汉接手，他很快采取行动，对房客们展开调查。万斯一如既往地专注于警方的例行调查，甚至忍不住自己也动起手来。他好像对史比的晚礼服产生了兴趣，正一件一件地翻检着。希兹警官不时朝他这边看看，但这次的眼神中既不包含轻蔑，也没有嘲笑的意思。

到了两点半，万斯和我跟随马克汉离开了。走之前，马克汉告诉希兹，有事的话可以在史蒂文森俱乐部里找到我们。在俱乐部里我们吃了一顿稍晚的午餐，这时候的餐台上已经没有什么食物了。

“史比一死，什么线索都没了。”当侍者端来咖啡时，马克汉有气无力地说，心情十分沮丧。

“也不能这样说。”万斯搭话道，“从我的推论角度来看，实际上又增加了一条重要的线索。”

“你的推论？是啊，现如今，我们也只剩下你的推论了。”马克汉叹气道，“今早你的推论得到了证实——早上史比没有出现，多亏了你的先见之明，我们才会过去。”

“过奖了，马克汉。我觉得，杀死欧黛儿的凶手很可能发觉史比会向你告发他，而史比又以此对他作出威胁。不然的话，凶手是不会提前一天和他见面的。显而易见，史比想多捞点油水，窗帘杆里发现的钞票就可以证明他对凶手的勒索。昨天在给你打电话之前，凶手没有满足他进一步的勒索条件。这也正是他一直未供出真相的原因。”

“你的猜测有些道理，但我们现在的处境比以前更糟糕——史比还是死了。”

“可我们的行动至少迫使这一尚未露面的凶手为了掩盖罪行再度铤而走险，是不是？等我们掌握了那几个人在案发时的行踪后，或许就能从中获得更为重要的线索了。顺便问一下，我们什么时候才能看到这起命案的调查报告？”

“这就要看希兹的那帮弟兄们有没有这份运气了。顺利的话，大概今晚就能拿到！”

实际上，在当晚大约八点半的时候，希兹警官就打来电话，向马克汉报告了调查结果。很显然，报告让马克汉再度失望，结果令他很是不满。前天下午，因为中风，斯科特医师被送到埃波苏卡医院接受治疗，目前还在住院。他至少还要在那儿待上一个星期——两位主治医师已经证实了这点。报告中只查出了这一人的行踪，而斯科特医师也因此被排除了昨晚行凶的嫌疑。

让人感到奇怪的是，曼尼斯、卡兰佛、史伯斯蒂伍德三人都不能提出令人信服的不在场证明。三人声称前一晚上都待在各自的家里。虽然曼尼斯和史伯斯蒂伍德都承认傍晚曾出过门，但天气恶劣，晚上十点前就已回到住处。因为曼尼斯住的是一所公寓式旅馆，恰巧当晚又是周末，大厅里有很多人，没有谁会留意到他；卡兰佛住的是一家小型私人公寓，无论是保安还是门童都无法为他作证；史伯斯蒂伍德在史蒂文森俱乐部住，因为房间在三层，所以很少乘电梯。除此之外，当晚俱乐部里举办了一次政治宴席和舞会，他在里面进进出出的，也没人会注意到。

“如此看来，这些毫无用处。”从马克汉那儿得知这些信息后，万斯不屑地说。

“但不管怎样，至少排除了斯科特。”

“当然，这也排除了他杀害金丝雀的嫌疑——两起凶案显然是一体的，或者说是同一枚硬币的两面，两者关系紧密。实际上也是一个合理的演变过程。”

马克汉对此表示赞同：“不错，你说得有道理。现在我已经没有力气再继续下去了，就照你的意见，看看后面还会发生什么事情。”

“可我总觉得不安。如果我们不首先采取行动的话，案子很难有所突破。看得出来，制造这两起凶案的家伙是个狠角色。”

正在这时，史伯斯蒂伍德走了过来，向四处张望了一下，好像在找人。一望到马克汉，他就快步走过来，满脸困惑的表情。

“抱歉，长官，打扰您了。”史伯斯蒂伍德一边致歉，一边朝我们这边点头打招呼，“今天下午，一位警察到我家里问话，想要知道昨晚我去了哪里。一开始我只是觉得奇怪，并没有太在意，直到我在晚报头条看到托尼·史比的名字，得知他被勒死的事后，才明白是怎么回事。你向我提过，他是与欧黛儿小姐密切相关的男人，所以我猜想这两起谋杀案之间一定有某种联系，把我也牵连进来。”

“不，并不是这样的。”马克汉解释道，“这两起案子从表面上看似乎是有些关联，但警方这样做只是例行公事，希望能从欧黛儿亲近的朋友中找到一些重要的线索。对于这件事你大可不必放在心上，我想那名警察不会再去打扰你的。”

“这倒是。”他脸上焦虑的神色略微减轻了一些，“这名警察很有礼貌，但有点让人摸不着头脑。嗯，史比到底是个什么人？”

“一个无法无天的家伙，有犯罪前科。他知道一些欧黛儿的秘密，曾向她勒索过。”

“这真是报应！”史伯斯蒂伍德一脸的厌恶，愤愤地说道。

此后，我们几个人一直讨论到十点钟，万斯突然站起身来，望着马克汉，有点不高兴。

“现在我要去补觉了，警察的生活真让我无法忍受。”

虽然万斯嘴上这样怨气连连，但后天一早九点，他还是再次光顾了检察官的办公室，对着马克汉兴致勃勃地读起报纸上有关史比谋杀案的报道。对于马克汉来说，周一早上的时间是很宝贵的，八点半之前他就到了办公室，想提前解决一些例行工作，好挤出更多的时间继续研究欧黛儿的案子。十点钟希兹警官会过来开会。此时，万斯和我除了看报纸，没有别的事情可做。

希兹准时到达这里，看得出来，一定发生了什么事情，才使得他如此兴致高涨。在和万斯打招呼时，他显出一股不同寻常的庄重劲儿，得意扬扬，就如同一个征服者俯视失败者一般。甚至和马克汉握手时也忘形起来。

“长官，一切麻烦事都结束了！”希兹一边说着，一边点上一根烟，“杰苏被我抓到了。”

就在他宣布完这项令人吃惊的消息后，万斯首先开了腔：“我的上帝——这是为什么？”

警官自负地转过身，一本正经地回答道：“是他杀了玛格丽特·欧黛儿和托尼·史比。”

“哦，我的上帝！哦，我的上帝啊！”万斯顿时直起身子，吃惊地望着他。

希兹警官依然一副自命不凡的样子。

“等你听完了我的抓捕行动，你就不会总把上帝挂在嘴边了。他已经被我捆得严严实实，就等着送他到陪审团那儿了。”

“好吧，警官，说说这到底是怎么一回事儿。”马克汉吃惊的情绪已有所缓和。

希兹缓缓坐到椅子上，琢磨着该从何说起。

“事情的经过并不复杂，长官。昨天下午，史比刚刚答应对我们供出真相，他就被人杀了，而且谋杀手段和欧黛儿案件里的一样，毫无疑问，这一定是同一个人所为。所以，我认为周一晚上，肯定有两个人同时待在欧黛儿的房里，也就是那个花花公子以及凶手——就像万斯先生之前猜想的那样。而从我们掌握的情况看，凶手既知道那名公子哥的住处，也知道他昨天会告密。由此我想到或许他们彼此熟悉，两人联手一同谋害了欧黛儿——这也是史比迟迟未向我们说出真相的原因。但就在另一名真凶因为恐惧而丢弃珠宝后，出于自保，史比才下了决心打电话给你。”

希兹停顿了一下，深吸了一口烟。

“对于曼尼斯、卡兰佛，还有斯科特医师，我从来没有怀疑过他们。像他们这样的人，是不会做出这种事情的，也不会跟史比这种惯犯打交道的。排除他们三个人后，我就开始把目标定在那个家伙身上——最可能与史比狼狈为奸的坏蛋。不过我最先做的是想方设法破解你所指出的、阻挠我们发现真相的障碍。”

他清了清嗓子，继续说道：“有关那扇侧门的问题就是我们最大的困扰。六点之后，门为什么会被打开？案件发生后它又是被谁锁上的呢？毫无疑问，不到十一点，史比就从侧门进去了，否则在史伯斯蒂伍德和欧黛儿从剧院回来的时候，他不会进入到公寓里。在十二点左右卡兰佛来到公寓后，他又从侧门溜走了。可这样却无法对后来侧门的上锁作出合理的解释。就因为这些问题，长官，昨天我又去了那所公寓，再次对那扇侧门做了检查。当时，史比夫里正忙着手头的工作。我向他询问杰苏在哪儿，我想当面问他一些事情。然而我却被告知杰苏在星期六的下午辞职了！”

希兹顿时有些激动。

“等我赶往下城时，脑中突然灵光一闪——长官，要知道除了杰苏，没有谁能打开那扇门又把它锁上。我想你一定早就想到了，无论是史比还是别的什么人，都不可能做到。”

马克汉也变得兴致勃勃，屈身向前。

“于是，”希兹兴奋地说，“我打算碰碰运气。在宾恩地铁站下车后，我给史比夫里打了电话，幸运地从他那儿得到了杰苏的住址。发现杰苏就住在第二大道，离史比住的地方非常近！随后我从附近的警察局带了几个人一同到他的住所。一进门就看到他正在收拾行李，准备跑到底特律去。我们立即逮捕了那个家伙，并收集了他的指纹送到杜柏士队长那里。我想这样做，一定能获得一些有用的信息！”

希兹警官越说越兴奋。

“嗯，长官，很快杜柏士就有了令人吃惊的发现！这个家伙虽然叫威廉，可他根本不姓杰苏，而是姓班顿。一九一九年在奥克兰被判伤害罪，在圣昆汀监狱蹲了一年的牢，当时史比也在那儿服刑；一九二四年在布鲁克林因为给抢劫银行的案犯把风又一次被捕，但最终无罪释放——因为有着这样的前科，市警局才会留有他的指纹记录。昨晚经我们一再审问，他承认自己在那起抢劫案之后改了姓名，以此进入军队服役——这就是我们逮到他的全过程。实际上我们也没必要再继续问下去了，事实就在眼前：这个杰苏曾因伤害罪入狱；又牵连进一起银行抢劫案；而那个史比曾和他同在一所监狱服刑；在史比被杀的案子里，他也无法提供不在场的证明，他的住处离案发现场又很近；周六下午突然辞职打算远走高飞；这个家伙身体强壮，勒死别人简直是轻而易举的事；不仅如此，也只有他才能在周一晚上打开并锁上那扇侧门——你觉得怎么样，长官？”

马克汉静静地坐在椅子上思考着。“就你的说法和做法来看，似乎没什么问题，”他说，随即又提出疑问，“可他为什么要杀死欧黛儿呢？”

“这个已经很清楚了。在案发当天，万斯先生曾问过杰苏对欧黛儿有没有意思，当时他就脸红了，并且显得十分紧张。”

“哦，上帝！”万斯一下子叫出声来，“对于当时我问的这个愚蠢的问题，我是否要负些责任？不错，我曾经是好奇过这家伙对欧黛儿的感觉，可当时案子一点头绪也没有。为了试探出任何引发命案的可能，我才那样问的。”

“即便真的像你说的那样，也没什么不妥。”希兹继而转向马克汉，“就我掌握的情况，杰苏一直对欧黛儿非常迷恋，但对方却不为所动。他每晚坐在总机旁，眼睁睁地看着那些家伙来亲近自己心爱的人。直到史比认出了他，并提出两人合伙把欧黛儿的公寓抢过来。因为单凭自己的力量，史比是无法做到的，他的行动总要受到接线生的干扰，这样做还会被认出来；而对于杰苏，他入伙不仅是对欧黛儿的报复，并且也有了替罪羊。于是两人一拍即合，在周一晚上实施了这场入室盗窃杀人案。当晚，等欧黛儿一出门，杰苏就打开了侧门，接着史比用自己的钥匙打开了欧黛儿公寓的门。可欧黛儿和史伯斯蒂伍德却突然返回，史比只好躲到衣橱里。在史伯斯蒂伍德离开后，他无意中弄出了声响，使得欧黛儿惊声尖叫，他便从衣橱里走了出来。在确认了对方是谁后，欧黛儿便对赶过来的史伯斯蒂伍德说没事。就在此刻，杰苏也发觉史比被发现了，于是将计就计，等史伯斯蒂伍德一走，便用自己备用的钥匙打开了欧黛儿的房门。史比怕被人再次发现，便又一次躲进了衣橱。杰苏以为没有别人在，就抓住了欧黛儿，把她勒死了，随后嫁祸于史比。而目睹这一切的史比走了出来，两人按照原计划把公寓一扫而空。杰苏发现了首饰盒，他想用火钳撬开盒子，但最后还是史比用凿刀解决了它。得手之后，史比从那扇侧门离开，杰苏随后锁上了门。到了第二天，史比把东西放到了杰苏那儿，他打算等风头过了再处理。但杰苏这家伙怕出事，竟把东西扔了，结果两人因此反目。史比决定把事情说出来，以此为条件使自己脱身。杰苏也知道他这名搭档靠不住，因而故技重施，在周六晚上像对待欧黛儿那样也把他勒死了。”

希兹摊开手，表示他的故事到此为止。

“厉害！真是厉害！”万斯评说道，“希兹警官，在此之前，我还对你发牢骚，实在是抱歉。你的论断毫无瑕疵，你所重构的犯案经过也相当完美，但恕我直言，案情并非如你所言。”

“绝不可能！毫无疑问，杰苏应该被送上电椅！”

“这就是最让人感到恐怖的地方，”万斯接着说，“人们常常因此作出错误的判断。”

万斯随即站起身，朝外面的房间走去，旋即又返回，双手插在外衣兜里，走到警官旁边，说道：“警官，如果还有其他人能够打开侧门，作案后又将门锁上，那么你的推论就显得有些武断了，对不对？”

希兹并没有露出特别的情绪：“这个自然。如果你能告诉我这个人是谁，或许我会承认我的错误。”

“史比同样能够做到——事实上他已经这么干了，警官。”

“那家伙？哦，别开玩笑了，万斯先生。”

万斯继而面向马克汉说道：“请注意我所说的——杰苏是无辜的！”我从来没有看到过万斯如此一本正经地说话。“到目前为止，我的推论已经有了相当完整的构架，只差一点。我会以我的方式向你们证明的。不过我也承认，现在我对谁是凶手还没有十足的把握。但马克汉，相信我说的吧。这和警官的推断刚好相反。在你起诉杰苏之前，请给我个实证的机会。在这儿我无法说明问题。如果你们愿意的话，跟我到欧黛儿的公寓走一趟吧，顶多一小时。即便再过一个星期，你还是得去。”

“我知道，”他转到桌子旁边，“案发前打开那扇侧门，随后又将它锁上的人绝对不是杰苏，而是史比。”

“你确定吗？”马克汉问道。

“当然！我已经弄清楚他是怎么干的了！”

伎 俩

九月十七日，星期一，上午十一点三十分

不出半小时，我们就到了位于七十一街的公寓。先前希兹警官的那番推论对杰苏很不利，却也合乎逻辑；但逮捕杰苏，马克汉并不十分认同，加上万斯刚才的一番活，让他的疑虑加重了。目前锁上侧门这一点，是对杰苏最不利的因素；万斯的话同样让他感到半信半疑，不过最终他还是和万斯一同来了。希兹警官嘛，尽管仍然是一副自以为是的样子，但还是跟过来想看个究竟。

史比夫里站在电话总机旁，穿着咖啡色的制服，显得很精神。我们的到来，让他感到紧张。不过当万斯好声好气地建议他到外面休息时，就如同解脱了一般，很快出去了。

守在欧黛儿公寓外的警戒员走过来致敬。

“情况怎样？”希兹警官问，“有什么可疑人员？”

“有一个打扮得像个绅士的人来过。他说认识金丝雀，想看看这所公寓。我向他声明只有得到你或检察官的许可才行。”

“做得不错。”马克汉赞赏道，随即转向万斯说道，“可能是史伯斯蒂伍德那个不幸的家伙。”

“的确，”万斯也表示同情，“如此执著的人还真是少见！”

希兹下令叫那名警察到外部巡逻后，现场就只剩下我们一行人了。

“好的，警官，”万斯神情愉悦地说，一手指着电话总机，“我确信你一定能让这家伙正常运转。那么就请你委屈一下，在接下来的几分钟接替史比夫里的工作。请先把侧门闩牢——就如同那个死亡之夜一般。”

希兹莞尔一笑，回答道：“愿意效劳！”他把食指放在唇边，毛腰轻手轻脚地穿过大厅，样子好像戏剧里的滑稽探长，神秘兮兮的。不一会儿，他又轻手轻脚地返回到万斯身旁，食指仍放在唇边。对着万斯轻声耳语，一双贼溜溜的眼睛骨碌碌乱转。

“门已经闩好了——”他轻声说着，随后坐回总机旁，“我正等着你的好戏呢，万斯先生！”

“马上就要开演了，警官，”万斯也顺着希兹的话说，“听好！预演时间是晚上九点半。你演史比夫里，虽然气质差点，而且还少了胡子，不过还是你最合适；我呢，就是那位俗气的史比。大家就当我正穿着绸衬衫，戴着麂皮手套吧。至于马克汉和老凡，你们就当观众好了。哦，对了，先把公寓的钥匙给我吧，警官。史比的手上可不能没有它啊！”

希兹拿出了钥匙，一脸的坏笑。

“先说说剧情吧，”万斯讲道，“我从前门离开后，你就在这儿等上三分钟，然后再去敲欧黛儿小姐的房门。”

万斯走到前门，随后转身走向总机旁。我和马克汉站在警官后面，我们三人正对着大楼的正门，都站在总机所在的凹槽里。

“该你了，史比！”万斯嘱咐道，“记好时间——刚好九点半。”当他走到总机旁时，万斯又提醒道，“说台词啊，警官。告诉我欧黛儿小姐已经外出了——不说也没什么。而我——史比先生，继续朝那位小姐的门口走，像这样——”

万斯走过我们的身旁，他按了门铃。片刻之后，又敲了门，随后向着大厅往回走。

“我想你说得对。”他根据史比夫里的描述，模拟史比的话。说完又继续朝前门走去，出了大门，直奔百老汇大道。

在等待的三分钟里，大家一直保持着沉默。希兹猛抽着烟，马克汉则表现出十分冷静的样子。时间一到，希兹就站起身，疾步走到小姐的房门口，马克汉和我紧随其后。希兹敲了敲门，门打开了——万斯正站在里面。

“第一场结束。”万斯轻松地说道，“史比先生就是这么干的——周一晚上，在侧门上了锁的情况下，他躲过接线生的视线，轻易进入了欧黛儿的房间。”

希兹警官眯起眼睛，继续沉默着，之后突然转身去查看后厅通道以及那扇侧门。门闩的把手呈垂直状，环扣被转动过，门也被打开了。希兹对着门闩琢磨了好一阵，随后将目光盯在了总机上，突然发出连串的赞叹声：“高明，非常高明，万斯先生！”他赞赏地点点头，“完全不需要解释说明，让人一目了然：你按了门铃后，立即穿过后厅通道跑到侧门，将门打开，随即又返回来敲门。此后你虽然出了大门，走向百老汇大道，实际上却是转回来钻进大楼旁的小巷子里，从侧门悄悄地溜进了公寓。”

“并不复杂，对不对？”万斯笑着说。

“的确，不过——”希兹话锋一转，“这并不能说明问题，如果这就是你所说的周一晚上发生的案情的重大疑点，那并不算厉害，谁都能够想到。而我所关心的却是在史比离开后，侧门为何又被锁上了？假设——注意，只是‘假设’，像你刚才做的那样，史比不可能离开公寓，因为隔天早上会锁上侧门。假如在他离开后，有人替他锁上了门，那么这个人也能够在他进来之前替他打开门。这样一来，他就没必要自己跑来跑去的。因此，你这项有趣的实验，并不能打动我放了杰苏。”

“别性急嘛，好戏还在后头。”万斯答道，“下一场即将开演。”

希兹瞪大了眼睛。

“哦，是吗？”希兹的声调显然是在嘲笑万斯，却显出一副好奇与怀疑的样子，“接下来的这场戏，你是想告诉我们，在没有杰苏的协助下，史比如何从里面锁上侧门而又成功脱身的吗？”

“说得没错，警官。”

希兹还想说些什么，但最后还是闭上了嘴巴，无趣地耸耸肩，看了看站在一旁的马克汉，那副神情仿佛在告诉他一同等着瞧万斯的好戏吧。

“请跟我到大厅来。”万斯并没有理会警官，他领着我们走到总机斜对面的小型会客室。会客室就在楼梯的旁边，通往侧门的后厅通道紧挨着客厅左面的墙壁——正像我之前解释过的那样。

万斯和颜悦色地领着我们来到椅子旁边，望向希兹警官。

“你尽可以在椅子上休息一阵，直到听到有人敲侧门，再过来开门。”他走到会客室的门口，“我还是那个已经去见上帝的史比先生——更加精彩的第二场即将上演。”

万斯优雅地鞠了一躬，走出会客室，朝后厅通道的方向走去。

坐在椅子上的希兹来回变换着坐姿，不安地看着马克汉。

“您觉得这可能吗，长官？”语气中含有嘲弄的成分。

“很难说，”马克汉依旧眉头紧锁，“如果他办到了，那么你只能乖乖放了杰苏。”

“这我倒并不担心，”希兹一脸的不屑，“虽然万斯先生知识渊博，一脑子的鬼主意，可他怎么可能让他那套见鬼的——”

话语被一阵敲门声打断了，我们几人同时站起身来，快速跑到后厅通道那里，但没有人影。窄窄的通道被两边的墙挟持，只有尽头的那扇橡木门通到外部的空地。万斯要想出去，只能通过这扇门。而我们也很快注意到——下意识地——门闩的把手呈水平状，这说明门是上了锁的。

这让希兹警官惊讶得说不出话来。马克汉也瞪大了眼睛，好似见鬼一样盯住空荡荡的通道。踌躇了几秒钟后，希兹疾步穿过通道，来到橡木门前。但在打开门之前，他蹲下身子，认真地检查了门闩。随后拿出随身带的万能刀，将刀刃插进门缝里。但刀刃显然被圆形的卡榫所阻挡。显而易见，那厚重的门框和门锁是牢牢地固定在一起的，而里面的门闩也是呈水平状的。不过警官仍不放心，他用力拉了拉门把儿，见门没有反应才打开了门。只见万斯正抽着烟，悠然地站在空地上，兴致盎然地观察着窄巷的砖墙。

“老伙计，过来看看这儿，”他对马克汉说道，“这所公寓应该是老古董了，可这面墙却是最近才砌好的。不过采用的不是我们这年头的直砌或横砌法，而是佛兰德斯式砌墙法，瞧瞧那儿——”他指向空地后方，“采用了棋盘式砌墙法，非常别致整齐，比英格兰式的十字砌法还要漂亮。连砖缝也是V形糊法——真是太完美了！”

“别废话了，万斯！”马克汉窝着一肚子火，“我又不是在砌墙。我想你应该知道此刻我们最关心的是什么。”

“哦，那个好说！”万斯扔掉了烟头，走进屋来，“我只是借助了一项作案工具，就和平常使用的工具一样——实在太简单了，我简直都不好意思说了！”

万斯从衣兜里取出一个奇特的镊子，尾端系着一根紫色的麻线，约四尺长。他将镊子夹到垂直的门闩把手上，将把手朝左边微微转动后，将镊子尾端的麻线穿过门与门槛间的缝隙，留下一尺左右的麻线露在外面。然后走到门外，关上门。夹在门闩把手上的镊子像虎头钳一样牢牢地固定在上面，一截麻线则穿过门下露在外面。我们目瞪口呆地站在那儿，简直无法相信自己的眼睛。站在门外的万斯轻轻拉动麻线，麻线向下的拉力慢慢扭动了门闩。当把手呈水平状时，门自然被锁上了。随后，万斯猛地一扯麻线，镊子就松开了把手，掉在了厚厚的地上，一点声音也没有。当他再次拉动麻线时，镊子就从门下的缝隙处消失得无影无踪了。

“有点笨，对不对？”万斯迎着开门的希兹说道，“但是，警官，这却是那位不幸的惯犯屡试不爽的开门手法。现在，我们再去欧黛儿的房间看一看，我会更加详细地解释给你们听。哦，那位史比夫里先生也该回来值班了，我们可以休息会儿。”

“刚才的那套把戏，你是怎么想到的？”我们刚刚在客厅落座，马克汉就迫不及待地问道。

“这个嘛，我也想不起来了，”万斯漫不经心地夹起一根香烟，懒懒地说道，“这是天才史比的杰作。很完美，对不对？”

“行了，别兜圈子了！”显然，马克汉的耐心已被万斯耗尽了，“快告诉我们，你是怎么知道的？”

“昨天早上，我在史比的晚礼服里发现了这些。”

“什么？！”警官挑衅地叫道，“昨天在搜查房间的时候，你吭都不吭一声就把东西带走啦？”

“嗯，确切地说，是在你的那帮经验丰富的兄弟搜查之后，直到他们锁上衣橱门我才去看的。在史比的背心口袋里，我发现了这套小东西，就压在银色烟盒下面；我承认我还翻检了他的晚礼服——就是欧黛儿被勒死的那晚他穿的那套，希望能多发现一些线索。当我翻出这支眉夹子时，我并没有想到它还有这样的用处。不过系在尾部的麻线却让我开了窍。史比总不会用它来拔眉毛吧，即便他真有这项癖好，这根麻线又有什么用处呢？这支镊子非常精致——或许那位美丽的金丝雀会用到它。上周二早上我曾注意到她放在梳妆台上的首饰盒旁边有个装着化妆品的小漆盘，但里面的用具并不全。”

万斯一边说着，一边将我们的注意力转移到桌旁的纸篓——里面有个揉皱的纸团。

“同时，我也发现了这张被揉皱的包装纸，上面印着一家精品店的店名。今天早上我在赶往下城的路上，刚好路过这家店——是第五大道非常有名的店家。随后才知道他们用来捆扎商品的麻线恰好也是紫色的。由此我猜想，案发当天，史比是从这儿拿走的麻线。但他为何要把线系在眉夹上呢？这个问题着实让我头痛了好一阵。直到今早你说你逮捕了杰苏，并反复强调是在史比离开后，是他锁的侧门，我这才突然恍然大悟，就像被赋予了神力一般，一下子灵光乍现。哦，亲爱的马克汉，或许凭借这股突如其来的力量，我们很快就能破案！”

惊悚的一瞥

九月十七日，星期一，正午

万斯的话一说完，房间立刻沉寂了下来。马克汉无力地靠在椅背上，神情严肃。这一回，希兹警官案情设想的论调基础已经被彻底推翻了，此刻正带着赞叹的眼神看着万斯，显然是极不情愿的。马克汉对此也有着清醒的认识——他的希望跟着破灭了。

“但愿你那诡异的灵感能带来更大的帮助，”马克汉无力地说道，目光定在万斯脸上，“可以说，你这次重大的发现几乎使我们不得不重新开始。”

“别这么唉声叹气的，老伙计。打起精神来，让我们一起面对更大的挑战。可否继续听听我的意见呢？案情的发展有着诸多可能。”万斯调整了坐姿以便让自己更舒服一些。

“显而易见，史比要的是钱——他的绸衬衫还不够天天换着穿。在金丝雀死去的前一周，他的勒索条件被她拒绝后，上周一晚他再次来到公寓。尽管知道她晚上一定不在，还是耐心地等她回来；从上一次的情形看，他很可能会再次遭到拒绝。公寓侧门每晚都会上锁——显然史比也知道，而他总是尽量避免被别人看到自己进出公寓，因此就以晚间来访未遇作掩护，偷偷将侧门打开。随后从巷子返回，在十一点前潜入公寓。当金丝雀在护花使者的陪伴下回到公寓时，他迅速躲到了衣橱里。确定那名男子离开后，他才走出衣橱，由于他的突然出现，欧黛儿吓得大叫起来。等到她认出是史比后，就对敲门的人说没事。之后史伯斯蒂伍德便去找人打牌消遣。在欧黛儿的房间里，两人开始为钱的事争吵起来，也有可能比这还要糟糕。就在这时，电话铃突然响了，史比拿起听筒说女主人外出未归。随后两人继续争吵，此时又出现了另一位追求者。至于他是按门铃还是自己手里有钥匙，我还无法确定；很可能是后者，否则接线生会注意到。于是史比再次躲进衣橱，并且好像预感到会发生什么事情，就把自己反锁在里面，将眼睛对着钥匙孔一看究竟——每个具有好奇心的人都会这么做。”

“看看这儿，”万斯示意大家看衣橱的门，“钥匙孔正好和沙发处于一条直线上。当史比通过这一小孔向外望时，正好看到了让他汗毛直立的恐怖一幕。这名后来的访客扼住了欧黛儿的喉咙。设想一下史比当时的心情吧，马克汉。躲在密闭衣橱里的他，亲眼目睹了凶手杀害一个女人的全过程——而且就发生在近在咫尺的地方！我想史比当时一定被凶手狠毒的眼神吓得不敢出声。而且凶手一定非常强壮，相比之下，瘦小的史比绝对不是他的对手。可怜的史比什么也做不了，只得屏住呼吸待在衣橱里。他这样做也无可厚非，对不对？”

他说着，脸上显出一副疑惑的神情。

“接下来歹徒又做了什么，我们就无从知晓了，而饱受精神折磨的目击证人——史比也已经和上帝在一块儿了。但可以猜想到，当时凶手已经找到了那个黑色文件盒，并打开了它——钥匙是从欧黛儿的包里找到的，随后就拿走了很多文件，这些文件可能是最为关键的罪证。之后的情形，就如同我们看到的那样。这位严谨的绅士开始了他的大肆破坏，使公寓看起来就像遭了贼一样。可怜的金丝雀也未能幸免。这个家伙扯断了她的肩带，撕破了睡衣上的蕾丝，并把她戴的淡紫色的花饰扔到她腿上，身上戴的首饰也一并扯下来。随后他扳倒台灯，横扫写字桌，打碎梳妆镜，踢翻椅子，撕毁帷帐，把古希腊式的橱柜翻得乱七八糟。此时躲在衣橱里的史比眼睛紧贴在钥匙孔上，一动不动，吓得说不出话来，唯恐被凶手发现而丢掉性命。显而易见，眼前的这个人一定是疯了。你知道史比当时正处于两难的境地：凶手的大肆破坏仍在继续，即使从钥匙孔里看不到，外面的动静却听得真真切切；而他自己如同掉到深井里的一只老鼠，虽然会游泳，却无处可逃。唉，对于史比的处境，我不想再多说些什么。”

“可以想象，马克汉，”万斯变换了一下坐姿，吐出几个烟圈，“那一晚，历经世事的史比度过了人生中最为恐怖的一刻——残暴的凶手企图打开衣橱，而他就在里面！想想看，杀人魔王近在咫尺，他正一步步逼近衣橱，白松木的地板发出嘎嘎的呜咽声……就在紧要关头，凶手突然松开了门把儿转身离去，你能想象出史比当时的样子吗？换作是其他人，或许整个人都虚脱了，但他没有。

史比如同被催眠了一般，一直心惊胆战地聆听着，直到他确定这个暴徒离开了公寓，才战战兢兢地走出那间庇护所，用震惊的目光注视着杀戮的现场。”

“场面真够触目惊心的，是不是？”万斯看了一下大家的反应，“女人的尸体横躺在沙发上，脖子上的勒痕令史比汗毛倒竖。他拖着酸软的双腿挪到桌边，并用右手撑着桌子以使自己站稳——这或许能够解释现场为何会留有他的指纹，警官。等到他回过神来，才发觉自己的处境非常危险。他就在死者的房间里，人们都知道他和被害人的关系不一般，最为糟糕的是，对于一个有犯罪前科的人，有谁会相信他的话呢？就算他能够指认真正的凶手，又该如何解释自己的行踪呢？晚间拜访、九点半出没于公寓楼、和死者有着秘密关系、有犯罪前科、不好的声誉——一切简直糟透了，没有一点对他有利。如果是你，马克汉，你会相信这些吗？”

“别岔开话题，继续讲下去。”马克汉和希兹已被万斯的话吸引住了。

“实证阶段到此为止。从现在开始，进入你们所说的自我发展阶段。”万斯说道，“史比所面临的最为迫切的问题就是尽快逃走，并且不被人发现。紧要关头，这家伙竟变得意志坚定起来。不成功，便成仁！于是他的思维开始飞速旋转：此时从侧门走不会被人发觉，可他无法锁上门，而且当晚早些时候他的来访，很容易被人与打开的侧门联系在一起。因此这样做不行。他觉得不管怎样解释，警方也会认定自己与此事脱不了干系——他与死者不同寻常的关系、自己的身份角色、点点滴滴的生活记录都对他不利。他必须保证自己在逃走时不被人看见，否则自己就会成为逃窜的杀人犯，直至被捕！因此他必须从侧门出去后再把门反锁才会没事，这样一来就没有人能够指证他的行踪了。对他而言，这是唯一能够制造不在场证明的方法。尽管有些站不住脚，但只要有出色的律师出面，就能够扭转乾坤。当然，除此之外，他一定还想过别的办法，但都不如这种方法保险。侧门就是唯一的出路，应该怎么做呢？”

说到这里，万斯站起身，活动了一下筋骨。

“当时的史比犹如热锅上的蚂蚁，急得团团转。在想方法的同时，他也在两个房间里转来转去，或许还偶尔向万能的上帝发出求救的声音。就在火烧眉毛的时候，他突然发现了镊子。警官，我想你一定很熟悉。对于罪犯来说，反锁门是项普及的技术，欧洲的犯罪文献上记载了不少这样的事例。翰斯·德瑞斯教授的犯罪学著作就花了一整章的篇幅来讨论窃贼进出民宅的方式，但论述的内容都是有关锁门的，而非闩门的手段。不过两者的区别只在技巧上而已。只要用拴线的针或其他类似的东西插入钥匙孔，向下一拉线，即可以从里面把门锁上。但这栋公寓的侧门没有锁，门闩的把手上也没有小孔。或许就在他紧张地寻找有帮助的东西时，偶然看见了梳妆台上的小镊子——如今的漂亮女士哪一个会不用小眉夹呢——真是天无绝人之路啊！工具的问题就这样解决了，下面只要碰碰运气了。就在他准备出去时，又注意到被凶手弄坏却未被打开的首饰盒，这也就是被他拿去典当的钻石戒指的出处。紧接着，他擦去了首饰盒上的指纹，却忘记了衣橱门内的把手和桌面上也留有自己的指纹。此后发生的事情就如同我刚才示范的那样，史比闩上了侧门，并将镊子装入了口袋，显然他后来也忘了有这么一回事。”

“再狡猾的小偷也有疏忽的时候。”希兹警官严肃地点点头。

“警官，你为什么总和小偷过不去呢？”万斯打了个哈欠，“这个世界本来就是不完美的，谁能保证自己做事就会万无一失呢？”他眯缝着眼睛，一脸的坏笑道，“即便是明察秋毫的警员，不也是在搜索时漏掉了这支小眉夹。”

希兹警官正仔细地点燃熄灭的香烟，看得出他的脸色不怎么好看。

“你觉得呢，长官？”

“案情并没有明朗化。”马克汉的回答很消极。

“我的这番推测可是有根据的，”万斯解释道，“它并没有使情况变得更混乱，而其中也包含了更为重要的线索——史比一定认得或者知道凶手是谁。他幸运地逃离公寓后又重操旧业，显然，他曾勒索过这名凶手，而且他很可能惹恼了对方，因此丢了小命。除此之外，被撬坏的首饰盒、翻乱的衣橱、当做垃圾丢掉的珠宝——做这一切的人根本不需要它们——以及史比的缄口不语，都得到了很好的解释。同时，我也证实了那扇可疑的侧门是怎样被做手脚的。”

“不错，”马克汉接着说道，“从表面上看，你的这番推论确实有理有据，但始终没弄清楚最为重要的一点——谁是凶手。”

“的确，”万斯打了个哈欠，“我们该去吃午饭了！”

就这样，不可一世的希兹警官带着困惑回局里去了，而我们三人则来到梦丹尼餐厅，那儿的烧烤很美味。

“这么看来，现在最为可疑的人就是卡兰佛和曼尼斯了。”当侍者端来餐后咖啡时，马克汉首先说道，“万斯，假如真像你推断的那样，两起凶案是同一人所为的话，那就不可能是斯科特了，因为周六晚上，他已经躺在埃波苏卡医院里了。”

“没错，”万斯对此表示赞同，“毫无疑问，我们可以排除斯科特医生了。而卡兰佛和曼尼斯，则是嫌疑最大的‘双胞胎’，没有人比他们更可疑了。”

他端起咖啡，眉头紧皱。

“唉，我命名的‘嫌犯四人帮’少了一个人，真是遗憾啊！这么说来，调查范围又小了不少，或者说能够想到的就是这些了。现在，摆在我们面前的只有两个选择。倘若卡兰佛和曼尼斯也被排除了，我们又该怎么办呢？倘若凶手当真就在他们四人中，那么我们就不用费多大劲儿了。凶手既不是史伯斯蒂伍德，也不是斯科特，那么卡兰佛和曼尼斯两人就不能幸免了：四减二得二。很简单的算式，不是吗？可真实的情况远没有这么简单。假如我们把代数、球面三角，或者微积分什么的一同用来解题，那么会得出什么样的结果呢？再把得数放到第四、五次元方程式……哦，我的上帝！”他使劲地揉着太阳穴，“答应我，马克汉，在我发疯以后，你一定要为我请位温柔善良的看护。”

“算了吧，这周以来我受的折磨可不比你少。”马克汉撇撇嘴。

“最初锁定的四名疑犯，现在只有两个了。”万斯抱怨道，“我快要被弄得精神崩溃了。不！‘嫌犯四人帮’不能丢掉！”

“你还是知足吧，至少还有两名疑犯呢。”马克汉接话道，“不过其中一个条件不符，另一个还躺在医院里。或许你应该送些花过去——假如这样做能使你重获新生的话。”

“一个还躺在医院……躺在医院——”万斯喃喃地说道，“可不是吗，四减一得三，确切地说还有三个人。在我看来，没有一条线索是直线进行的，都是弯曲的，它们在立体的空间里绕成圈。从表面上看，它们都是直线的，可表象毕竟是不可信的！好吧，现在让我们心平气和地想一想，静下心来想。”

万斯不再说什么，只是默默吸着烟，站在窗边，望着外面的第五大道。等他再次开口时，明显已换上了另一副镇定的语气。

“马克汉，可否以你的名义将曼尼斯、卡兰佛和史伯斯蒂伍德三人请到你那儿，就今晚，如何？”

“又玩什么花样？”马克汉把咖啡杯重重地放到桌上，眯缝着眼盯着万斯。

“说正经的！别打岔。”

“好啊，当然可以。”马克汉略微踌躇了片刻，“目前，他们还处于我的管辖之下。”

“所以可以用与案件有关的名义发出邀请，对不对？这样一来，他们就没办法采取不合作的态度了，是不是，老伙计？”

“嗯，他们不会不合作的。”

“在你家的话，你建议他们玩玩扑克牌，应该不会显得很奇怪吧？”

“或许，”马克汉嘴上虽答应着，心里却对万斯的要求感到不解，“卡兰佛和史伯斯蒂伍德这两人都会玩扑克，曼尼斯大概也会。可为什么要这么做呢？你不会已经被你的那套理论弄得神志不清了吧？”

“哦，放心，我还是很清醒的。”万斯坚持自己的提议，“等着看好戏吧！玩扑克牌即是侦破本案的关键。我很清楚卡兰佛有着高超的牌技。而史伯斯蒂伍德嘛，上周一晚上他曾在瑞丰法官面前露过一手。这才使我想到这个点子。至于曼尼斯的牌技，暂时先假设他会玩吧。”

万斯坐直了身子，开始向我们讲解他的想法。

“大多数时候，扑克游戏可以充当一项考验人们心智的活动。一名牌技高手在玩牌的一小时之内，就可从对方的出牌情况看出其性格，远比与之相处一年的人了解得更多。我曾经说过，通过分析犯罪本身的成因也能够找出命案的凶手，为此你还曾经嘲笑过我。不过在这之前，我必须先掌握这位疑犯的情况，否则就无法探查到犯罪的心理与案犯的本性相吻合的状况。在这次发生的凶案中，我已掌握了凶手的犯案心理，但对嫌犯们的性格还不够了解，因此现在还无法确定真凶。但不管怎样，这次扑克牌游戏结束后，我想杀害金丝雀的凶手就在劫难逃了。”

值得一提的是，多年之后，我无意中看到了芝加哥大学的人类学教授乔治·托西博士写的一篇文章，他还著有《人之所以为人》一书。万斯此时的精确论断在教授的那篇文章中得到了绝佳的证实。教授在文章中写道：

“扑克游戏即是人们现实生活的横断面。一个人的牌品即是现实人品的反映，一个人的得失成败，可从他牌桌上的反应看出来。我倾注毕生的精力，从人类学和心理学的角度出发，研究人类的行为动机。然而，我发现一项效果更为显著的实验——观察我在牌桌上加注之后跟注人的反应。心理学家们深究与阐释的人类行为，在扑克牌游戏中表露无遗。我可以肯定地说，通过扑克游戏，我一样能够了解人类。”

马克汉用万分惊讶的目光望着万斯。万斯是个不折不扣的扑克迷——这一点他很清楚，也知道在牌桌上万斯能够轻易地看出对方心里在盘算着什么；可要借此法破案，他仍然疑虑重重，但万斯的那股认真劲儿深深打动了他。对我来说，即便万斯不开口，我也清楚他心里的想法——此刻他脑中正飞快闪现一起谋杀案，而万斯也正是借与之类似的心理推断使凶手显形的。虽然万斯的要求让人觉得不可理喻，可要求的背后自会有他的一番理由。马克汉正试图说服自己。

“真是让人摸不着头脑！”他抱怨了几句，“这个计划蠢透了。但假如你真想在这些人面前显露一番你过人的牌技的话，对此我也不会特别反对。不过，事先声明，这不会对凶手产生丝毫影响的。想用这种可笑的手段使他就范，实在是荒谬至极！”

“好啦，别再发牢骚了，”万斯讨好道，“就当做一次小小的消遣吧。”

“为何还要叫上史伯斯蒂伍德呢？”

“我并无恶意，真的。不仅因为他是‘嫌犯四人帮’的其中一员，而且我们也需要凑够牌友啊。”

“行啦，行啦，事后可别求我把谋杀的罪名加在他身上。我有自己的工作原则。在一些人眼里，这可能没有多大意义，但只要是我认定不可能犯罪的人，我绝不会起诉他的。”

“这样说来，”万斯故意拖长声调，“你总是以‘事实’来认定一个人的罪名是否成立，但你要知道，事实也是可以隐藏起来的。倘若你们这些学法律的能够摆脱‘事实’的束缚，我敢说你们的工作会做得更出色。”

对于万斯的一番话，马克汉检察官没有再说些什么，只是向万斯投以深沉的目光。

巅峰对决

九月十七日，星期一，晚上九点

午饭后，万斯和我回到家中。四点多钟，我们接到马克汉的电话，他已安排好晚上的聚会，史伯斯蒂伍德、曼尼斯和卡兰佛这三人都会来。得到确切的消息后，万斯即刻出了门，到了晚上快八点的时候才回来。他这次神秘的外出让我很好奇，但他显然不愿意让其他人知道外出的内容。我们差一刻九点下的楼，车子的后座上已有一名陌生的男子了。我想他一定与万斯的神秘外出有关联。

“艾伦先生将会与我们一同去参加聚会，”万斯介绍时说，“你对扑克一窍不通，而今晚我们非常需要一位让牌局变得新鲜有趣的人物。艾伦先生正好可以弥补这一缺陷。”

万斯未经马克汉的同意就将一位未被邀请的人带到他家，对此我已感到很吃惊。而同样让人吃惊不已的还有这位先生的外貌：

身材矮小，却显得非常干练；露在时髦帽子下的黑亮头发，让我一下子想到画报上的日本小孩。除此之外，他扎着勿忘我小白花的领带款式，以及衬衫上的那一排钻石纽扣同样引人注目。

艾伦先生的这身打扮，和喜好素净的万斯形成了鲜明的反差，这样的两个人相识真令人难以置信。毫无疑问，他们既不会是上游社会交际圈里的朋友，也不可能因品位相同而结缘。

我们被领入马克汉家的客厅时，卡兰佛和曼尼斯已经到了，几分钟之后，史伯斯蒂伍德也到了。经过简单的介绍以后，大家围坐在壁炉前，摆出舒适的姿势，一同抽着烟，不时饮上几口上好的威士忌。马克汉对未被邀请的艾伦先生表现得非常热情，但他注视艾伦先生的眼神，分明在表示他对万斯这一做法的困惑。

这次刻意组织的友善聚会散发着一种诡异的气氛。处在那样的情况下，谁也不会感到轻松的。特别是被邀请到这儿的三位男士，彼此相识且都对同一个女人着迷，而聚会的缘由又是因为这个女人被杀。还好马克汉巧妙地把握着全局，使他们认为自己只是以关系人的身份被叫来探讨一个问题。一开始，检察官便声称这次聚会只是他个人出于破解凶案疑点而发起的，因此希望大家不必有拘束感和强迫性，自由地发言，为案件提供一些具有建设性的意见。语气之诚恳，使原本紧张的空气顿时舒缓了不少。

随后的讨论，使我对这三名与案件相关的家伙产生了强烈的兴趣。首先是卡兰佛。他的一番言论简直是痛苦的恋情回忆与自责，没有多少意义；而曼尼斯滔滔不绝的言辞虽然十分坦诚，可净是些表示歉意的话；与之形成对比的是，史伯斯蒂伍德常常沉默不语，似乎对此事不愿多说。只是问一句答一句，能够看出他对这一话题的抵触情绪。万斯只是偶尔开口，回应一下马克汉的话。而艾伦先生则始终未发一言，坐在一旁饶有趣味地环顾着别人的表情。

总体而言，我觉得讨论并没有产生什么实际的效果。如果马克汉是想通过这个来推动破案进展的话，他一定失望了。不过在聚会上，他竭力扮演好万斯为他分配的角色，为接下来的扑克游戏奠定基础。实际上，由他说出这项提议也十分符合主人的身份。

到了十一点钟，检察官用亲切的语调建议大家一道玩玩牌，并暗示这项提议只是他个人的意思，其他人自然不好拒绝。在我看来，这没什么必要。卡兰佛和史伯斯蒂伍德两人似乎很感兴趣，希望借玩牌转移刚才令人不快的话题。万斯和艾伦无疑是表示赞同的。曼尼斯却明确拒绝。他说自己不怎么会玩，也不大喜欢，但表示有兴致看着大家玩。万斯试图劝他一起玩，但他始终坚持自己的想法。最终，马克汉安排了一张五人座的牌桌。

我发现，等艾伦先生入座以后，万斯才坐到了他右边的位子上，左边则是卡兰佛；万斯的右手边坐着史伯斯蒂伍德，接下来是马克汉。曼尼斯选择坐在马克汉与卡兰佛中间后方的位置上。

一开始，卡兰佛指定了赌注的大小，不过史伯斯蒂伍德建议放宽赌注的上限，而万斯认为应该再高些，这项提议得到了马克汉和艾伦先生的同意。最终，大家以万斯提出的赌额为标准。我对筹码的数额感到吃惊，曼尼斯也在后面小声嘀咕着。

开局不到十分钟，牌桌上这五人的高超牌技就显露出来了。万斯请来的艾伦先生如鱼得水，赢得了开门红。两局之后，万斯成了赢家，赢了第三局和第四局。史伯斯蒂伍德也随之赢了一把。

紧接着，手气稍好的马克汉领先。几局下来，唯有卡兰佛成了输家。但不到半小时他就时来运转，赢回了原先输掉的多数筹码。此后，万斯慢慢赶上来，排在艾伦先生之后。几局过后，每个人有失有得，都差不多。但最后卡兰佛和史伯斯蒂伍德运气差些，成了最大的输家。过了十二点半，牌桌上的争夺几乎到了白热化的程度。随着赌额的不断累积，桌子中央的筹码堆得像小山似的。即使是有钱人——毫无疑问，也包括牌桌上的这几位——也会对如此高额的赌资感到目眩。

牌桌上的气氛在接近凌晨一点的时候达到了最高潮。此时，万斯瞥了艾伦一眼，拿起手帕擦着额头。在别人看来，那是再平常不过的举动，可对万斯来说就不是了——我知道这是个假动作。随后我发现，坐庄的艾伦先生洗牌的时候，突然被雪茄里冒出的烟呛到了眼睛。他使劲儿眨了眨眼睛。就在这工夫，一张牌掉在了地上。他把牌捡起来，重新洗了一遍，随后让万斯切牌。

需要说明的一点是，这是一种“累积赌注”的玩法。打牌者拿到一对以上的牌才能开牌下注，如果没有就得放弃开牌权。此时，桌面上的筹码已经堆积如山。卡兰佛、马克汉和史伯斯蒂伍德都先后放弃了开牌权，之后轮到万斯。他下的注非常大，艾伦先生倒牌不跟，卡兰佛继续跟进。随后，马克汉和史伯斯蒂伍德也不跟，只剩下卡兰佛和万斯一决高下。卡兰佛抽换了一次，万斯则抽换了两次，然后象征性地追加了筹码，而卡兰佛也针锋相对，提高了赌额；紧接着万斯又追加了一次，但数额相对小些；而卡兰佛坚定地再一次加注，数额比前一次更大；万斯思索了片刻，表示跟进并要求对方摊牌。

“同花顺——7、8、9、10、J，”卡兰佛毫不犹豫地亮出手里的牌，得意地说，“你赢得了吗？”

“唉，抽换了两次都没用。”万斯沮丧地摊开手上的牌，他有四张老K。

令我感到奇怪的是，半小时之后，轮到艾伦坐庄发牌时，万斯又一次掏出手帕擦额头。这局累积的数额比前次多出两倍。艾伦洗完牌后，喝了点威士忌，点上了一根雪茄。待万斯切完牌，他开始发牌。

和上次的情形一样，万斯得到了开牌下注的机会。牌桌中央已经被筹码堆满了。最后只剩下史伯斯蒂伍德和万斯对抗。史伯斯蒂伍德抽换了一次，而万斯对手中的牌相当自信。此后，牌桌上出现了一阵令人窒息的静寂，如同充电已达到饱和的状态。看得出，在场的其他人也有同感，所有人都既兴奋又紧张地盯着这局牌。然而，两位一争高下的当事人却表现得异常冷静。我仔细观察两人的表情，发现他们都在竭力隐藏自己的真实情绪。

在对方换牌后，万斯继续下赌注，把一叠黄色的筹码推向牌桌中央，表情相当严肃。这是今晚最大的一局赌注。史伯斯蒂伍德也毫不示弱地推出同等数额的筹码，然后冷静地点了一下剩余的数额，随即将它们一并推出，面无表情地说：“将额度提高至上限。”

对于史伯斯蒂伍德的要求，万斯不自觉地耸了耸肩。

“你赢了，先生。”他向史伯斯蒂伍德展现出一副亲切的笑容，随即摊开手上的牌。我们看到四张A！

“嘿，这就是打牌！”艾伦先生怪叫道，哈哈大笑起来。

“这算什么？”马克汉惊讶道，“这么大的数额，手里攥着四张 A 却倒牌！”

卡兰佛也啧啧称奇，而曼尼斯则撇撇嘴，说道：“我并不想多嘴，万斯先生。单纯从赢利的角度来看这局牌，我认为您可以再晚些摊牌。”

史伯斯蒂伍德则深吸一口气，发表了自己的看法。

“几位过于小看万斯先生了。他这一局打得真叫漂亮！尽管四个 A 在手，而他最终却退出了——从技巧上来说，这绝对是正确的选择。”

“没错。”艾伦也赞同道，“真是千钧一发啊！”

史伯斯蒂伍德转向万斯这边：“这种情况可不是总能遇到的。为了显示我对你那超凡的判断力的赞赏，现在我就来满足你的好奇心——我手里并没有我想要的牌。”

他一边说着，一边优雅地用手指将牌一张张地翻开，依次亮出了梅花 5 到 8，接着是一张红桃 J。

“你的话让我搞不懂，先生，”马克汉说道，“显然，万斯可以赢你，可他却放弃了。”

“您好好想一想，”史伯斯蒂伍德用温和的语气回答道，“您和卡兰佛都放弃了开牌，倘若我的牌足以使我有能力开牌的话，我必定会在开牌的时候赌上大价钱。但在万斯先生开牌下注之后我才跟进，很显然，我手上不是四张同花就是顺子，或者是同花顺。对此我可以毫不谦虚地说，只有牌技高超的人，才可能领悟其中的奥妙，因此我才会那样做……”

“我说，马克汉，”万斯突然插话道，“史伯斯蒂伍德先生的确是此中高人，他的牌真的是四张同花顺。在我开牌下注之后，为了跟进他也必须下注，这样就有二分之一赢牌的概率，否则他是不会跟进的。再者，拿到这手牌的机会也很难得，假如自己既不是开牌人，手上的牌又小于四张同花顺的话，继续跟进的风险就未免太大了。不过，正像大家看到的，史伯斯蒂伍德先生抽换了一次，这样就有四十七分之九的概率是同花，四十七分之八的概率是顺子，促成同花顺的概率也有四十七分之二。综合以上的分析可看出，他手上的牌将有四十七分之十九的概率使手中的牌变成他想要的牌。”

“的确，”史伯斯蒂伍德接着说道，“如万斯先生所言，在我抽换一次牌之后，他心里正盘算着我的牌是否已经是同花顺了。他以为，假如我只拿到同花或顺子的话，就不可能有胆量将赌注叫到最上限。这样做的确也不符合逻辑，打牌的人多半不会冒这样的风险吓唬人。所以，假如在我提出加注之后，万斯先生依然坚持到最后的话，那他绝对是打算拼死一搏了。我承认我是在吓唬人，但万斯先生的决断毫无疑问合乎逻辑并且也是正确的。”

“当然，”万斯补充道，“史伯斯蒂伍德先生说得没错，在对方既没有换牌，自己手里也不是同花顺的情况下还将赌注叫到最上限的，的确少见。我不得不佩服史伯斯蒂伍德先生，他在这局中所运用的心理战术实在是无懈可击。正如大家所见，他在深刻地剖析了对方的判断之后才决定自己的步骤。”

对于万斯的这番恭维话，史伯斯蒂伍德只是略微点头致意。紧张的气氛被打破之后，待卡兰佛整理好牌，牌局却并没有继续下去。

万斯好像有点不对劲儿。他抽了一阵烟，默默地品了几口威士忌，独自一人出神地想着心事。随后他漫步到壁炉前，一本正经地欣赏着塞尚的一幅水彩画——这是他多年前送给马克汉的。

就在大家停止交谈时，他转身望着曼尼斯。

“嗯，曼尼斯先生，”万斯带着一种随意的语气问道，“我很好奇，你怎么会不喜欢玩扑克？据我所知，精明的商人可都是狂热的赌徒啊！”

“他们或许是，”曼尼斯回答得很谨慎，“不过在我看来，玩扑克绝非是一项赌博，其中包含了太多的机关，但最重要的是它并不能给我更多的快感，实在不够刺激——我想你应该能够明白我的意思。轮盘赌就比较符合我的志趣。去年夏天，我在蒙特卡洛十分钟内玩的数目可比今晚各位输的钱的总数还要多得多，那样我才能玩得尽兴。”

“明——白。”万斯拖长音说道，“这么说，你对玩牌一点不感兴趣？”

“我玩的不是这种。”曼尼斯说道，“一翻两瞪眼、磨蹭到抽牌、换牌后才论输赢的玩法让我感受不到刺激，知道吗？那种速战速决的玩法才真叫爽呢！”

他一边说一边不停地打着响指，以此来显示他从中得到的快感。万斯则绕到桌旁拿起一副扑克。

“一千块切牌赌大小，怎么样？”

曼尼斯立刻站起来。

“嘿，真够劲儿！”

曼尼斯首先洗牌，放到桌上后直接切牌：一张 10；万斯切出一张老 K。

“我欠你一千。”曼尼斯漫不经心地说，好像输的不是自己的钱一样。

万斯没有说什么，只是默默地观察着对方接下来的行动。对方则用狡猾的眼神回望他。

“再来一把——这次两千，怎样？”

万斯挑起一边眉毛：“当然，愿意奉陪。”洗牌之后切出一张 7 来。

曼尼斯很快向下切牌：一张 5。

“手气不错嘛，欠着你三千。”他满不在乎地说道。眼睛眯成一道缝，嘴上叼的雪茄随着说话的节律一动一动的。

“这回又要加倍吗？”万斯问道，“四千？”

马克汉瞪大了眼睛，吃惊地望着他；而艾伦先生尽管也非常惊讶，但表情十分滑稽。毫无疑问，在场的人都被这种赌法吓到了。万斯很清楚，这样不断加倍地赌下去曼尼斯总会有机会赢，最后他很可能会输掉。但我也相信，如果到时候曼尼斯赢了就收手，检察官一定会提出抗议的。

“四千就四千！”曼尼斯顺手洗牌切牌：一张方片 Q。

“你不可能赢得了这位皇后——绝对不可能！”他一下子显得非常兴奋。

“或许你说得没错。”万斯紧绷着脸说道，他切出一张 3。

“再来一盘，如何？”曼尼斯朝他挤挤眼睛。

“行了！”万斯立刻摆手道，“这实在太刺激了，我都快得心脏病了。”

他拿出支票，开了一张一千块的递给曼尼斯，然后转身同马克汉握手。

“夜晚愉快！哦，对了，明天一道吃午餐吧。一点钟在俱乐部见，怎样？”

马克汉思索了片刻，说道：“假如没什么突发事件的话。”

“这不是开玩笑，一定要来。”万斯认真地说，“我敢打赌，到时候你一定非常想见我。”

回去的路上，万斯异常沉默，一副心事重重的样子。当然了，这种时候我也别想从他那儿打探出什么。不过在向我道晚安时他不经意地说道：“拼图还差最重要的一块。如果找不到的话，一切都白费了。”

狂热的赌徒

九月十八日，星期二，下午一点

这天早上，万斯起得很晚。午餐前的一小时里，他一直在翻看安蒂森艺廊的拍卖品目录——拍卖会将在明天举行。当我们赶到史蒂文森俱乐部与马克汉碰面时，刚好是一点钟。

“你得请客，老伙计。”万斯笑着说道，“我的要求不高，一杯咖啡、一块英式培根三明治和一个牛角面包就够了。”

对于他的这番嘲弄，马克汉付之一笑。

“昨晚你的运气差得很，我劝你还是节省点好。”

“是吗？可我觉得，再没有比昨晚更幸运的时刻了。”万斯挑起一边的眉毛说道。

“哦？摸到两次四条却连连输钱，这算是运气吗？”

“要知道，”万斯解释道，“这两次我都很清楚对方手里的牌。”

万斯的这番话让马克汉感到很吃惊。

“在玩牌之前，”万斯强调道，“我早就已经做好了特别的准备，所以你们才会有眼福看到这种惊心动魄的场面。”他的微笑很迷人。

“亲爱的马克汉，你的体贴真让我感动。的确，昨晚我没有事先和你打招呼就把我那位特别的朋友介绍给你，是我不对，对此我感到万分道歉，也有必要解释一下。那位艾伦先生没有优雅的贵族气质，艳俗的外表也会让一些人感到不适——他那排钻石纽扣配上花领带倒是挺时髦的。不过他的这番打扮自有他的道理。事实上，同温迪·布鲁克斯、科波菲尔德以及安第斯·约翰·凯奇这些富豪们比起来，他毫不逊色。你还记得曾带给你许多愉快回忆的威利·艾伦博士吗？就是这位艾伦先生。”

“艾伦博士？你说的是那个经营着艾多拉多俱乐部的老恶棍？”

“没错，就是他。这项充斥着巨额暴利的黑暗行业培育了最为智慧的发牌高手，他就是其中之一。”

“你的意思是，昨晚这家伙在牌桌上耍了老千？”马克汉愤愤地问。

“只是在刚才你提到的那两局里用过。不知你是否注意到，这两局都是艾伦坐庄。我故意坐到他的右手边，就是为了依照他的暗示切牌。但你也看到了，这两局得到好处的只有卡兰佛和史伯斯蒂伍德。我诈赌是真，可并没有因此而获利。尽管艾伦帮我拿到了四条，可这两局我并没有捞到好处，反而全都输掉了。”

万斯的解释让马克汉感到困惑不解，他沉默了片刻。

“从来没有见你那么慷慨过。”马克汉笑道，“昨晚的切牌赌大小，每一次开赌前你都让曼尼斯赌注加倍，最后毫不犹豫地甩给他一千块的支票。你可真够猛的！”

“啊，对这场赌局，站在不同的角度看会有不同的结论。尽管我输了钱——我应该把损失算在你账上的——可这场设计对我来说很成功。昨晚的牌局已使我获得了想要的信息。”

“哦，只不过是这样啊！”马克汉的语气很平淡，似乎这并不是件难懂的事，“我记得你原本想通过这场游戏找出凶手的。”

“记忆力不错嘛！的确如此，但还缺少一条关键的线索，可能的话，今天就能够找到答案。”

“那么请告诉我，应该送给谁一副手铐呢？”

万斯端起咖啡咂了一口，不紧不慢地抽出一根烟。

“说出来，你很可能不会相信，”他显得及其冷静，说话的态度十分认真，“凶手是史伯斯蒂伍德！”

“你不会在开玩笑吧！”马克汉一副疑惑的表情，讽刺道，“史伯斯蒂伍德？哦，亲爱的万斯，你的结论总能令人‘耳目一新’。我这就通知希兹警官，让他带一副新的手铐来。不过遗憾的是，这年头，‘隔山打牛’这种技法似乎早已失传了。要不要再来片牛角面包？”

万斯夸张地挥舞着双手，以表示自己的失望情绪。

“从受过高等教育的角度来看，马克汉，你对视觉所获信息的判断尚处于幼儿园阶段。我的意思是，你现在的判断就像孩子们看见魔术师从帽子里变出兔子，就相信那是真的一样。”

“你这是在讽刺我。”

“我并不否认。”万斯一脸坏笑道，“但这只是提醒你不要再被所谓的‘事实’所蒙骗。你需要好好锻炼一下自己的想象力，老伙计。”

“你的意思是让我蒙上眼睛，想象坐在史蒂文森俱乐部里的史伯斯蒂伍德把手伸到七十一街吗？对此我感到非常抱歉，我只是个精神正常的人，这种想法实在有些荒诞，说是做梦还差不多——你确定你从没吸过印度大麻吗？”

“确实，听起来这的确让人感到荒唐。可是俗话说得好：假若真时真亦假。要知道，在这起凶案中不可能的事即是案情真相。凶手是史伯斯蒂伍德——这是铁板钉钉的事实。现在，我不仅更加肯定我的结论，而且我还会让你也赞同我这项被你认定是幻觉的推论。恕我直言，你的好名声现在已经岌岌可危了，而此时你追查的真凶又逍遥法外。”

从马克汉表情所起的变化来看，万斯这番自信的说法并未使他动怒。

“那么，”他说道，“这个异想天开的结论，你是怎样想出来的呢？”

万斯掐灭了烟头，手臂交叉伏在桌面上。

“就从我提出的‘嫌犯四人帮’说起吧——曼尼斯、卡兰佛、斯科特还有史伯斯蒂伍德。之前我也说过，这是一起精心策划的谋杀案——只有疯狂迷恋金丝雀而又陷入绝望之中的人才会做出这样的事情。因此根据我们所掌握的情况，只有这四个人符合这样的条件，凶手就在其中。史比被杀时，斯科特正躺在医院里——显然两起凶案是同一个人所为，因而斯科特首先被排除。”

“可是，”马克汉插话道，“欧黛儿被杀当晚，史伯斯蒂伍德同样有不在场证明，而且理由充分。为何单单排除斯科特而怀疑他呢？”

“抱歉，我很难认同你的看法。你想想，斯科特躺在一所大家都知道的医院里，为他作证的又都是医院里不会被收买的人，而且在案发之前和当晚都能为他提供证明；然而史伯斯蒂伍德的情况就不同了。案发当晚他在现场，金丝雀被杀的时间和他出现的时间十分相近，随后他说坐了一刻钟的计程车，可这如何证明呢？从我目前掌握的证据来看，没有人曾亲眼看到在史伯斯蒂伍德离开后，金丝雀还活着。”

“可在她活着的时候她曾跟他讲过话，这你得承认吧？”

“是啊，毫无疑问，一具死尸既不会大声喊救命，也不会和杀她的人说话。”

“别卖关子了，”马克汉讽刺道，“难道是史比模仿了她的声音？”

“哦，我的上帝，当然不是这样！这种没水准的话，亏你讲得出口！史比希望没人看到自己，他干吗要这么费神地做这种白痴的事呢？等我揭晓答案的时候，你就会发现我的逻辑既简单又合理。”

“真是振奋人心啊，”马克汉笑道，“赶快说吧，为什么史伯斯蒂伍德会是真凶？”

“除了斯科特，其他三个人和这事都脱不了干系，”万斯说道，“为了能切实了解他们真实的心理状态，我才安排了昨晚那场轻松的聚会。老实说，在此之前，我一直把目标盯在卡兰佛和曼尼斯这两人身上。因为根据他们的口供，这两人都没有充分的不在场证明。所以，昨晚在曼尼斯拒绝上牌桌后，我就想先试试卡兰佛。于是我向艾伦先生打了个暗号，开始了第一场诈赌行动。”万斯突然停下来，抬头观察马克汉的表情。

“想到了吗？正是累积赌注的那一局。当时艾伦发给卡兰佛四张同花顺，我得到三张K。其他人不消说了，要是好牌的话，就不会轮到我开牌了。卡兰佛一直跟进。换牌时我得到了另一张老K，卡兰佛也得到了他想要的牌——拜艾伦所赐，他拿到了同花顺。我的赌注下得都不大，每一次都是他在叫高赌注。我跟进了，当然，最后是他赢了。毫无悬念可言！他只对有把握的事有信心。因为卡兰佛心里有数：我在开牌下注后曾换了两次牌，最多只能拿到四条。因此他在叫高赌注前就已经知道自己胜券在握了。与此同时，我也把他排除在外了。”

“这是为什么呢？”

“要知道，如果一个人只敢赌有把握的牌，那么他就不是真正的赌徒！他缺乏狂热赌徒与生俱来的强烈的自信感，因此他不是那种具有冒险性格的人。从某种意义上看，他的表现具有心理学上所定义的自卑情结——每一个可以利用、可以保护自己的机会，他都不会放过。总之一句话，这种性格不会成就赌博高手。而杀死欧黛儿的凶手却是一位狂热的赌徒，他会不惜一切代价，将自己所有的赌注都押在一盘赌局里——这正符合杀死金丝雀的嗜赌性格。这份不计后果的自信，使他对有把握的赌注不屑一顾。所以，卡兰佛不会是凶手。”

此时，马克汉聚精会神地倾听万斯的分析。

“随后我又试了试史伯斯蒂伍德。”万斯停顿了一下，说道，“我原本打算用在曼尼斯身上的，可他不加入牌局。但这并没有妨碍我的测试。假如事先排除卡兰佛和史伯斯蒂伍德的嫌疑，那么凶犯一定是曼尼斯无疑。而且我会想出其他方法来使他原形毕露；不过，显然已经没有这个必要了。史伯斯蒂伍德在赌局上的表现已经充分地证明了他就是凶手。正像他自己说的那样，一千个赌徒里也不会有几个人会像他那样，在毫无保障的情况下，押上自己所有的赌注与显然已拿到好牌的对手抗衡。了不起，真是了不起！这或许是自赌博盛行以来最惊人的一次牌局了。他能如此冷静地将自己全部的筹码推到桌子中央，特别是在我已经知道他手里的牌之后，真叫人佩服！你看，他之所以会把所有的筹码压上去，就是因为他深信能够掌握我的思路，然后据此作出自己的抉择，最终胜过我。这得需要多么大的勇气与胆识！而支撑这一切的非凡的自信力，也决不允许他退后半步——他在这一局牌里所呈现出的心理状况同杀死欧黛儿时的状态一模一样；而我手中的一把好牌对史伯斯蒂伍德的威胁无异于金丝雀对他的恐吓；但他毫无妥协的打算，既不倒牌也不叫我亮牌，不仅如此，还将赌注的金额叫到最上限！他使出了'不是你死就是我活'的必杀技。哎，我说，马克汉，难道你没发觉他在这局牌里所暴露出来的个性，与犯罪心理学上的说明极其吻合吗？"

马克汉沉默了半晌，似乎还在消化万斯的解说。

"可当时的情形，你自己也并不十分明了，"他终于开了口，"而且实际上，还是一副迷惑不解、焦虑忧愁的神情。"

"是啊，老伙计，我当时愁得不得了呢。事实上，这项证实凶手的实验结果完全出乎我的意料！此前我排除了卡兰佛的嫌疑之后，一直认定凶手是曼尼斯。因为种种实证表明，史伯斯蒂伍德不可能是杀害金丝雀的凶手—我得承认这是我一直以来的想法。我之前的推论仍是有缺陷的。作为一个有着诸多感受力的人，我还是无法摆脱来自物证与事物表象的影响，遗憾的是，你们这些法律专家们仍在这个世界上制造和散发这些误导人的玩意儿，如同恶臭般无法消除。这使得我在发觉史伯斯蒂伍德的心理特征与作案的要素完全吻合时，我仍旧不能消除对曼尼斯的怀疑——说不准他也会像史伯斯蒂伍德那样大打心理战，这也不是不可能的。这也就是牌局结束后，我仍旧用赌博的话题套他的原因。我很想试试他的心理反应。”

“可这家伙和你赌的时候，也是势如猛虎啊！”

“但这种气势跟史伯斯蒂伍德给人的感觉比起来完全不同。比起史伯斯蒂伍德，曼尼斯只是一名谨慎而怯懦的赌徒。第一，他已掌握二分之一赢的机会，而史伯斯蒂伍德却毫无胜算—好牌在我手里呢。但史伯斯蒂伍德却懂得运用心理战术，故意把赌注的金额提到最大，这可谓是赌徒的至高境界；第二，曼尼斯并没有拼上所有的赌注，因此不必费尽心力筹谋。就像我一开始说的那样，凶手是经过缜密谋划、精心算计之后谋杀的欧黛儿，且具有过人的胆识。试想，有什么样的赌徒会在输了之后，要求赌注加倍继续赌，再度失败后仍要求赌注翻倍地玩下去？我是有意提出这种玩法与曼尼斯对决的，目的就是为了排除发生判断失误的可能。借助这场游戏，我彻底排除了对他的嫌疑，消除了徘徊在心头不去的疑惑。这也算是我输掉的那一千块钱的回报吧！因此，我最终确定凶手是史伯斯蒂伍德——虽然所有表面的物证对他都是有利的。”

“你这番说辞听上去好像蛮有道理的，可我并不信服。”其实在我看来，马克汉已经对此有所认识，只是为了顾全面子才这么说的。果然，没有多久他就发作起来。

“该死！你的这些狗屁结论推翻了多少好不容易构建起来的合乎逻辑的案情基础！”

“你想想，”他提出了自己的疑问，“你说凶手是史伯斯蒂伍德，但根据我们所掌握的确凿证据显示，欧黛儿在他离开公寓大约五分钟后，她那恐怖的尖叫声才响起。而当时这个男人正站在总机旁，而且杰苏也在场。他还走到门口和这位惊恐的女士进行了一段简短的对话——当时这个女人总该是活的吧？随后他出了大厅，乘坐一辆计程车离开。一刻钟后，计程车停在了这家俱乐部前。随后他遇到了瑞丰法官。俱乐部到那幢公寓之间足有四十个街口那么远！想要在短时间里往返两地是绝不可能的；除此之外，还有那位计程车司机的记录。因此，他根本没有机会在十一点三十分到十一点五十分这短短二十分钟的时间里作案。不仅如此，如果你还记得的话，就知道他在这家俱乐部里一直玩到凌晨三点钟——这时候离案发时间已经过去几小时了。”

马克汉以摇头的方式强烈坚持他的看法。

“万斯，这些总不会是障眼法吧。它们的的确确曾经发生过，而且这些足以说明史伯斯蒂伍德与此事无关。那一晚，他就像人在北极一样没有机会犯罪。”

万斯丝毫不为所动。

“我对你所提出的每一项证明都不存在疑问，”万斯说道，“可是，还是我之前的那句老话：当物证与心理证据发生冲突时，物证是要退居其后的。在这起案子中，物证或许也能够证明一些真实情形，可我们的确受了它们的欺骗。”

“真是了不起的辩解啊！”马克汉快被万斯的话激怒了，“很好！就请你快告诉我，史伯斯蒂伍德究竟是如何勒死金丝雀，又在她房里大肆破坏的。这样我才好下命令叫希兹警官去捉拿他归案。”

“这——我可做不到，”万斯无奈地说，“万能的上帝还没告诉我。嘿，这该死的家伙！我一定会让他原形毕露的。不过一开始我就没有答应过你说明这畜生是怎么干的，你可不能因此而为难我哟！”

“哼，看来你那超凡的洞察力也不过如此，好吧！我现在就是无所不知的高级心理学教授，我要郑重宣布：杀害金丝雀的凶手是霍利教授。哦，对了，这位教授已经入土了，但这与我刚才采用的犯罪心理论证法并不冲突。你瞧，这家伙的本性完全与这件凶案的神秘特征相吻合嘛。我明天就去申请一张挖尸令。”

对于马克汉这番嘲弄的话，万斯做了一个鬼脸，无奈地叹气道：“我知道，像我这种超凡的才智，当世是无法被人理解了，只有期盼后世能有公允的论断了。但在这之前，我仍然会以一颗坚韧的心忍受所有嘲弄与侮辱，即便为此付出血的代价也在所不惜。”

他掏出怀表看了看，一副若有所思的样子。过了几分钟，他说道：“马克汉，离三点钟还有一小时，到时我要去听一场音乐会。现在我想到欧黛儿的公寓再看看。史伯斯蒂伍德曾在那儿演过一出精彩绝伦的好戏。要想找到最终的答案，必须重回现场才能发现他的剧本。”

尽管马克汉始终强调作案的不可能是史伯斯蒂伍德，但我觉得他并没有完全了解万斯的意思。所以，一开始他虽然表示反对，但还是和往常一样，最终同意了万斯重返现场的提议。

C小调交响曲

九月十八日，星期二，下午两点

半小时之后，我们就出现在那座位于七十一街的公寓大楼的大厅里。在总机旁值班的仍旧是忠于职守的史比夫里。会客厅里，留守的探员斜倚在一张舒适的沙发上，悠闲地抽着一支雪茄。一看到马克汉检察官即刻站起身。

“有什么结果了吗，长官？”他急切地问道，“一天到晚蹲守在这儿，都快把人闷死了。”

“很快会有的，我希望。”检察官问道，“有别的人来过吗？”

“目前为止还没有，长官。”探员努力忍住想打哈欠的冲动。

“把这间公寓的钥匙给我。你进去过吗？”

“不，没有，长官。我的职责是留守在外面。”

我们踏进这间已然逝去的女主人的客厅。房内飘荡着死亡的味道，午后的阳光爬进了窗棱，拖长了房内摆设的影子。显然没人动过房里的东西，被翻倒的椅子仍旧趴在地上。马克汉踱到窗边，反剪着双手，静静地审视着眼前的景象。此刻，他正深受着与日俱增的困惑之苦，并向万斯投以嘲弄的眼神。

点上一支烟后，万斯便开始检查现场。他的眼睛如同两盏探照灯似的四处搜寻着。不一会儿，他走进浴室，出来的时候手里拎着一条毛巾，上面沾着黑色的污渍。

“史比就是用这条毛巾擦去指纹的。”他随即将毛巾扔到床上。

“真了不起啊！”马克汉挖苦道，“难道光凭一条毛巾，就能给凶手定罪吗？”

“当然不是这样啦！我的推断已被这条毛巾证明了。”然后走到梳妆台前，嗅了嗅一小瓶银色的香水，“是霍蒂牌香水，女士专用。”他嘟囔着，“怎么女人都用这个牌子？”

“这证明得了什么？”

“哦，老伙计，此刻我正沉浸于这芬芳的香味中，使我的灵魂与这栋房子融为一体。请不要打扰我，我随时都可能得到神的启示。”

他继续搜索着。最后来到了大厅，把一只脚顶在欧黛儿公寓的房门上，认真地看了一会儿。接着返回到客厅，倚坐在檀木桌的一角，独自一人思索着。过了几分钟，他望着马克汉，冷笑道：“果然是老奸巨猾。该死，真是难办！”

“怎么会呢？”马克汉回以嘲笑，“你对史伯斯蒂伍德的判断迟早会修成正果的。”

万斯无精打采地仰头望着天花板。

“真是个老顽固。我这么拼命地想把你从地狱中解救出来，你却在一旁泼凉水，一味地冷嘲热讽。”

听了万斯的话，站在窗边的马克汉很快走过来，坐到一张沙发的扶手上，面对着万斯，用焦灼的眼神望着他。

“不要误会我的意思，万斯。我关心的并不是史伯斯蒂伍德这个人，而是想知道凶手究竟是不是他。案子一天不破，那些媒体就不会善罢甘休的。你也清楚，任何的破案线索对我都非常重要。可我不能理解你为什么对史伯斯蒂伍德的罪行认证迟迟不肯放手。摆在眼前的证据无疑对他都是有利的。”

“是啊，有这些玩意儿挡着，的确不好办。它们之间的完美配合简直能够同米开朗基罗的雕像相提并论了。不过你瞧，正因为太过于谨慎小心，以至于丝毫没有偶然的因素存在，这也就意味着它们都是刻意的设计。”

马克汉站起身，又走回窗边，注视着窗外的景色。

“假如你能够说服我，”他并没有转移视线，“我自然会逮捕他。可是，现在摆在眼前的都是对他有利的证据，这使我无法给他定罪。”

“亲爱的马克汉，灵感才是我们现在最需要的东西，光凭想象力是远远不够的。”万斯再次用他如炬的目光扫过房内。

“最使我无法容忍的是，我一直被一名汽车内饰商人误导，事实上他竟欺骗了我——这是对本人最大的侮辱！”

说完这段话，他坐到钢琴前，勃拉姆斯《随想曲》的第一乐章第一小节从他指尖流出。

“这钢琴需要校音了。”他随意地说道，随后漫步到古希腊式橱柜前，用手指轻微地触摸着橱柜精巧的镶饰。“多么细致的做工，”他喃喃自语道，“虽然装饰繁复了些，可不管怎样也是好货色。从西雅图远道而来的姨妈或许会替死者卖个好价钱。”倒在一旁的装饰烛台吸引了他的注意，“十分精致典雅——这也是在烛台上晶莹的蜡烛没有被坚固的灯泡取代之前制造的。”随后他又在挂着小瓷钟的壁炉前驻足观赏，“漂亮倒是漂亮，可惜是中看不中用的便宜货。我坚信这口钟一定见证了最为残忍可怕的一幕。”

他挑剔的目光扫过旁边的一张写字台，说道：“法国文艺复兴时期的杰作，不过只是仿制品，但非常雅致，对不对？”

“真是愚蠢，”万斯拿起摆在桌边的字纸篓，评论道，“竟然用这么高档的皮纸做。我敢打赌，肯定出自哪位附庸风雅的女性室内设计师之手。一套艾比克特迪的言论集似乎更适合这种皮纸的气质。为何要糟蹋这么好的手感呢？显而易见，到目前为止，美学的本质还没有被这美丽的国度所领悟。”

随后他又将纸篓放回原处，继续注视了一阵，突然弯腰从里面捡出一团揉皱的纸，即是前次他说过的那片包装纸。

“显然，这张纸包过金丝雀生前所买的最后一样东西，”他感叹道，“真令人睹物伤神啊！我说，老伙计，你会为这种小事伤感吗？不过，对史比而言，这张包装纸所附带的紫色麻线可是天赐的宝物，没有它，小托尼怎么能顺利脱身呢？”

然后他打开纸团，里面露出一块带波纹的物体碎片，以及一个深褐色的大信封。

“咦？原来是唱片。”他的眼睛立刻扫视着房间的其他角落，“可唱片机在哪儿呢？”

“在门口那儿。”马克汉告诉他。万斯的自言自语表示他的大脑正在急速地思考问题，而马克汉则耐着性子等待对方的进一步发现。

他缓缓走出玻璃门在门口处站定，注视着靠在墙边的一台齐德尔式唱机柜。柜子上盖着一张跪垫，上面是一盏擦得锃亮的青铜花盆。

“单从表面看，很难看出这是唱机柜，可为何在上面铺一张祈祷用的跪垫呢？”他随手翻看了一下，“土耳其安那托利亚的货色——或许是以皇室的名义出卖的。这样的东西到处都有，不值几个钱。这个女人会喜欢谁的作品呢？或许是赫伯特这一路。”他把跪垫掀起来，打开了唱片机的顶盖，里面已经有一张唱片放在唱盘上，他屈身观察着这张唱片。

“啊！是贝多芬《C小调交响曲》里的行板！”他兴奋地喊道，“你一定熟悉这一章节，马克汉，这可是最完美的一首行板。”他准备听听唱片，“点支好听的曲子，或许可以驱散这房里的阴霾，安抚一下我们内心的烦躁不安，如何？”

马克汉没有理会他的戏谑，依然神情沮丧地倚在窗边。

万斯开动了唱片机，小心翼翼地把唱针拨到唱片上，随后返回客厅。他注视着沙发，出神地思考着正在调查的案情。而我则坐到门旁的一处舒适的藤椅上，耐心等待悠扬的乐曲。不过我总感到心神不宁。过了大约两分钟，一阵微弱的杂音从从唱片机里传了出来。这让万斯感到很奇怪，他走回去检查唱机，把唱针重新拨到唱片上。可等了几分钟，依然没有传出任何乐曲。

“真是古怪。”他一边重新启动唱片机，嘴里一边嘟囔着。

此时马克汉已离开窗口，踱到他身边耐心地看着他。唱盘正常运转，唱针绕行在唱片轨迹上，可依然听不到任何声音传出来。万斯屈身向前，两臂撑在唱机柜上，一双鹰眼直勾勾地盯着转动的无声唱片，满腹狐疑。

“可能是音响出了问题，”他猜测道，“真是中看不中用。”

“别这么小气，”马克汉揶揄道，“或许这种廉价的音响不吃你这一套，让我来试试。”

他移近唱机柜，出于好奇，我也凑过去从他的肩膀后面望向里面。唱机似乎运转得很正常。这时候唱针快走到唱盘轨迹的末端了，可仍然只是听到些许微弱的杂音。

马克汉伸过手去，准备拿起音响，这一动作还未做出，令人意想不到的事情发生了。

就在这当口，一阵可怕的尖叫声从音响里传了出来，紧接着，又传出两声令人毛骨悚然的求救声。我顿时打了个寒战，头皮发麻。

就在我们屏息静听着这段恐怖的录音时，又传出同一个女人清亮的嗓音：“不，不要紧，我很抱歉。一切都很正常。回去吧，不必担心。”

只听“咔”的一声响，唱针已走到唱片尽头，自动停了下来。接下来是一阵令人扼腕的沉寂，随后被万斯阴沉的冷笑声打破了。

“满意了，老伙计？”返回客厅后，万斯不紧不慢地开口道，“这足以推翻你的那套‘无可驳斥’的事实了吧！”

这时，门外传来一阵沉重的敲门声，留守在外面的警卫探进半个身子，他以为里面发生了紧急的情况。

“不必紧张，”马克汉的声音顿时变得嘶哑起来，“必要时我会叫你的。”

靠在沙发上的万斯点燃另一根烟，随后摊开双臂，同时伸展两腿，就像一个长期处于重压下的人突然解放了似的。

“我们像迷途的羔羊一般，”他懒洋洋地说道，“总在一个地方转圈。好一个不在场证明——唉！倘若法律只能做到这份上，那还制定法律做什么？马克汉，我简直说不出口，可必须承认，你我都被那家伙耍了！”

马克汉呆呆地站在唱机柜旁，一脸的茫然，像是被催眠了一样，眼珠一动不动地盯着那张不经意间泄露真相的唱片。他缓缓走进客厅，万分疲惫地跌坐在椅子上。

“好好瞧瞧你的那些宝贵证据！”万斯慨然说道，“假象背后，真相又是什么呢？史伯斯蒂伍德真的制作了一张唱片——现如今做这样一张唱片简直再容易不过了。”

“是的，他曾告诉过我，在长岛有一个工作室，那里就是他的小小制作间。”

“实际上，他根本不必这么麻烦。不过他的那间工作室真的帮了他不少忙。显然，唱片里的声音不是欧黛儿的声音，那只是他自己的假音，不过效果还真不错。而他只需要将别的唱片上的签条浸湿，撕下来贴在这上面，就可以从外表上以假乱真。那天晚上，他送给欧黛儿几张唱片，这张假货一定也混在里面。等两人从剧院回来后，史伯斯蒂伍德便开始自导自演起这场致命的戏剧，随后谨慎地制造假现场，布置成典型的盗窃场景，好迷惑警方。

待一切布置完毕后，他便将唱片放进唱机里，启动唱机，随后从容地走出房间。唱机柜上的跪垫和青铜花盆大概也是他放上去的，这样布置好使人以为唱机很少被人使用。这个办法的确有效，直到今天我们才冲破了这层迷雾。之后他吩咐杰苏帮他叫辆计程车。就这样，发生的一切都显得顺理成章了。就在他等车之际，唱片里的尖叫声应时发出，公寓里的人都听得清清楚楚：当时正值深夜，喊叫声才显得格外响亮。而且因为隔了道木门，声音不太清晰，外人也分辨不出来。你瞧，唱机喇叭正好对着门口。”

“可问题是，为什么唱片上的回答与史伯斯蒂伍德的问话合得那么准？这家伙是怎么做到的呢？”

“这个实在太容易了。你记得杰苏说过的话吗？当听到尖叫时，史伯斯蒂伍德正一手撑着总机台。只要他抬手看看表，一听到叫声便开始计算间隔时间，然后在唱片里的‘女人’回答之前适时发问就可以了——一切尽在他的掌握之中。毫无疑问，为了确保万无一失，这场精彩的戏剧已经在他的工作室里彩排过了。像这样一张直径为十二寸的唱片，在唱针走完时，需要五分钟左右的时间。所以在唱针走到末端，传出尖叫声之前的这段时间里，他完全可以走到外面等一阵计程车再返回来。车子一来，他便直奔俱乐部，恰好在那儿遇到瑞丰法官，然后直到凌晨三点钟才离开。即便在那儿没有碰到瑞丰法官，他也可以找到其他人证明自己的清白。”

“我的老天，”马克汉恍然大悟道，“怪不得他一天到晚在公寓边上转来转去，原来是为了这张要命的唱片！”

“我想，假如我们没有发现这张唱片的话，等守卫的警员一撤走，他一定会趁机进来把东西取走的。可他却没有料到你会不让其他人进入公寓。遇到这种情况的确很棘手，不过他还有别的办法。等到欧黛儿的姨妈过来处理遗物的时候，他很可能回来伺机拿走唱片，而且说服一个老太太也并非难事。对他而言，这张唱片实在是个定时炸弹，但史伯斯蒂伍德坚韧的性格使他不会因形势不利而露出狐狸尾巴。实际上，整个谋杀计划已经十分周详了，他的失误纯粹是意外。”

“那你怎么看史比呢？”

“可怜的托尼则是另一个不幸的受害者。当天夜里十一点，史伯斯蒂伍德和金丝雀回到公寓，躲在衣橱里的他，亲眼目睹了史伯斯蒂伍德勒死欧黛儿，随后制造假现场的全部经过。当从唱片机里传来凄厉的叫喊声时，或许他正面对着刚刚死去的女主角呢！想想看，眼前是一具刚刚被勒死的女尸，耳畔传来尖厉的惨叫，这是多么令人恐怖的情景啊！即便托尼久经江湖也从未遭遇过，以至于还要借助桌子的支撑来稳住情绪，因而留下了指纹，这也就不足为怪了。接着是史伯斯蒂伍德假惺惺地站在门外探问，与唱片机一问一答——小托尼被这番情景弄得满头雾水，但很快他就明白了其中的奥妙——我差不多可以想象出他那副得意的样子。毫无疑问，他看见了凶手。对他而言，这简直是天降甘露，难得的好运，又可以狠狠地敲一笔竹杠了。他顿时陷入了无尽的财富幻想之中，而且让史伯斯蒂伍德这个杀人凶手付出些代价也是理所当然的。等到卡兰佛打电话过来时，史比就只是说欧黛儿外出未归，随即想法逃出了公寓。”

“可史比为什么不带走那张唱片呢？”

“你是说带走犯罪现场的重要证物吗，马克汉？这并不是明智的做法。假设史比带走了唱片，那么当他拿出来威胁对方时，史伯斯蒂伍德可以否认此事而反告他勒索。所以史比并没有带走它，出去后就即刻实施勒索凶手的计划。很显然，史伯斯蒂伍德答应了他的勒索条件，并且在支付了一部分金额后，承诺过后再交其余的钱以拿到唱片。但他后来反悔了，于是史比决定打电话给你，并以此再次威胁他，以为这样一吓，就能够逼他交出余款。没错，他就是这么想的，结果却送了自己的小命。可能就在上周六晚间，史伯斯蒂伍德如约和他见了面，假意说愿意支付剩余的钱，于是就利用这次机会勒死了史比。整个事件和他的性格实在是太匹配了！唔，史伯斯蒂伍德，的确是个了不起的家伙。”

“这……真是太不可思议了！”

“史伯斯蒂伍德做了件令人不齿的事情，而且计划周详、手段残忍、不留余地——典型的商人手法。与其让自己的心灵继续忍受情感的煎熬，不如亲手置自己心爱的人于死地，他才能获得心灵的平静。或许正是因为金丝雀做了令他忍无可忍的事情，他才安排了这场悲情的剧目，如同法官最终判定犯人入狱一般，然后为自己捏造了一项不在场的证明。或许因为他工作性质的缘故，连他设计的不在场证明也同机械一样准确。而其制造的手法也简单明了，毫不拐弯抹角。要不是因为有史比这个不可抗拒的因素存在，他的计划很可能就完美无缺了。我不得不说，假如这家伙再谨慎些的话，这个意外是不会发生的。毫无疑问，史伯斯蒂伍德已经尽力了。可他万万没有想到，事件的善后工作会遭到你的阻止，这张唱片也被你‘拘留’了；而他也不可能料到有我这样一位喜爱音乐的人，会到这里来寻找慰藉心灵的音乐。当然啦，有谁在拜访自己心仪的女士时，会想到她的衣橱里还躲着另一个家伙呢？唉，‘智者千虑，必有一失’，可怜的史伯斯蒂伍德。”

“严肃点儿，别忘了他可是个冷血的凶手。”马克汉斥责道。

“别总板着脸教训人了，老伙计。任何人的内心深处都藏着一个杀人凶手。只要是具备情感的人，都会产生杀人的渴望。可并不是所有人都会去杀人，这是基于道德还是宗教的缘故？这两者都不是答案！而是缺乏勇气——对事情败露的恐惧，或是心里有鬼，或是良心上过不去。试想一个杀手的心情吧！结束别人的性命，很快从报纸上读到相关的报道。一国向另一国宣战也常是因为一些毫无意义的小事，这只是他们可以毫无顾忌地尽情屠杀的借口罢了。像史伯斯蒂伍德这样的人，最多也只算是凭借勇气杀人的理性动物而已。”

“很遗憾，照目前的人类文明的发展状况看，你这种论调实在让人难以接受。”马克汉严肃地说道，“人的生命应当是受到保护的。”

他站起身，来到电话机旁，拨通了希兹的电话。

“希兹警官，”他吩咐道，“马上申请一张逮捕令，我在史蒂文森俱乐部等你。顺便把手下也带过来，我们即将有一场逮捕行动。”

“具备法律效力的证据终于被我们找到了。”万斯异常兴奋地说着，一面套上外衣，一面拿起帽子和手杖。“马克汉，你的调查还真是一波三折啊！无论多么合乎理性的科学，在你们这些博学者面前，都变得一文不值。一张唱片就改变了一切！那么现在，你得承认，我们总算找到了无可辩驳的证据了吧？”

我们一行人走出公寓时，马克汉招呼那位留守的警员过来。

“在我们回来之前，谁也无权进入这栋公寓——有通行证的人也不行！”

随后，我们钻进了计程车，司机在马克汉的指示下，朝史蒂文森俱乐部开去。

“那些该死的媒体不是总在抱怨检警双方无能吗？好了，这下他们可有一大堆报道要写了。这都要归功于你，老伙计。”

马克汉注视着万斯，眼神中流露出深深的感激之情。

狱中记

九月十八日，星期二，下午三点三十分

下午三点三十分，我们刚好到达史蒂文森俱乐部的圆形大厅。马克汉即刻叫人找来俱乐部的经理，秘密地和他交代了一些事情。那位经理听完后就离开了，不一会儿又匆匆返回来。

“史伯斯蒂伍德先生正在房间里，”经理告诉马克汉，“我让电工去测试他房间的灯泡，他告诉我房里的先生正在写东西。”

“房间号是多少？”

“三百四十一号。”经理有些忐忑不安，“这样做不会影响到其他房间的客人吧，长官？”

“但愿不会。”马克汉用生硬的语气回答道，“要知道，我们下面的行动远比你的俱乐部重要得多。”

“太吓人了吧！”等经理走开后，万斯随即开口道，“恰恰相反，逮捕史伯斯蒂伍德并不是最重要的事情。我们不应该称其为

'犯人'，他的性质同犯罪学家隆布摩索在《犯罪者论》中定义的'天生罪犯'完全不一样——他是理智型的实践主义者。"

马克汉小声嘟囔着，并没有搭话。他在原地来回踱着步子，紧盯着俱乐部的大门口，十分焦躁不安。而万斯则舒服地坐在一张椅子上，悠然自得。

大约过了十分钟，希兹警官和史尼金出现在大门口。马克汉将他们带入一间小包厢，向他们简要说明了事情的原委。

"他人就在楼上，"马克汉说道，"我希望这是一次干净利落的行动，不会影响到其他的房客。"

"是史伯斯蒂伍德吗？"希兹对此表示万分惊讶，"这真让人费解——"

"现在也没时间让你理解。"马克汉打断警官的话，"这次逮捕行动由我全权负责。你将获得我的授权，如果你需要的话。还有什么问题吗？"

警官摊开两只手，滑稽地耸了耸肩。

"没有问题了，长官，一切你说了算。"随后又问道，"那个杰苏怎么办？"

"继续关押，他可是一名重要的证人。"

我们搭乘电梯至三楼。走廊的尽头，正对着麦迪逊广场的房间便是史伯斯蒂伍德的住处。马克汉检察官走在最前头，脸上的表情紧绷绷的。

检察官敲了几下门，房门打开时，史伯斯蒂伍德愉快地向我们打着招呼，并将我们请进房里。

"怎么样，案子有何进展？"他一边说一边让过来一张椅子。

此刻在明亮的灯光下，他清楚地看见了马克汉脸上的表情，然而这似乎并没有影响到他的情绪，但我发觉他的动作开始僵硬起来。他那严峻而冷酷的眼神慢慢地扫视着在场的所有人，最后定格在万斯和我的身上。他向我们点头示意。

此时没人说话，可我能感觉到，一出即兴的悲剧即将无情地上演，在场的每一个人都将参与其中，并且清楚地知道自己担任的角色。

马克汉不愿再向前一步，坚定地站在原地。在他所参与的所有逮捕行动中，这次或许是最令他感到不快的行动了。他并非冷酷的人，对于眼前的这位凶手的不幸遭遇，他不会无动于衷。希兹和史尼金并排站着，只待这位检察官一声令下便即刻展开逮捕行动。

史伯斯蒂伍德游移的目光最终落到检察官身上。

“您有什么事，长官？”他的语调平和，不带有丝毫的颤音。

“很抱歉，史伯斯蒂伍德先生，你得和这两位警官走一趟。”马克汉语气坚定，微微颔首，转向希兹这边，“因为谋杀玛格丽特·欧黛儿的凶手正是你。”

“咦？”史伯斯蒂伍德微微挑起眉毛，“难道你们——发现了什么线索吗？”

“还记得贝多芬的‘行板’吗？”

史伯斯蒂伍德顿时沉默不语，随后作出无奈的表情。

“果然不出所料，”他悠悠地说道，嘴角露出一抹悲情的微笑，“尤其是在我想方设法要拿回那张唱片而遭到你的阻止之后。但赌博最后的胜负永远无法预料。”他敛起笑容，神情严肃地说道："您对我已经够仁慈的了，长官，从未将我归入凶手的行列。作为对您的仁慈之心的回报，我要老老实实地把真相告诉您，此外别无选择。"

"无论你有怎样的动机，都不能赦免你所犯下的罪行。"

"你认为我这样做只是为了寻求减轻刑罚吗？"史伯斯蒂伍德的反问中尽含轻蔑的语气，"我可不是幼稚的小学生。我当然清楚自己将会付出怎样的代价。可在权衡利弊之后，冒险仍然是值得的。这无疑是一场亡命的赌博，可我对自己孤注一掷所招致的失败从不会有任何怨言。何况我已经别无选择了。如果我不去冒险赌一把的话，任何情况都无法减轻我的苦痛。"

极度的痛苦扭曲了他的面孔。

"马克汉先生，那个女人向我提出了我根本无法做到的事情。她不仅榨干了我的金钱，还想要获得受到法律承认的地位和名望——这可是要借助我的家族姓氏才能得到的荣耀。她逼迫我离婚，从而成为我的合法妻子。一个女人提出如此过分的要求，我不知道你会有怎样的感受。我深爱着我的妻子和我的孩子们。我知道自己罪孽深重，可如果我答应了这样的要求，那我的人生将被彻底毁灭，我所拥有的一切也将化为乌有！而这一切都只是为了满足她那疯狂的欲望！所以我拒绝了她。她威胁说要把我们的事告诉我妻子，并将我写给她的信公之于众，目的就是让我身败名裂！如此一来，我的家庭、事业都将不复存在！"

他停下来，尽量克制自己激动的情绪。

"我做事从不拐弯抹角，也没有与人讨价还价的本事——也许命中注定我将是一个受害者。可我的性格不允许我认输，不管面对怎样的危险，要赌就赌上全副身家性命。在一周前的某五分钟里，我终于能够体会到，那些狂热分子是如何在正义的感召下，怀着平和的心态来惩罚那些曾经威胁过他们的敌人——除此之外，我别无选择，我认为只有这样做才能使我所爱的人免遭侮辱与折磨。而走上这条道路也就意味着我必须冒死一拼。但我体内沸腾的血液时刻提醒着我，无可名状的仇恨感所带来的羞辱使我忍无可忍。我决定用我的一生去赌一把，我不愿意看到自己的后半生被一个无耻的女人所摆布，尽管希望渺茫。终于，我还是输了。”

他的嘴角再次露出一抹惨淡的微笑。

“是啊，赌博只有两个境界：非赢即输。别以为我说这话是为了获取同情。尽管我对别人说过谎话，可从不会欺骗自己。我讨厌遇事只会抱怨的人，这样做只是为了找借口原谅自己——我必须向你强调这一点。”

他缓缓走到桌旁，随手拿起一本软封皮的小册子。

“我昨晚一直在读王尔德的《狱中记》。倘若我有写作的才能，或许也能写出同样精彩的心灵告白。现在，请你们听听其中的一段，好使你们理解：我并不是一个懦夫。”

他翻开那本小册子，用一种异常真挚的语调朗读着上面的一段话。我的心顿时被一股强烈的力量撞击着。

“我的一切痛苦都是咎由自取。每个人，无论贫穷还是富有，都将借他人之手来毁灭自己。这说来轻松，但仍有不少人会对我这番告白产生怀疑——至少是在这个时候。尽管我对自己的过错如此无情，但请记住，我没有试图寻找任何理由。世间加诸我的惩罚已然残酷，然而更为残酷的是我对自己的毁灭。从一出生，我就知道自己是谁，享受着一个备受尊崇的姓氏，天生有着杰出的社会地位。然而我的人生出现了转折。我厌倦了豪门贵族的身份，宁愿成为社会底层的一员。我想要什么就有什么——自始至终，乐此不疲。我忘记了世俗的生活将会改变一个人的个性，也不在乎是否有一天，秘事将被公之于众。我将不再受到任何支配，无拘无束地翱翔在自己的世界里——快乐成为我的主宰。直到最终，耻辱取代它的位置。”

“现在，你能了解了吗，马克汉先生？”他将书丢到一边。

马克汉没有回答，一直沉默着。最终开口问道：“有关史比的死，你愿意谈谈吗？”

“那头肮脏的猪！”史伯斯蒂伍德显出极其厌恶的表情，“我每天多杀一个这样的人渣，都会觉得自己为社会除了一大害。是，是我杀了他！我早该解决了这个家伙，只是一直没有合适的机会而已。当我和那个女人回到公寓的时候，这个家伙一定躲在衣橱里，亲眼看到我杀了那个女人。如果当时我知道他在那儿，无论如何都会把他揪出来当场干掉的。可这种事有谁能料到呢？衣橱难道不应该是关着门的吗？我从没想到里面会躲着人。就在第二天晚上，我在俱乐部接到了他的电话。他事先打到我在长岛的家，从那里得知我现在的住处。此前，我根本不知道他的存在。但这家伙显然对我的家世情况十分了解，并且是有备而来——也许我给那女人的一部分钱早就已经装进了他的口袋。一想到这个，我的肺都要气炸了！在电话里他提到了那张唱片，我完全明白他的意图，于是我约他到沃德福俱乐部碰面。在那里，他说出了事情的全部细节——这的确都是事实。他见我上钩后，立刻向我要一大笔封口费，我从没见过如此贪婪的人。”

史伯斯蒂伍德点上一支烟，神情自若。

“事实上，我早已不是什么有钱人，而是个濒临破产的穷光蛋。早在一年前，我父亲留给我的产业就被别人收购了；我在长岛的房产完全属于我的妻子，没有几个人知道，但这都是真的。即便我打算屈从于他的威胁，也拿不出他所要求的那一大笔款子。但不管怎样，我决定先付给他一小部分钱，并且答应他不久就会凑够其余的数目。我迫切希望自己能尽快从公寓里拿走唱片，这样就不用受这小子威胁了。但一直没能做到。就在他再次威胁我说要把一切都告诉你时，我下定决心干掉他。也就是在上周六深夜，我如约来到他的住处，假意说来给他送其余的钱。之前他已经告诉我什么时间、怎样进去才不会被发现。一进入他的房间，我就立刻下手，在见到他的那一刻勒住了他的脖子，直到确定他再也无法开口说话。然后我锁上了门，拿着钥匙直接走出了大门，回到了这家俱乐部。我能想到的，就是这些了。”

万斯注视着他，一副思索的神情。

“这么说，”他开口道，“昨晚牌局上的数目对你十分重要啦？”

对方微微一笑。

“事实上那是我全部的财产。”

“那么，你为何会为那张唱片选择贝多芬的‘行板’这一签条呢？”

“真是人算不如天算，”他拖着疲惫的语调说，“我以为，即使有人在我取回唱片之前打开了唱机柜，他也一定不会对这种古典音乐感兴趣，而是换上一张流行音乐的唱片。”

“结果恰恰相反！史伯斯蒂伍德先生，我不得不说你的手气实在太差了。”

“的确。倘若我信教的话，或许我会口中念念有词，祈求神的惩戒。”

“有关珠宝的事，”马克汉接过话头，“我认为这不应该是一个光明磊落的人所为——请不要误会我的意思，除非这也是你做的。”

“马克汉先生，对你提出的所有问题，我都没什么好辩解的。”史伯斯蒂伍德从容地答道，“我在文件盒里找到了那些信后，就故意把房间弄得像是窃贼干的一样，带走那些珠宝也是为了同样的目的——顺便提一下，那些首饰大部分都是我送给她的。为了防止留下指纹，我戴上了手套。我原本打算拿这些来贿赂史比，可他不敢要。最后，我用一张俱乐部的报纸包上这些东西，丢进了菲奇格大厦附近的垃圾箱。”

“你用的是《前锋报》，”希兹警官突然插话道，“而卡兰佛老爹只看《前锋报》，你是故意这样做的吗？”

“够了，警官！”万斯斥责道，“史伯斯蒂伍德先生要是知道这些，就不会用《前锋报》来包了。”

史伯斯蒂伍德朝着希兹轻蔑地一笑，随后对万斯报以感激的一瞥，继而望向马克汉的脸。

“就在我扔掉了那包东西后，大概过了一小时，我开始感到害怕，害怕那包东西会被发现，继而查到我身上。因此我买了一份同样的报纸放回原处。”

他停了下来，问道："还有什么要问的吗？"

"谢谢，我想就是这些了。"马克汉说道，"现在，你必须得跟这两位警官走了。"

"好的。"史伯斯蒂伍德面无表情地回答道，"但我有一项小小的请求，长官。现在，所有的事情都弄清楚了，我想给我的妻子写一封信。我写信的时候希望不被旁人打搅，我想你一定能理解我的请求。这并不会耽误很多的时间。你尽可以派人守在门口，我是不会逃跑的。我想，胜利者的胸襟应该是宽广的。"

还没等马克汉回答，万斯走到他身边拍拍他的肩膀。

"我确信，"他说道，"这样的请求你一定不会拒绝的。"

马克汉犹豫了一下，最终默许了他的要求。

"那好吧，就按万斯先生的意思办。"

他安排希兹和史尼金守在门外，随后与万斯和我来到隔壁。马克汉严肃地站在门边，而万斯则踱到窗边，望着窗外的麦迪逊广场，嘴角露出诡异的微笑。

"我说，老伙计！"他突然说道，"这家伙真是超凡脱俗，不得不令人刮目相看。他的思路是如此的清晰分明。"

然而却没有得到马克汉的响应。窗外午后的喧嚣，更加衬出这间小屋的宁静——死一般的宁静，令人无端生出一种不祥的预感。

就在我们陷入这无边的寂静时，一声尖厉的枪响打破了这份寂静。

站在门边的马克汉迅速推开隔壁的房门。守卫的两名警官已经跪在了倒在地上的尸体旁边，马克汉随即转过头望向站在门边的万斯。

“他自杀了！”

“意料之中。”万斯淡淡地说道。

“你早就知道了，干吗不告诉我？”马克汉气急道。

“这不早就显而易见了。”

马克汉愤怒的眼神射向万斯。

“要不是你，他怎么会有机会这样做？”

“哦，亲爱的马克汉！”万斯教训道，“虽然从传统礼教的角度来说，夺取他人的性命是不道德的，可一个人有权决定自己的生死。自杀也是他自己的权利。在我们这一父权专制的现代社会里，选择自杀或许是这个人唯一拥有的权利。你说呢？”

说完这番话后，万斯抬手看了看表。

“哎呀，音乐会都快接近尾声了，都是你害的！”同时露出轻松的微笑，责怪道，“现在你还倒打一耙，真是个忘恩负义的家伙！”

图书在版编目（CIP）数据

魔鬼的诱惑/(美)凡迪恩著；徐建萍译.—北京：新世界出版社，2012.6
ISBN 978-7-5104-2835-7
Ⅰ. ①魔… Ⅱ. ①凡… ②徐… Ⅲ. ①长篇小说-美国-现代 Ⅳ. ①I712.45
中国版本图书馆CIP数据核字（2012）第084060号

魔鬼的诱惑

作　　者：(美)凡迪恩
责任编辑：杨　磊　　李楠杨
封面设计：王　鑫
责任印制：李一鸣　　黄厚清
出版发行：新世界出版社
社　　址：北京西城区百万庄大街24号（100037）
发 行 部：（010）6899 5968　　（010）6899 8705（传真）
总 编 室：（010）6899 5424　　（010）6832 6679（传真）
http：// www.nwp.cn
http：// www.newworld-press.com
版 权 部：+8610 6899 6306
版权部电子信箱：frank@nwp.com.cn
印　　刷：三河市骏杰印刷厂
经　　销：新华书店
开　　本：880×1230　1/32
字　　数：202千字　印张：9.5
版　　次：2012年10月第1版　2012年10月第1次印刷
书　　号：ISBN 978-7-5104-2835-7
定　　价：32.80元